北の砦にて
At the northern fort
new season
新しい季節
転生して、
もふもふ子ギツネな
雪の精霊になりました
Mikuni Tsukasa
三国司
Illust. 草中

profile
グレイル
北の砦の『鉄人副長』!
ミルフィリアを可愛がっている。
profile
ミルフィリア
雪の精霊。北の砦の
騎士たちと、毎日楽しく過ごす!
profile
ティーナ
北の砦の女性騎士。作ったぬいぐるみを
ミルフィリアによくプレゼントする。

profile
ウォートラスト
水の精霊で、ミルフィリアの父親。
ミルフィリアを溺愛している。
profile
レッカ
北の砦の女性騎士。
筋トレ好き。
profile
キックス
北の砦の騎士。
実は大家族の弟妹想いな長男。
profile
クガルグ
炎の精霊。ミルフィリアが大好きで、
よく北の砦まで会いに来る。

profile
サンナルシス
光の精霊。ナルシストでプライドが
高いが、ルナベラには優しい。
profile
ルナベラ
闇の精霊。控えめで優しい。
サンナルシスが好き。

北の砦にて
新しい季節
At the northern for
new season
転生して、
もふもふ子ギツネな
雪の精霊になりました
Mikuni Tsukasa
三国司
Illust. 草中

もくじ
Contents

特別短編

これまでの物語

日本のとある女の子が、異世界の子ギツネの姿をとる雪の精霊・ミルフィリアに転生した。
一人でする『はじめてのお留守番』が寂しくて、王都に出かけた母親を追った彼女は、
強面で屈強な騎士たちばかりがいる北の砦に迷い込む。
そんなミルフィリアを保護したのは、『鉄人』の異名を持つ隻眼の騎士・グレイルだった。

強面の騎士であるグレイルだけでなく、砦唯一の女性騎士・ティーナや、少年の心を持つ騎士・キックス、
さらには『氷の支団長』と呼ばれる騎士・クロムウェル（実は動物好き）までもミルフィリアの可愛さの虜に！
食堂で一緒にご飯を食べ、談話室では苦手な炎を睨みつけつつ、ネズミに驚き、
外の雪の中を駆け回って穴掘りをして、強面軍団にあちこち撫で繰り回される。
ミルフィリアのそんな楽し毎日。
彼女が住処にいないことを心配した母親・スノウレアと騎士たちとの間にひと悶着はあったが、
ミルフィリアは毎日『ちょっとだけ』北の砦に遊びに行くことを許されるのだった。

ミルフィリアを気に入り、北の砦によく遊びに来るようになった、炎の精霊・クガルグ。

母親に言い渡された『はじめてのおつかい』を彼と一緒にすることになったミルフィリアは、楽しい二人旅を満喫する。

あちらこちらに寄り道をする二人を、こっそり見守っていた北の砦の強面騎士たちは、ハラハラドキドキ。

精霊の子として狙われてしまうも、騎士たちや父親によって助けられ、無事に王都にたどり着き、

『はじめてのおつかい』を済ませるのだった。

『はじめてのおつかい』から半年後。

秋が訪れた北の砦に、新しい仲間の女性騎士・レッカがやってきた。

真面目な彼女が北の砦に配属になったのには、理由があったようで、そんな彼女の悩みを解決しようと、

ミルフィリアは砦に居候することになった木の精霊・ウッドバウムと奮闘する。

彼女たちとの交流を経て、レッカは悩みを克服するのだった。

一方、他の砦の騎士たちにも最大の試練が訪れていた。演習で負けたチームは

『五日間、ミルフィリアとの接触が禁止』。

相対する支団長・クロムウェルと副長・グレイルだったが、果たして勝者は……!?

雪の精霊ミルフィリアと砦の個性豊かな騎士たちとの楽しい、笑顔の溢れる日常は、これからも続いていく。

北の砦の夏

私の住むアリドラ国にも、また夏が来た。

……つらい。夏ってつらい。

暑いの嫌だ。夏のギラギラした太陽って嫌だ。虫も飛んでるから嫌だ。肉球に汗をかいてベタつくから嫌だ。もうなんか全部嫌だ。夏って全部嫌だ。

雪の精霊として、夏にありったけの恨み言を言いながら、私は住処《すみか》の洞窟の中に引きこもっていた。

このスノウレア山の頂上付近は母上が夏でも定期的に雪を降らせているので、寒くて私にとってはいい感じなのだ。

麓の方も日本の夏と比べれば随分涼しいと思うけど、私にとっては過ごしにくい気温だ。北の砦《とりで》の騎士のみんなは、夏の方がずっと過ごしやすそうだけどね。

「ミルフィリア」

もふもふの子ギツネ姿の私が洞窟の中でごろごろしていると、人の姿の母上が外から呼びかけてくる。

「おいで。特訓の時間じゃ」

「……」

私はぴたりと動きを止めて寝たふりを決め込んだ。さっきまでもぞもぞ動いていたからバレるとは分かっていたけど、狸寝入り《たぬきねい》りをせずにはいられなかった。だって特訓嫌なのだ。

母上にはいい加減、私を強く育てるのは無理だと諦めてほしい。自分の娘は怠け者で、戦うのとか嫌いで、できれば寝ることと食べること、遊ぶこと以外はしないで生きていきたいと思っていることに気づいてほしい。

「ミルフィリア、今日は敵から隠れる特訓じゃ」

母上は私が起きている前提で普通に話しかけ、抱き上げて外に連れ出す。意地でも目を開けない私も私だけど、母上も母上で折れない。

「……てきから隠れるとっくんって？」

今から自分がどんな目に遭うのかという恐怖から、私はついに目を開けて尋ねた。母上は特訓が楽しいようで、にこにこしながら説明する。

「冬は外敵も少ないが、夏は動物たちが活発に行動しておるからの。今日は猛禽類《もうきんるい》から身を守る術《すべ》を身につけるのじゃ」

「もうきんるいかぁ……」

それなら特訓しておいてもいいかもしれない、と私は思った。ワシやタカ、フクロウなんかに実際に狙われる可能性もあるからね。大きなワシなら、私のような小さな子ギツネくらい簡単に捕まえて飛んでしまえるだろうし。

前世のテレビで、ワシがヤギを狩っている映像も見たことがある。ヤギも持ち上げられるの？

とびっくりしたので今でも覚えているのだ。

　これは崖から突き落とされたりするよりは、よっぽど身になる特訓かも。

「ミルフィリア、この辺りで大きな鳥を見かけたら、どうやって身を隠すのがよいと思う？」

「うーん……。どうくつに急いでもどる！」

　鳥は夜目が利かないと聞くので、暗い洞窟の奥に隠れるのだ。私は自信たっぷりに答えたが、母上からは「そんなことをしては駄目じゃ」と言われてしまった。

「鳥を見つけたら、まず動いてはならぬ。その場でぴたりと固まるのじゃ」

「でも逃げないとつかまっちゃうよ」

「この洞窟がすぐ近くにあったなら、ミルフィリアが言ったように身を隠すのもよい。しかし少しでも距離があれば、逃げているうちに鳥はあっという間に飛んできてそなたを捕まえるぞ」

「じゃあどうするのがいいの？」

　私は母上を見上げて尋ねる。

「さっきも言ったようにその場から動かぬことじゃ。ここには木や森はなく、あるのは地面を覆う雪だけ。そこで鳥から身を隠すには、雪と同化することが大事じゃ。白い毛皮のミルフィリアが雪の上でじっと丸くなれば、鳥はそなたを見つけられない。捕食者は逃げる者を見つけるのは得意じゃが、動かない者を見つけるのは案外苦手なのじゃ」

　ふーん、そういうものなのか。

　母上は私を雪の上に降ろすと特訓を開始する。

「さぁ、走るのじゃ。そしてわらわが手を叩《たた》いたら止まって丸くなるのじゃぞ」

「わかった」

何だか間抜けな光景になることが予想できたが、私はとりあえず雪の上をわふわふと走った。

わふわふ、わふわふ、わふわ――。

そこで母上がパンと手を叩いたので、私はその場できゅっと丸くなった。前足で耳も隠し、じっと動かない。

「みえてる？」

丸まったまま、母上に聞く。

「わらわからは丸見えじゃが――」

丸見えなの？

「――空からは見えにくいであろう」

母上はそこで空を見上げたようだった。

「ハイリリス！　どうじゃ？」

「え？　ハイリリス？」

私も思わず空を見る。快晴の空には、南国が似合いそうなカラフルな鳥が飛んでいる。あれは確かに風の精霊のハイリリスだ。

何でハイリリスがここに？　と私が疑問を口にする前に、彼女が空から怒鳴った。

「どうして私がこんな特訓に協力しなきゃならないのよ！」

「どうせ暇じゃろうが」

母上は辛辣《しんらつ》に言う。

「暇だけど、こういうことする暇はないの！」

たぶんハイリリスは、この特訓のために母上に呼び出されたんだろう。なんかごめん。

しかし彼女はぷりぷり怒りながらも、ちゃんと特訓には協力してくれたのだった。

「でも、動かないでいるとミルフィリアの姿はちゃんと雪に紛れてるわよっ！」

ハイリリス、いい人。


特訓を終えると、私たち三人は洞窟に戻って休憩した。母上はキツネの姿になって、枯れ草を敷いた寝床の上に座り、私はその横で母上に取ってもらったつららをかじる。そしてハイリリスは自分の尾羽にくちばしを伸ばし、一生懸命毛づくろいをしようとしていた。ハイリリスの尾羽は長いので、ちょっと体勢がキツそうだ。

私はつららをかじるのをやめてハイリリスに尋ねる。

「ハイリリス、つららいる？」

ずっと空を飛んでいた彼女は私より疲れているんじゃないかと思い、水分補給するかと聞いたのだ。

「いらない」

しかしハイリリスはつららを一瞥《いちべつ》して即答すると、また尾羽を整える作業に戻ってしまう。

「そこ、気になるの？　おばね」

「まぁね。綺麗《きれい》にしておかないと」

「じゅうぶん、きれいだよ。キラキラしてて」

私が褒めると、ハイリリスは「ふふん」という感じで得意げに顔を上げる。

「ありがと。この尾羽はね、ヒルグも気になるって言ってくれたの」

ハイリリスは嬉《うれ》しそうに言った。炎の精霊であるヒルグパパ――クガルグのパパだから私はそう呼んでる――は、ハイリリスの想《おも》い人なのだ。

ヒルグパパは私の母上のことが好きみたいだし、ハイリリスのことをまだ大人の女性としては見られないらしいので、一方通行な恋心だ。

でも、ハイリリスは最近いちいち母上に嫉妬したりしないし、この片想いを楽しんでいる様子でもある。

「『お前の尾羽は長くてひらひら揺れるから、つい気になってしまう』って言ってたのよ」

ハイリリスは嬉しそうに言っているけど、ヒルグパパの動物の姿は黒豹《くろひょう》だから、ネコ科の肉食獣として気になってしまうという意味ではないだろうか。異性としてではなく獲物的な意味で狙われているのでは？　大丈夫だろうか。

まぁ、クガルグならともかくヒルグパパは実際にはハイリリスに飛びかかったりしないと思うけどね。

だけどヒルグパパにそう言われて、一生懸命に尾羽を整えるハイリリスは健気《けなげ》で可愛《かわい》い。

（恋する乙女って感じ）

いいなぁ。私も恋したいなぁと思いつつ、再びつららをかじる。

「ミルフィリア、あまりつららばかり食べているとまた腹を壊すぞ」

「そうだった」

この前、暑いからとつららを一本まるごと食べたらお腹《なか》が痛くなったのだ。お腹を冷やして腹痛を起こす精霊なんて私くらいかもしれない。しかも私は寒さに強い雪の精霊だと言うのに。

「ミルフィリアってほんと変わってる」

ハイリリスはそう言うが、私は反論した。

「ハイリリスもかわってるんじゃない？　だって、恋をするせいれいって、めずらしいでしょ？」

「そんなことないわよ。クガルグは明らかにミルフィリアを好きだし、言いたくないけど、ヒルグだってスノウレアに恋をしてるようなものでしょ？」

「あ、そっか」

そくざに論破されてしまう。

「全く！　私にそんなこと言わせないでよね！」

「ごめん。ハイリリスはヒルグパパにかた想いしてて、つらいのに……。ごめんね。ヒルグパパは母上が好きだなんていわせて……。ハイリリスつらいのに……ごめん……。つらいのに」

「ちょっとやめてよ！　そんなに辛《つら》くないわよ！」

ハイリリスは羽をバサバサさせて怒った。ごめん。

でもハイリリスやクガルグ、ヒルグパパの他にも、恋をする精霊っているのかな？　まだ出会っていない精霊たちも、もしかしたら素敵な恋をしているかもしれない。

なんて、恋に憧れる私はふとそんなことが気になったのだった。


さて、恋に憧れる私だが、今はなかなかいい相手が見つからない。

前世の記憶があるせいでクガルグはお子様に見えてしまうし、あとは私の周りには保護者しかいないから。

北の砦のみんなだってそう。みんなはお父さんやお兄ちゃんって感じだし、そもそも乙女が憧れる騎士と言うには、全員ちょっといかついんだもんな。

（……そんなみんなに会いに行こうかな）

いかつい、みんなに。

北の砦には、毎日お昼前後に遊びに行っている。昼の休憩時間を狙って行っているのだ。お仕事中だと、みんな私にあまり構ってくれないからね。

「母上！　とりでに行ってくるね！」

「暗くなる前に帰ってくるのじゃぞ」

スノウレア山のパトロールに出かけるという母上と別れて、移動術で砦まで飛ぶ。

移動術を使うのも慣れたもので、隻眼の騎士の姿を思い浮かべると、私のもふもふの体は小さな吹雪に変わって消えた。

そして一瞬ののち、またもふもふの体が戻ってきて砦に到着していた。隻眼の騎士を目標にして飛んできたので、近くには隻眼の騎士がいるはずだけど……。

(あ、あんなところにいた)

隻眼の騎士は野外の訓練場にいた。訓練用の剣で部下たちに稽古をつけていたらしく、隻眼の騎士の周りにはキックスやジルドたちが死屍累々《ししるいるい》って感じで倒れている。隻眼の騎士、つよい。

(というか、隻眼の騎士遠いな)

私と隻眼の騎士の間には、数十メートルの距離がある。移動術を使うのも慣れたものだと気を抜いたのが悪かったのか、目標からちょっと離れたところに到着してしまったみたい。

「よし、訓練は終わりだ。お前たち、まだまだだな。もっと鍛錬するように」

「うぃ～」

隻眼の騎士の言葉に、疲れ切っているらしいキックスたちはのっそりと体を起こして答える。

(そういえば初めてこの砦に来た時も、訓練場で隻眼の騎士がこうやって稽古をつけてた)

私は緊張しながらそれを観察していたのだ。そう、ちょうどこの砦の陰からこうやって顔を覗《のぞ》かせて。

過去を思い返しながら、私はその時と同じ行動を取った。息を殺して、じーっと隻眼の騎士を見つめたのだ。

するとご隻眼の騎士も、その時と同じく野性的な勘の鋭さを発揮して突然こちらを振り返った。

私は思わずサッと物陰に隠れる。

「ミル？」

そして隻眼の騎士の声が聞こえてきた時には、私はその場から逃げ出していた。

（いいこと思いついた。〝初対面ごっこ〟しよう）

最近、砦のみんなとの関係がマンネリ化してきていると思っていたのだ。お互いの存在に慣れ切ってしまっていたので、ここらで新鮮さを出すのもいい。

というわけで、私は雪の積もっていない地面をタッタッと軽快に駆けながら、くだらない遊びに興じることにした。

「ミル、来てたのか。……って、おい？」

さっそく門番のアニキに出くわしたが、私は慌てて方向転換して逃げ出した。砦の中に入ろう。

と、逃げた先では相変わらず顔が怖いコワモテ軍団にも出会ったけど、

「おーい」

「何で逃げるんだよ」

もちろん彼らからも急いで逃げる。コワモテ軍団は優しい人たちだって分かってるけど、初対面の時は本当に怖かったななんて思い出しながら。

そして次に出くわしたのは、ちょっぴり天然で可愛い女性騎士のティーナさんと、美人でかっこいいレッカさんだ。

「ミルちゃん？」

「ミル様、どうされたのですか？」

廊下の角から顔を覗かせ、じっと動かない私に対して、二人は首を傾《かし》げている。

「ミルちゃん？　どうしたの？」

ティーナさんがもう一度尋ねてくる。私のことを心配してくれている様子だったので、確かに何も言わないままじゃみんなが不安がると思い、小声でそっと意図を伝えた。

「……〝しょたいめんごっこ〟してるの」

「初対面ごっこ？」

ティーナさんの疑問に、無言でうんうんと頷《うなず》く。

「まんねり、だから。わたしたち」

また小声で伝えて、ターッと走って逃げる。

「あ、ミルちゃん！」

さようならティーナさん、レッカさん。私がこの遊びに飽きたらまた頭を撫《な》でてもらいに行くからね。

私は再び砦の中を駆け回る。石造りの砦の中は夏でもひんやりしていて、肉球に当たる床も少し冷たい。

急な階段を駆け上っていき、着いたのは支団長さんの執務室がある階だ。そしてタイミングよく執務室から出てきた支団長さんが、階段を上り終えた私を発見する。

支団長さんは氷の仮面をかぶっているかのような冷たい雰囲気を持つ美形騎士だけど、私を見ると表情がゆるゆるになる。

「ミル」

そして嬉しそうに頬を赤らめてこちらにやって来た。

しかし私は、私をもふろうと伸ばされた支団長さんの手を避《よ》ける。初対面ごっこ続行中だからだ。

「……ミル？」

支団長さんは避けられたショックで目を見開き、わなわな震え始めた。

「ミル、どうして……」

悲しむ支団長さんと、初対面のつもりで警戒しながらじっと見つめ返す私。

「ミル？」

さらに伸ばされてくる支団長さんの手を、じりじりと後ずさりしながら避ける。まさに初対面って感じでいいな。

しかしいいなと思っているのは私だけで、支団長さんはすでに私を触れない禁断症状が出始めている。震えが止まらないし、この短時間で憔悴《しょうすい》している。廊下に膝をついて絶望しているのだ。さっきまで元気そうだったのに、このやつれようは何？　急に痩《や》せた？　唐突にクマができてない？

何だか怖くなってきたし、罪悪感を感じるので、私は早々に初対面ごっこをやめた。

「しだんちょうさん、大丈夫？」

「ミ、ミル……！」

私が寄って行って支団長さんの脚をカシカシと引っ掻《か》くと、支団長さんはパァァと顔を明るくした。絶望していた人が希望を取り戻すとこんな顔になるのか。

「ごめんね、しょたいめんごっこしてたの」

「そんな心臓に悪い遊びはやめてくれ」

支団長さんにはそう言われたけど、私もまさか支団長さんの心臓に悪影響を与える遊びだとは思わなかったからさ。

支団長さんは私を抱き上げ、ぎゅっと抱きしめた。そして背中をもふもふと撫でてくる。私はされるがまま大人しくしておく。これがキックスなら抵抗するけど、支団長さんは何か……抵抗したら死んじゃいそうだから。繊細な人なのだ。

（初対面ごっこは禁止だな。ちゃんと説明せず逃げちゃったから、後で隻眼の騎士のところにも行こう）

私はそう考えつつ、支団長さんにもふられ続ける。

「ミルの体は少しひんやりしていて、涼しいな」

あ、ちょっと！　暑いからってどさくさに紛れて私の体で涼を取るのはやめてよ。

「せきがんのきしー！」

支団長さんに散々もふられた私は、隻眼の騎士のところに戻ろうとした。隻眼の騎士も私を探していたらしく、砦の廊下で出くわす。

「せきがんのきし！」

「ミル！」

私はジャンプして隻眼の騎士の胸に飛び込もうとし、隻眼の騎士はしゃがんで私を受け止めてくれる。おかげでジャンプ力の足りない私が隻眼の騎士のすねにぶつかることはなかった。私のイメージでは胸までピョーンと跳べてたんだけどおかしいな。

「せきがんのきしー！」

私は隻眼の騎士の胸にぐりぐりとおでこを擦《こす》り付けた。

やっぱり初対面ごっこは中止してよかった。だって私はこんなに隻眼の騎士が好きなのに、ずっと逃げ回れるはずがない。

「ミル、さっきはどうしたんだ？　様子が変だったから心配したんだぞ」

「ごめんなさい、しょしんを思い出そうとしてて……」

「何だかよく分からないが、いつも通りのミルに戻ってよかった」

隻眼の騎士は私を抱き上げて息をつく。

そして数秒黙った後にこう言ったのだった。

「……ミルを抱いてると涼しいな」

あ、また涼を取られてる！

翌日、砦に行くと、隻眼の騎士にお昼ごはんを貰《もら》った後で私は散歩に出た。隻眼の騎士たちはお仕事に戻ってしまったから、一人で。

外――と言っても砦の敷地内――を歩いていると、日差しがじりじりと背中を焼く。暑い。日差しを避けるように木陰や砦の影になっている部分を歩くが、今は太陽がほぼ真上にいるので、影もあまりできていない。困った。

と、私が木陰で佇《たたず》んでいると、小鳥たちがピチチと鳴きながら近くの枝にとまる。支団長さんが密《ひそ》かに餌付けしているので、この砦には小鳥がよく来るのだ。夏は自然界にもエサが豊富にあるから、支団長さんが用意したエサは無駄になっているようだけど。

だけど小鳥たちも私のことを見慣れてきて、何かちょっと舐《な》められているというか、『あいつはキツネだけど俺たちの敵じゃねぇぜ』って感じで油断されまくっている。

今も枝の上から私の方に飛んできて、頭に着地された。ちっちゃな足がくすぐったい。

「なぁに？」

小鳥が頭から落っこちないようにしながらゆっくりと伏せの体勢を取ると、さらに数羽の小鳥たちがどこからかやって来て、私の背中にとまる。

「そこでおちつかないで」

私の耳の横でピチピチ鳴いて仲間同士でお喋《しゃべ》りしないで。毛づくろいしないで。抜けた羽根を私の上に捨てないで。くちばしの汚れを私の毛になすり付けないで。あ、フンは絶対にやめて！

小鳥たちは私のもふ毛に惹《ひ》かれてやってきたのかと思ったけど、彼らも自前のもふ毛を持っているし、違うんじゃないかと思う。

となると……。

「あ、わたしの体ですずんでるでしょ！」

また勝手に納涼されてる。

夏の間は逆カイロとして利用される運命なのかもしれない。

私が小鳥たちを上に乗せてその運命を大人しく受け入れていると、そこにキックスがやって来た。

「何やってんだ、ミル」

キックスが近づいてくると小鳥たちは一斉に飛び立って逃げたので、私も立ち上がって体をブルブル振る。あー、くすぐったかった。

「小鳥とまどろんでないでさ、ミルに手伝ってほしいことがあるんだよ」

キックスは私を抱き上げ、砦の中に入っていく。

「手伝う？　なに？」

片腕で私を抱えたまま廊下を進むキックスに尋ねる。

キックスは軽い調子で答えた。

「いやぁ、俺、今日、荷物配りの係だから」

言いながら、砦に届けられた手紙や荷物を集めておくための小部屋に入った。

「またなの？」

私は呆《あき》れて言う。砦に届けられた荷物を配るのは、勤務中にお喋りをしたりして気を抜いている騎士に罰として与えられる仕事だ。だからいつもキックスか、キックスと仲のいい若手騎士のジルド、ジェッツばかりがこの仕事をやっている。三人とも真面目に仕事をすると死んでしまう病気なんだと思う。

「別にふざけたりしてないいんだけどさ。門番やってる時に暇だったからちょっと口笛吹いちゃって、それを運悪く副長に見られたんだよ」

「くちぶえはだめだよ」

「ミルに叱られるなんて……」

キックスは嘆いた。何故《なぜ》嘆く。

部屋の中央には大きな机があり、キックスは私をその上に乗せた。騎士たちに配る荷物も机の上に置いてあるが、今日は少ない方だ。手紙が二通に、小包が一つ、それに大きな荷物が一つだけ。しかし最後の大きな荷物は重そう。

「げ、またバウンツさんへの荷物じゃん。重いから運ぶの嫌なんだよなぁ」

バウンツ宛ての荷物は、どうやらお母さんから送られてくる毎月恒例の食料らしい。バウンツはコワモテ軍団の一員で、ちょっぴり……いやちょっぴりというかがっつり太っている。よく食べるのだ。「成長期だから」って本人は言ってるけど、確かバウンツはもう二十代後半のはず。

「ミルに手伝ってもらうにしても、バウンツさんへの荷物は無理だな。こっちの手紙を配ってもらおう」

「うん、いいよ」

「あ、ちょっと待って」

キックスは私に渡そうとした手紙の宛名を確認し直した。そして声を弾《はず》ませて言う。

「これ、俺宛てだ。実家からだ！」

「へぇ、よかったね！」

家族とはなかなか会えないだろうし、手紙が来ると嬉しいのだろう。

「キックス、たしか兄弟たくさんいるんだよね？」

前にちらっとそういう話を聞いたような……。

「そう。俺が長男で、年の離れた弟や妹が四人いる」

そう、キックスはわがままな末っ子のように見えて、実は弟たち想いの長男なのだ。実家に仕送りもしていると聞いた。

「そんで母親は今、六人目を妊娠中」

「ええ！　すごい」

「もう兄弟は十分だってのにさ。まぁ可愛いからいいけど。そういえばそろそろ産まれる予定だったな。もしかしたらその知らせかも」

キックスは嬉しそうに手紙を開け始めた。私もわくわくしながらそれを見守る。

封筒から手紙を取り出し、二つに折られていた紙を開くと、キックスは安心したように笑った。

「やっぱり！　一昨日《おととい》、無事に生まれたってさ！　六人目は弟だ！」

「わぁ、よかったね！　おめでとー！」

私は机の上でぴょんぴょんと跳ねた。いいなぁ、おめでたい！

「あかちゃん、かわいいだろうねぇ」

跳ぶのをやめた私がしみじみ言うと、キックスは自慢げに返してきた。

「俺の弟だからな！　俺の弟や妹はみんな俺に似て金髪で、みんな俺に似て顔も可愛いんだ」

「そっかぁ」

白けた顔で「キックスじゃなく両親に似て金髪で可愛いんでしょ」と突っ込もうか迷ったけど、弟が生まれておめでたい時なので、にっこり笑って頷いてあげた。

まぁ、キックスは確かに童顔で可愛い系だし、ここの砦の騎士にしては全くコワモテではないもんね。幼い弟や妹たちが可愛い容姿をしているのは簡単に想像できる。

「次の長期の休みに帰るのが楽しみだなぁ。本当は今すぐ弟の顔を見に行きたいけど、簡単に帰れる距離じゃないしな」

「そうだよね……」

家族と離れて暮らすのは寂しい部分もあるだろうなと思って、私はキックスの代わりにしょんぼりする。

するとそのしょんぼりを誤解したらしいキックスが、笑って私を抱き上げる。

「何拗《す》ねてるんだよ！」

「へ？」

「さては俺が弟や妹のことばっかり可愛いって言うもんだから、やきもち焼いてるな！」

「へ？」

私はキックスに抱っこされながらぽかんと口を開けた。キックスに、ヤキ、モチ……？

「心配しなくても、お前は弟たちとは別の次元で可愛いよ。な？」

キックスは顔だけ見れば結構イケメンだ。可愛い系イケメン。

そのイケメンに「可愛いよ」と言われているのに、それほど嬉しくないのは、キックスの普段の行いが悪いせいだ。この前だって、私の耳の根元をつまんで長細くして「ウサギ！」という一発芸をやり、しかもあまりウケなかった。私を巻き込んでスベったのだ。このやろうめ！

悲しい記憶を思い出し、私はキックスにガブガブと噛《か》みつく真似《まね》をした。エアガブガブだ。

しかしキックスはそれも嫉妬だと勘違いし続ける。

「機嫌直せよ。拗ねるなって」

「すねてない！」

その日の夜、キックスは砦のみんなから弟が生まれたお祝いをしてもらったようで、しこたまお酒を飲まされたらしく、次の日には二日酔いで気持ち悪そうにしていたのだった。

「あー、まだ気持ち悪《わり》ぃ」

「だいじょうぶ？」

今日も砦に遊びに来ていた私は、お昼になっても二日酔いが治っていないらしいキックスに声をかけた。

「でもみんな、キックスにおとうとが生まれたこと、祝ってくれたんだね」

私はしっぽを小さく振って言ったが、キックスは気持ち悪そうな顔をしたままこう返してくる。

「いや、あいつら絶対、酒を飲む口実が欲しかっただけだ。普段も酒を飲んじゃいけないわけじゃないけどさ、支団長や副長が怖《こえ》ぇから、何か口実がなきゃ思い切り飲めないいんだよ」

「ふーん」

「今日、副長の訓練の日じゃなくてよかった……」

そう呟《つぶや》きながら「ちょっと休んでくる……」と宿舎の自室に向かうキックスを見送る。訓練の日だったら隻眼の騎士にしごかれるもんね。


キックスと別れて砦の中をぶらぶらしていると、鎧戸《よろいど》が開いたままの窓から突然セミが突っ込んできた。ブブブブッと羽を動かしながら廊下を転がり回っている。

この地域にいるセミは日本のセミとは種類が違うようだけど、見た目はほとんど変わらない。

「ヒッー!?」

虫が苦手な私は悲鳴ともつかぬ声を上げ、全身の毛をボワッと逆立てる。セミってどうして死の間際にこうやって暴れ回るんだろう。死んでいると見せかけて近づいたら暴れ回るというトラップを仕掛けるセミもいるから、夏って本当に恐ろしい。

「ここここ、こっちこないで!」

ブブブブッと廊下の床を暴れ回りながらセミがこちらにやって来たので、私は慌てて踵《きびす》を返した。怖い怖い怖い！　なんでこっち来るの！

「せきがんのきしー！」

ピンチなので思わずその名を呼びながら、セミから逃走する。

さすがに死にかけのセミよりは私の方が速いので、すぐにセミから距離を取ることができた。ホッと息をつき、隻眼の騎士の名前を呼ぶのをやめる。

するといつの間にか玄関の方に来ていたようで、外を見ると、見回りから帰ってきたらしい騎士たちを発見した。隻眼の騎士はいないようだけど、ティーナさんとレッカさんはいる。すでに馬は厩舎《きゅうしゃ》に入れていて、これから休憩を取るようだ。

ティーナさんたちは涼しい顔をしているけど、ムキムキの筋肉をまとった男たちは暑そうだった。

「あちー」

「すっかり夏本番だな」

何人かはそんなことを言いながら騎士服を脱ぎ始めている。暑くなると虫も増えるけど、砦には裸族も増えるのだ。さすがに仕事中は脱がないけど、休憩中には上半身裸になっている騎士も多い。やだー。

日本の夏なら、裸になったら肌に直射日光が当たって逆に暑いと思うから、こっちの夏はやはり日本ほど暑くなく、日差しも穏やかなのだろう。

でもいかつい騎士たちが脱いだら、見てるこっちとしては暑苦しくて体感温度がさらに上がってしまう。

「せめて肌着は着ていてくださいよ」

レッカさんがちょっと恥ずかしそうに注意しているけど、男たちは「やだ」「暑いもん」と可愛くないのに可愛い口調で反論している。

ちなみにティーナさんは夏のこの光景を見慣れてしまったらしく、恥ずかしがる様子はない。それどころか脱ぎたくなる気持ちも分かるらしい。

「ここは寒い時期が長くて、それに体が慣れるからでしょうか？　ちょっと気温が上がると暑いなって思っちゃうんですよね。地元にいた時は、これくらいの気温だったらまだ涼しい方だったんですけど」

汗はかいていないようだけどティーナさんも暑いらしい。

みんなの様子をじっと見ていると、裸族たちがこちらに気づいてしまった。

「お、ミル」

「もう初対面ごっこはやめたんだよな？」

そう言って私のことを抱っこしようとしてくるので、私は慌ててレッカさんやティーナさんの方に逃げた。抱っこしたければ、まずは汗を拭いて服を着て！

さて、夏と言えば虫、裸族、そしてクガルグだ。クガルグは炎の精霊だから、雪の精霊の私とは正反対の存在で、暑さに強く、夏はとっても元気になる。

ティーナさんたちと別れてまた一人になったところで、クガルグは私のところにやって来た。

空中にポッと火が灯《とも》り、それが大きくなって黒い子豹に変化したのだ。

「ミルフィー！」

クガルグは現れたと同時に私の方にやって来て、ズンッと親愛の頭突きをしてくる。

「うっ……」

「元気か？」

元気だったけど、胸元に頭突きをされたせいで一瞬息が止まりかけたよ。

「げんきだよ。きのうも会ったじゃない」

私が毎日砦に遊びに来るように、クガルグはほぼ毎日私に会いに来るのだ。夏になってからは特に皆勤じゃないかな。

クガルグはつり目の赤い瞳でこちらを見ながら言う。

「だって夏だし、ミルフィーはあついの苦手じゃんか。一日ですぐよわっちゃうかもしれないと思って」

「しんぱいしてくれてるの？」

「うん」

「ありがとう」

夏のクガルグは意外と紳士なのだ。ここのところ毎日私に会いにやって来るのも、私の体調を気にしてのことみたい。

「ここ、日があたる」

窓から差し込む日差しが私に当たっていたので、クガルグはそう注意してくれた。

「だいじょうぶだよ」

これくらい平気だと言っても、クガルグは問答無用で私の首の後ろを噛み、ズルズルと日の当たらない廊下の隅に連れて行く。そして私の頭を舐めて毛づくろいを開始した。ネコ科の動物って、どうしてこんなに毛づくろいが好きなんだろう。

「ねぇ！　今日はねぐせついてないし、けづくろいはいいよ。それにちょっとくらい日なたにいても平気だよ」

クガルグは、クガルグから離れようとした私の首にガッと前足を回して拘束し、毛づくろいを続ける。絶対に日向《ひなた》には行かせないし、毛づくろいもやめないという気概を感じる。

「わかった。わかったから」

諦めてその場に寝転がると、クガルグは思う存分私の毛皮を舐め回す。胸元のもふぁっとしたボリュームのある毛には毎回苦戦しているが、今日も頑張って整えてくれている。

そしてさりげなく毛をかき分けて、私がちゃんと赤い石のついたネックレスをしているか確認していた。これは王都に一緒におつかいに行った時にクガルグに貰ったもので、つけているかを定期的にチェックされる。

クガルグは付き合ったら束縛するタイプだなと思っていたけど、私は付き合ってないのにすでに束縛されている気がしたのだった。

クガルグが帰ると、クガルグに散々毛づくろいされてピカピカになったけれど疲れた私は、癒しを求めて隻眼の騎士を探した。隻眼の騎士は癒しとは程遠い鋭い顔つきだけど、私にとってはオアシスなのだ。

「せきがんのきしー！　せきがんのきしー！」

呼びながら砦の中を走っていると、後ろの方から「ミル！」と声をかけられた。

「せきがんのきし！」

ピョーンと跳んで隻眼の騎士に飛び込むと、今回も隻眼の騎士はしゃがんで私を受け止めてくれた。ボフボフとしっぽを振りながら、私は隻眼の騎士に抱っこされる。

「あ、そういえば、さっきセミがいて、こわかった……」

弱々しく言い、隻眼の騎士に「よしよし」と頭を撫でてもらうと満足する。母上だと「虫なんぞを恐れてどうする！」って特訓に発展しそうだけど、隻眼の騎士は慰めて甘やかしてくれるから嬉しい。

「ミル、暑いだろう。雪をやろうか」

「雪？」

雪を私にくれるって、夏なのに？

こてんと小首を傾げると、隻眼の騎士は疑問に答えないまま小さく笑って廊下を進む。やがて裏戸から外に出ると、敷地内にある石造りの小屋の前で止まった。砦にはいくつか小屋があって、食料だったり武器だったりが入っているけど、ここは何が入っているんだろう？

隻眼の騎士が重そうな金属の扉を片手で開けると、暗い小屋に光が差し込む。そして見えたのは、真っ白な雪だった。

「雪だ！」

私はピンとしっぽを立てた。

「すごくたくさんある！」

小屋は大量の雪で埋まっていたのだ。

隻眼の騎士は笑って説明する。

「雪室《ゆきむろ》と言うんだ。毎年、冬の間にここに雪を運び込んで溜めておく。そうすれば夏まで融《と》けない。雪の中には野菜や芋、肉も埋めてあるし、飲み物を冷やしたい時には、ここから必要な分の雪を持っていく」

「へぇ」

天然の冷蔵庫にもなるし、氷代わりにも使えるんだ。

そして隻眼の騎士は小屋に入ると、貯蔵していた雪を小さなシャベルで削り、雪玉にして私に差し出した。

「え？　いいの？」

「夏の間は雪が恋しいだろうからな」

「ありがとう！　でもすみかに帰れば雪はいっぱいあるよ。母上がふらせてるから」

「……そうだったな」

隻眼の騎士は自分のうっかりミスに苦笑いし、雪玉をどうしようかと迷っていたようだったので、私はそれをパクッと咥《くわ》えてしっぽを振った。

「えも、うれひーよ（でも、うれしいよ）！」

そうして隻眼の騎士を遊びに誘い、雪玉が融けてなくなるまで、ボール投げをしてもらったのだった。


（雪の中に食べ物を貯蔵しておくのかぁ……）

砦から住処の洞窟に戻った私は、キツネの姿の母上と一緒にまどろみながら、砦の雪室のことを考えていた。

冬には厄介な存在でしかない雪だけど、夏の間は重宝されるのだ。

（そういえば私も一応、ちょっとだけなら雪を発生させられるんだよね）

フーッと口から息を吐けば、小さな吹雪を出せることもある。最近は練習をしていないから、出せる確率は減っているかもしれないけど。

（出し方を忘れちゃう前に練習しておこうかな）

母上が昼寝を始めたところで、私は起き上がってお座りをした。そうして一人で何度も息を吹きながら、小さな吹雪を出す練習をする。蝋燭《ろうそく》を吹き消すように口をすぼめて、勢いよく息を吐く。頭の中で吹雪を出すイメージを作ることも大切だ。

「ふー！　ふーっ！　ふーーっ！　……だめだ、ひさしぶりにやるから」

吹雪は全然出てこない。でも三度目で一片《ひとひら》の雪がペラッと口から出てきたので、練習あるのみだ。

「ふーーっ！　ふーーっ！」

私は母上が眠っている横で、ひたすら息を吐き続ける。ちなみに母上は珍しくお腹を出して仰《あお》向《む》けで寝ていた。この辺りもやはり真冬と比べると気温が高いからだろう。夏にうつ伏せの姿勢で寝ているとお腹が蒸すんだよねぇ。

「ふーーっ！　……あ、でた！　やったぁ！」

小さな吹雪を生み出すと、私は嬉しくなってその場でぴょんぴょんと跳ねる。

しかしすぐに止まると、真剣な顔をして再び集中する。一回だけで喜んでちゃ駄目だ。

「もっとがんばろ」

そうして母上が昼寝から目覚めても私は練習を続け、夜になる頃にはヘロヘロに疲れていた。

息を吹きすぎて途中で何度か酸欠になりかけたし、口の中が渇いている。

だけど練習の甲斐《かい》あって、ほぼ毎回吹雪を出せるようになった。

「ミルフィリアがこれほど熱心に特訓に取り組むのは珍しいの」

ずっと私を見守ってくれていた母上が感心したように言う。

「だが、ちゃんとやればミルフィリアも上達するのじゃな。鈍くさい子じゃと思っていたが、それは本気で特訓に取り組んでいなかったからかもしれぬ」

私、鈍くさい子だと思われてたのか。初耳。

まぁ実際鈍くさいんだけど、確かにいつもは特訓に乗り気じゃないから、余計に成果を出せないのかもしれない。

「しかし口から吹雪を出して何をしたいのじゃ？　何か目的があったのか？」

「え？　えーっと……」

私は前足を口元に当てて考えた。考えたけど、目的は特に思い浮かばなかった。

「とくにない」

そういえば口から吹雪を出したところで、特に役には立たないよね。私が発生させる小さな吹雪じゃ、雪室の雪を増やそうとしてもかなり時間がかかるし、誰か敵を攻撃して倒すのも難しい。

せっかく練習したんだから、何かに役立てたいんだけど……。

翌日、私は砦に向かうと、隻眼の騎士に昨日の練習の成果を見せた。

息を吐くと、ちゃんと成功して小さな吹雪が出てくる。

「すごいな、ミル」

「すごいでしょ！」

舌を出してえへえへと笑いながら、隻眼の騎士の周りを回る。褒められるの大好き。

「だけどね、これってなんの役にもたたないの。てきを倒せたりもしないし」

「そんな想定なんてしなくていい。ミルの敵は俺が倒す」

隻眼の騎士は言い切った。信頼感がすごい。

「だが、そうか。それを何かに役立てたいのか？」

「うん」

「今の季節、体に浴びたら涼しそうだが……」

「やってみる！」

隻眼の騎士にしゃがんでもらい、素肌が出ている首元を狙って私は息を吹きかけた。すると雪が肌に張り付き、隻眼の騎士の首を冷やす。

「冷たくて気持ちがいい。というか、少し冷たすぎるくらいだが……ああ、だが体温ですぐに溶けてしまうな」

隻眼の騎士は首元を撫でながら言う。

「それに襟が濡《ぬ》れてしまう。最初は気持ちいいんだがな」

肌もベタベタ、服もびしょびしょだと不快だよね。私の吹雪は、誰かを涼しくさせるっていうのにも使えなそうだ。

がっかりしていると、隻眼の騎士は「そうだな……」と頭を悩ませながら違う活用法を考えてくれる。

そしてこう言った。

「その力で水を凍らせたりはできないか？　氷が作れれば結構有り難いな。飲み物に入れて冷やせるし、タオルに包んで打ち身をしたところを冷やすのにも使える。冬の間は雪でやっていたが」

そういえばタオルでくるんだ雪で患部を冷やしている光景を見たことがあるな。訓練で怪我《けが》をすることも多いからね。

「やってみる」

「よし、水を持ってこよう」

そう言って、隻眼の騎士は小さな桶《おけ》に水を汲《く》んできてくれた。私は目の前に置かれたそれに向かって、また息を吹きかける。

だけど一度では水は凍らない。私は何度か繰り返したけど、この桶の水を氷に変えることはできそうになかった。

「むりだよ、せきがんのきし……！」

早々にギブアップして言う。

だけど隻眼の騎士は桶の水に手を入れて笑う。

「いや、氷はできてるぞ。ほら」

水の表面が凍って、確かに薄い氷ができていた。隻眼の騎士が持ち上げたら崩れて割れてしまうほどの薄さではあったけど。

「ああ、割れてしまった。でもちゃんとできてただろう？」

「うん」

隻眼の騎士は私を励ますように言う。氷を作れたのは嬉しいけど、何かに活用できるほどの量は作れなそうだ。

けれど隻眼の騎士は、私の頭を撫でてこう言う。

「氷を作るのは大変かもしれないが、ミルに頼めばコップの水くらいなら冷やしてもらえそうだ」

「あ、そうだね！　それくらいならできる！」

「夏場は大人気になりそうだな」

「ねぇ、せきがんのきし、冷やすといえばさ……」

私は後ろ足で立ち上がると、しゃがんでいる隻眼の騎士の膝に両前足を置いて顔を近づけた。

「くだものを冷やしてもおいしいよね？　たとえばいちごとか、それくらいの大きさのものなら、ちょっと凍らせることもできるかも」

そしたらフルーツをそのまま使ったアイスみたいになってきっと美味《おい》しいよ。

思い浮かべて、私はよだれを垂らした。

「分かった分かった。ミルのごはんもまだだったしな」

隻眼の騎士は苦笑して私を食堂に連れて行ってくれた。そして食堂でごはんを食べた後、料理長さんに事情を話して余っている果物はないか尋ねた。

「コケモモやブルーベリーは多めにあるから持って行ってくれて構わないよ。今の季節、たくさん採れるからな。生で食べるのならブルーベリーの方がいいだろう」

夕食のお肉に添えるソースとして使うらしいコケモモは、どうやらちょっとすっぱいみたい。

というわけでお皿いっぱいにブルーベリーを貰った私は、隻眼の騎士にそれを席まで運んでもらった。そして椅子に座った隻眼の騎士の膝に乗ると、私はテーブルの上のブルーベリーに息を吹きかける。小さな吹雪にさらされた紫色の果実たちは、雪に覆われて半分ほどが見えなくなった。

「どうだろう？　こおったかな？」

「食べてみるといい」

隻眼の騎士はそう言って私の口にブルーベリーを一粒入れてくれた。ブルーベリーは冷たく、表面は凍っているけど、中は生のままでみずみずしい。ほんのり甘くてシャリシャリしている。

「ちょっとこおってる！　おいしい！　せきがんのきしも食べて」

「どれ……。うん、美味しいな」

隻眼の騎士はもう一粒食べてからこう続ける。

「完全に凍っていないのがいい。冬に果物を外に置いておけば勝手に凍るが、カチコチに硬くて歯が立たないからな。これはちょうどいい。上手に凍らせたな、ミル」

「えへへ」

褒められて頭を撫でられると、嬉しくて笑顔になっちゃう。舌も勝手に出ちゃうし。

その後、料理長さんにもブルーベリーをあげて「うまい！」と褒められ、私はえへへえへと照れた。さらに、食堂にやって来たキックスとティーナさん、レッカさん、それに支団長さんにもブルーベリーをおすそ分けし、「美味しい！」「夏にぴったりだな」と言われてえへへへへとニヤついたのだった。

えへへ……。

祭壇

スノウレア山の麓には、雪の精霊を祭る祭壇がある。森の中の開けた場所に、石でできた古い柱がぽつんと二つ並んでいる、それだけの場所だ。

その柱の間には後から作られたような木の台があって、近くの村人たちはそこにお供え物を置き、この地の平和を祈るのだ。

私がこの祭壇に遊びに来ると、祈りを捧げている最中の村人たちに時々出くわす。けれど隠れて見ていると、彼らは「大金持ちになりたい」とか「私を守ってください」なんていう独り善がりな願いは言わない。

ただ「この地をお守りください」とか、「守ってくださりありがとうございます」とだけ言うのだ。

母上がここに来る前は、山の頂上付近の雪が夏には全て融けていたようだから、村人は隣国からの侵入者の脅威に怯《おび》えていたのだろう。だから雪を降らせる精霊に感謝してくれる。

そんな謙虚な村人たちのことが、私も好きだ。

それに最近は母上のためのお酒だけでなく、私のためにお菓子や果物なんかも供えてくれる。村人も私の存在に気づいているのだ。

私がこっそり村に遊びに行ったり、スノウレア山の麓で遊んでいたりする時なんかに目撃されていたみたい。あとは、皆に私が遊びに来ているという噂《うわさ》を聞いているのだろう。結構前から私の存在は村人に認知されていたらしい。

私へのお供え物は、ほとんどの場合、先に動物たちに食べられてしまうんだけど、それはそれでいい。特に冬は動物たちもお腹を空《す》かせているからね。村人たちのお供え物は、厳しい環境で暮らす動物たちを飢えから救い、私の心も温かくしてくれていた。

（何かお返しになるもの、ないかな？）

朝、私は住処の近くをうろうろと歩き回りながら、お供え物のお返しになるものを探した。母上はその力でこの地を守っているけど、私は村人たちに何もしていないから、このままでは貰いっぱなしになってしまうと思ったのだ。

けれどスノウレア山の山頂付近にあるのは、雪ばかり。

（この辺りは寒くて植物も生えないし、もう少し下ろうか……あ、そうだ！）

ハッと思いつき、雪の上を目的の場所へ向かって走る。

確かこの辺りに、綺麗な花が群生していたはず……。

「あった！」

ひらひらと雪が舞い落ちる中、白い花がたくさん咲いているという光景はちょっと奇妙だ。だけどこの白い花はスノウレア山でよく見かける花で、どうも寒さに強い……というか寒い方が好きらしい。そして冬でも麓の方ではあまり見かけないから、標高の高いところで咲いていることが多いみたい。過酷な環境が好きなんて変わってる。鍛えるのが好きな隻眼の騎士やレッカさん並みにストイックだ。

私はこのストイック花をお供え物のお返しにしようと、人形《ひとがた》に変化して花を摘むことにした。

小さな手で茎をむんずと掴《つか》み、さっそく引っこ抜く。引っこ抜……引っ……あれ？

「ひっこぬ……けないっ！」

ストイック花、強い！

さすがこんな環境で生きているだけはある。深いところまで根をはっているようだ。

「ん？　でも土までは到達してないみたい」

両手でわしわしと柔らかい雪をどかすと、古くて固い雪の層に到達した。ストイック花はそこで根をはっているようだ。土ではなく雪に生える花があるなんて。

「よーし、もう一度」

今度は両手で茎を掴み、しっぽをぴんと伸ばして力を込める。

「ん～！　……っどわぁあ⁉」

根っこごと花が引っこ抜けると、勢い余って私は後ろに一回転した。

「いたた……。わ、なんかすごいねっこ」

太くて長く、タコの脚みたいにあっちこっちにうねうねと伸びている。

私が欲しいのは綺麗な花だけなので根っこは取ろうとしたが、茎が固くて千切れない。ほんとに頑丈な花だな。

「しょうがない。ねっこつきでいいや。あと何本かつんでいこう」

一本摘むごとに勢い余って後ろにひっくり返りながら、私はお供え物のお返しを確保したのだった。

「思ったよりたいへんだった……」

花を摘むって、普通は女の子らしくてメルヘンな光景が広がるはず。だけどストイック花は摘めば摘むほど息切れするし、毎回後ろに一回転してしまうから髪も服も乱れる。

私は人形《ひとがた》のままはぁはぁと息を切らせながら、七本摘んだストイック花を抱えて麓の祭壇に向かった。全部タコの脚のような根っこ付きなので花の美しさが薄れてしまっているけど、まぁ人間はハサミを使えるからちゃんと根っこを切って飾ってくれるだろう。

「これでよし」

祭壇の台に花を並べ、満足して頷く。村人がこれに気づいてくれるといいけど。

と、背後から聞こえてきた足音に、私の耳がぴくぴくと反応した。

(誰か来た!)

私は子ギツネの姿に戻ると、ぴょんぴょん走って木の陰に身を隠す。

祭壇にやって来たのは近くの村に住む親子のようだ。三十代くらいの母親と十歳くらいの女の子が手を繋《つな》いで歩いてきた。お供え物なのか、母親は片腕に籠をかけている。

「さぁ、着いたわ。一緒にお祈りしましょう。……あら？　誰かが花をお供えしたのかしら？ちゃんと根っこを取らないと……」

母親はストイック花に気づいたようだが、途中でふと言葉を止めた。

「まぁ！　これは凍花《こおりばな》だわ！」

「凍花？」

子供が首を傾げると、木の後ろで私も同じように首を傾げる。

「凍花は貴重な花よ。標高の高いところにしか咲かないから、なかなか手に入らないの。それに凍花はね、ただ綺麗なだけじゃないのよ。根の部分は風邪によく効く薬になるの。本当によく効くのよ。風邪じゃない時でも、飲めば体が温まって元気になるわ。全身ポカポカで、冬でも寒さをちっとも感じなくなるのよ」

「へー、すごい。でも誰がこれをお供えしたんだろう？　スノウレア山を登って取ってきたってこと？　勝手に登ったら精霊様が怒りそうだけど」

「精霊様にお伺いを立ててから、山に登って凍花を摘ませてもらうことはあるけど……。でも普通は自分たちで使うから、祭壇に供える意味はよく分からないわね。精霊様は凍花を貰っても特に喜んでくださらないと思うし……」

親子がそんな会話をし始めたので、私はちょっと迷ってから木の陰から飛び出し、「きゃん」と鳴いた。親子はこちらの存在に気づき、目をまん丸にしている。

「白い子ギツネ……。せ、精霊の御子《みこ》様だわ……！」

「うわぁ、本物!?」

びっくりしている親子に向かって、私は大きな声で言った。

「それ、あげるっ！」

それだけ言うと、びゅーっと走って森に身を隠す。村の人と話すのは初めてだから、何か緊張するし恥ずかしい。

「じゃあこれは御子様が？」

母親は凍花を一本手に取り、呟く。親子はしばらく私の姿を探して森に視線を向けていたが、私がもう出てこないと分かると、自分たちが持ってきたお供え物と引き換えに凍花を籠に入れる。

「冬までに乾燥させて薬にしましょう。何て有り難い。精霊様から頂いたものだから、村のみんなにも分けましょうね。みんなびっくりするわ」

母親は子供にそう言った後、姿の見えない私に向かって礼を言った。

「精霊の御子様、ありがとうございます」

「ありがとうございますー！」

子供も続いて頭を下げる。

「……ど、どーいたしましてっ！」

こんなに感謝されるとは思っていなかったので、思わず私も木の後ろから叫んだら、親子が「ふふふ」と笑う声が聞こえてきた。

「みんなに自慢しようっと」

「みんな羨《うらや》ましがるわ。また会えるといいわね」

「うん！」

去って行く親子を見送りながら、喜んでくれてよかったと思った。あの凍花はスノウレア山の頂上付近では一年中咲いているので、またお返しに取ってこよう。疲れるけど、みんなが喜んでくれるならいいや。

親子の姿が見えなくなったので私も帰ろうと踵を返す。

しかしそこで、足元に赤い果実があるのに気づいてふと立ち止まる。

見た目からしてたぶん野苺《のいちご》だろうけど、正式な名前は分からない。だけどこの辺りでもたまに見かける、特に珍しくない植物だ。美味しそうなので一度食べてみたこともある。

それは一週間ほど前、他国の大きな湖に住んでいる、水の精霊である父上のところへ遊びに行っていた時のことだ。

その時にも、今足元に生《な》っているのと同じ野苺を湖の畔《ほとり》で見つけ、水から頭だけ出している蛇の姿の父上に尋ねたのだ。

『これ、スノウレア山のふもとでもたまに見かけるよ。たべられる？』

『……さぁ？　食べたことが、ないし……食べようと思ったこともないから……分からないな』

『そっかぁ。でもおいしそうだね』

そう言って目の前の実をパクッと咥えようとしたら、父上に止められた。

『ミルフィリア……やめなさい……。毒が……あるかもしれない。先に私が、食べてみよう……』

どうやら父上がまず毒見をしてくれるらしい。大丈夫かなと思いつつ、私は人形《ひとがた》に変化して野苺を摘むと、言われるがまま父上の大きな口に放り込んだ。

父上は眠そうな目をしたままごくりとそれを飲み込んだが、しばらく待っても毒による異変は何も起こらなかった。

『どうやら……毒はないようだ……。お腹が空いているなら……ミルフィリアも食べるといい』

『うん。おいしかった？』

『味は……よく分からないな……。ものを食べたのも……ほぼ初めて、だからな。美味しいという感覚も……分からない』

『そうなんだ』

世の中には美味しいものがたくさんあるのに、食べる喜びを知らないなんてちょっと可哀想《かわいそう》だ。と思いながら、私は小さな赤い実を摘んで口に入れた。

しかし予想していたような甘味や酸味はほとんどなく、見た目の鮮やかな赤色に反して味が薄い。

『うーん……』

『ミルフィリア……どうした……？』

『思ったほど、おいしくない』

まずいわけではないんだけど、もっと甘いんじゃないかと期待していたから、水っぽく感じる。

私はしっぽをしゅんと下げて呟く。

『もっと甘いとよかったのに。ざんねん……』

この世界にも甘い果物はあるけれど、日本の方が美味しいものが多かったと思う。たぶん、この世界では現代日本ほど果物の品種改良が進んでいないのだ。

例えばこの世界の苺は、甘味が薄かったり、甘味があっても酸味も強かったりする。

だけど日本では甘くて美味しい品種がたくさんあったもんな。一粒が大きく食べ応えがあって、噛んだらじゅわっとしっかりした甘みが広がる。酸味なんてちっとも感じない日本の苺……。

『あまいいちご、食べたいなー……』

前世を思い出し、私は思わず呟いた。

そしてその呟きを、父上に聞かれていた。

『甘い、苺……。ミルフィリアは、それが食べたい、のか……』

父上は相変わらず眠そうな目をしていたが、その大きな瞳でこちらをじっと見ている。

『うん、食べたい。でも、私が食べるだけじゃなくて、父上にも――』

私の言葉の途中で、父上はちゃぷんという水の音と共に人形《ひとがた》へと姿を変えた。人形《ひとがた》でも目は眠そうだ。

だけど、今の父上は何やらやる気に満ち溢《あふ》れていた。

『分かった……。ミルフィリアのために、甘い苺を……私が……採ってきてやろう』

『え?』

『世界中を巡れば、どこかに、ミルフィリアの気に入るものが……あるはずだ……』

『せかいじゅうを?』

『何日かかるか分からないが……待っていろ……。必ず……甘い苺を、持って行く……。ミルフィリアが……喜ぶなら』

『あ、父上ー！』

そうして父上は移動術を使ってどこかに飛んで行ってしまったのだ。一度後を追って飛んでみたけど、父上はどこかの森の中で苺の捜索に熱中していて、私が『いちごなんて探さなくていいよ』と言っても聞かなかった。どうやら気を遣って言ったと思ったみたい。

(父上、今頃どこにいるのかな？)

私は心配して空を見上げた。父上が世界中を探しても、日本で売っていたような甘い苺があるとは思えない。

(私が甘い苺を食べたいなんて言ったばっかりに……。無理難題を父上に課しちゃった)

申し訳ない気持ちになりながらも、私は父上の帰りを持つことしかできないのだった。

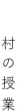

村の授業

スノウレア山近くにある村には、ニコライという男が住んでいた。

黒い髪に眼鏡をかけていて、優しそうな三十代半ばの男だ。

今は生まれたばかりの息子と妻、妻の両親と一緒に、この田舎の村の小さな家で幸せな生活を送っている。

ニコライは植物学者で若い頃は王都にいたが、寒い地域の植物を調べるためにこの村にやって来て、妻と出会って結婚し、この地に永住することにしたのだった。

そして妻と結婚してからほどなくして、ニコライは村の子供たちを集めて授業をするようになった。村には学校がないので、広場に子供たちを集め、字の読み書きからお金の数え方、この国の歴史、専門である植物のことまで、様々なことを教えている。

長い冬の間は広場は雪に埋まってしまうし、何より寒すぎるので授業は行えないが、夏の今なら子供たちも凍えずに学ぶことができる。

「おはよう、みんな」

「先生、おはよーございます！」

「今日はたくさん参加してくれているね」

ニコライは芝生の上に座っている子供たちを見て言った。授業は自由参加なので家の手伝いがある時は来られない子もいるが、今日は村の幼い子供たちがほぼ全員――十五人ほど参加している。

一番上は十二歳で一番下は二歳だが、二歳の子は姉についてきただけで授業の内容はまだちゃんと理解できないだろう。

「じゃあ始めるよ。最近は過去の王様の話をしていたけど、今日は現在の国王陛下の話をしようか」

「はーい」

国王の人となりや政策、これまでに成したことなどを、なるべく簡単な言葉で分かりやすく説明する。たまに寝てしまう子もいるが、ニコライの授業はおおむね子供たちに好評だった。みんな新しいことを知るのが楽しいというようにキラキラした目でこちらを見てくるのだ。

(可愛いなぁ)

ニコライは子供が好きだった。この村の子供たちはすれていなくて、特に純粋な気がする。にこにこしながら授業をしていると、子供たちがいる後方の草陰に、白い影が見え隠れしているのに気づいた。ここからは少し遠いので何なのかはっきり分からないが、動物だろうと思う。

(猫かな？　それとも犬？　イタチやウサギにしては大きいし、それに彼らは今は夏毛だから茶色いはず)

一瞬見えた耳の形からしてやはり犬のようだ。危険な野犬だったら子供たちを避難させなくてはならないが、草の間からそうっと覗いてくる顔を見るに、どうやら子犬らしい。とても脅威にはなりそうもない平和な顔立ちをしている。

（どこかの飼い犬かな？）

授業を続けながら、そう予想をつける。あの顔は人に愛されることを知っている顔だ。野犬はもっと鋭い目をしているから。

子犬はすぐにどこかへ行くかと思ったが、草陰から顔を半分出してこちらを覗いたまま動かない。まるで子供たちと一緒に授業を聞いているみたいだ。

（白い子犬……）

考えてみたが、村の中で最近飼い犬が子供を産んだという話は聞かない。

（隣村から来たのか？　でもまだ親離れしているとも思えないけど……迷子かな）

子供たちに、余談として国王と王妃は仲のいいおしどり夫婦であるという話をしながら、ニコライはそんなことを考えていた。

しかしその時……、

「あっ！」

最初は半分しか顔を出していなかった子犬が、徐々に草陰から身を乗り出してきた。まるで授業をよく聞こうと前のめりになっているみたいに。

しかしそのおかげで、ニコライは子犬の顔をちゃんと見ることができた。

「せんせー、どうしたの？」

「あ、いや、何でもないんだ。ごめんね、続きを話そう」

子供にそう返しながら、ニコライはもう一度ちらりと広場の後方を見た。子犬はまた草陰に戻っていて、姿は見えなくなってしまっている。

（あれは犬じゃなくてキツネだった。白い子ギツネだ……）

ニコライのこめかみに冷や汗が垂れる。緊張と興奮でだ。

（この辺りにはキツネは多くいるけど、冬でも被毛が白くならない種類のものだし、白変種がいるという目撃談を聞いたこともない。だけどさっきのは確かに真っ白な……綺麗な白銀の子ギツネだった。つまりそれは――）

――あの子ギツネが、スノウレア山を住処にしている雪の精霊である可能性が高いということだ。

この村の人たちは精霊の存在をとても大切にしている。神より身近な存在として信仰していると言ってもいいし、スノウレア山の麓には雪の精霊に酒や食べ物を捧げる祭壇が作られている。

ニコライもこの村に来てからは精霊の存在をより重んじるようになった。スノウレア山には許可なく登ってはいけないと村の住民たちから言われているので、植物の調査をしたくてもそれを守っているし、スノウレア山と連なる山々に入る時も、一応祭壇に酒を捧げてお伺いを立てている。

最初のうちは本当に精霊はいるのかと疑っていた部分もあるが、捧げた供物は大抵なくなっているし、昨日なんて精霊からお返しの品――凍花を貰ったという親子まで現れたのだ。

それに近くの砦に子ギツネが遊びに来ているという話も耳にしていた。にわかに信じられない話だが、どうやら騎士たちに懐いているらしいのだ。

ニコライはそれを聞いて、精霊の子供が見られるなんて羨ましいと思っていたが、ついに自分もその子供の姿を見ることができた。

(なんて幸運なんだ。帰ったら妻に話そう)

その日の授業を終えると、ニコライはわくわくしながら家に帰ったのだった。


そして翌日、また同じ時間にニコライは広場で授業をしていた。昨日、雪の精霊の子供を見たので、今日はそれに関連する話をしようと決めていた。

「今日は北の砦のお話をしよう」

ニコライはいつものように穏やかな声で授業を始める。

「村の近くにある砦のことは知っているね？　あそこにはどんな人たちがいるのかな？」

「はーい！　騎士さまたち！」

一人の子供が元気よく手を挙げて答えた。ニコライは満足げに頷く。

「そうだね。砦には騎士が大勢いる」

「騎士さまはつよいんだよ！」

「それに剣を持ってる！」

「顔はこわいけど優しいんだよ。村の雪かきしてくれるもん」

「あはは、そうだね」

子供たちは知っていることを授業で習うと嬉しくなるらしく、自分が持っている情報を次々に口に出す。

「騎士の人たちのお仕事は何か知ってるかな?」

「雪かき!」

「雪かき以外には?」

ニコライがそう尋ねた時、広場の後方の草陰にまた白い影が見えた。

今日もあの子ギツネが来ているのだ。顔を半分出してこちらを覗き、耳をそばだてて授業を聞いている。

ニコライは昨日と同じように興奮し、そして少し緊張しつつ先を続けた。子供たちにも精霊を見せてあげたい気持ちはあるが、彼らは子ギツネに気づくと大騒ぎするだろうし、そうなれば子ギツネはもうここに来てくれないかもしれないから、子供たちに気づかれないようなるべく平静を装って。

「騎士の仕事は国を守ることだよ。彼らは、僕らや僕らの生活を守ってくれているんだ」

「悪い人がいたら捕まえてくれるんでしょ?」

「そうだよ。だから僕たちは安心して暮らせるんだ。それに彼らは精霊のことも守ってる。騎士たちがスノウレア山の見回りをしているのを見たことないかい?」

「なーい」

「わたし、あるよ！」

話の合間に、ニコライは子供たちに向けていた視線を一瞬草陰に向けた。白い子ギツネはいつの間にか草陰の中から出てきていて、もふぁっとした大きなしっぽまで見ることができた。

「先生！　ぼくはおじいちゃんとスノウレア山に行ったことあるよ。祭壇に行ったんだ」

「わたしも行ったことある！　一昨日なんて、精霊様の子から凍花をもらったもん！」

「でもぼくは精霊さまの足あとを見たよ！」

「わたしは足あとじゃなくて、ほんものの精霊様の子を見たんだよ。すっごくかわいかったんだよ」

ニコライが子ギツネに気を取られている間に、子供たちの話は違う方向へ進んでいた。なのでニコライは騎士の話は一旦おいて、精霊の話をすることにした。〝本人〟が来ている前で精霊のことを語るのは少し緊張したが……。

「スノウレア山にいる精霊は、何の精霊だったっけ？」

「雪！」

子供たちのほとんどが同時に声を上げた。

そして後方では白い影がじりじりとこちらに近づいてきている気がしたので、ニコライがそちらを向くと、子ギツネはさっと止まってその場で顔を隠すように丸くなった。

そうしていたら見つからないと思っているのかもしれないが、正直、丸見えだった。きっと雪が積もっていたら周りの色に溶け込んで見えにくくなっていただろうが、いかんせん今は夏で、周りには植物の緑か土の茶色しか色はない。

　しかしニコライは気を遣って気づいていない振りをし、すぐに視線を外した。

「えっと……じゃあ雪の精霊はどんな姿をしているか知っているかな？　ターニャは一昨日、実際に見たんだったね？」

「うん、かわいい子ギツネだったよ」

「ぼくも知ってる！　見たことはないけど、雪の精霊は白いキツネの姿をしてるってママが言ってた」

「でも人にもなれるって聞いたよ！」

　身近な雪の精霊のことは、親から教えられて子供たちもよく知っているようだ。

「そうだね、白いキツネの姿でいる時もあるし、人の姿でいる時もある。人の姿の時はとても美しい女性の姿をしているらしいよ。それに精霊の子供も……」

　そこまで話してまたちらっと子ギツネの方を見た時、ニコライはビクッと肩を揺らした。

　子ギツネがさっきより近くにいたからだ。

（徐々に近づいてきてる……）

　子ギツネは子供たちの二メートルほど後ろまで迫っていた。精霊はあまり人間とは接触しないと思っていたのに、何のつもりなのだろう？　まだ子供だから警戒心が薄いのだろうか？

　ニコライはそんなことを考えながら、ドキドキしつつ授業を続ける。

「ええと、精霊の子供も人間の子供の姿になれるんだ」

「先生、見たことあるの？」

「僕はないよ」

子ギツネ姿の精霊の子供なら、今そこにいるけれど。

「だけど村長さんが騎士の人からそういう話を聞いたんだって」

「ふぅん」

ニコライは子ギツネをちらちら気にしつつ授業に集中しようとする。

「みんなは、雪の精霊のスノウレアはどれくらい生きているか知ってるかな？」

そう質問すると、子供たちは一斉に「はい！」「はい、知ってる！」と元気に手を挙げた。

「うん、それじゃあ誰に答えてもらおうかな」

子供たちを順番に見たニコライだったが、一番端まで目をやってぎょっとする。

そこに子ギツネがちょこんと座っていたからだ。

さらに人間の子供たちと同じように、一生懸命手を挙げている。

（ええ〜⁉）

ニコライはとても動揺した。まさか精霊に授業に参加されるとは思わなかった。自分の母親の年齢を問う質問だったから、「知ってる！」とばかりに思わず手を挙げてしまったのだろうか。

一番端にいる子ギツネの斜め前はメーリャという二歳の女の子で、こくこくと船を漕いで寝ているので自分の側に白い毛玉が出現していることには気づいていない。その他の子たちもニコライの方を見ていて、子ギツネに視線をやっている子はいない。

まさか子ギツネを当てるわけにもいかないので、ニコライは子ギツネから遠いところにいる男の子を当てた。

「え、ええっと……じゃあヘンリク、答えてくれるかな?」

子ギツネは残念そうに手を下ろし、ヘンリクの方を見る。

ヘンリクは大きな声で答えた。

「千年!」

「千年かぁ、それは長生きすぎるかな。精霊はそれくらい生きるのかもしれないけれど、スノウレアはもっと若いようだよ」

ニコライがそう言うと、子供たちはまた一斉に「はい!」「はい!」と手を挙げる。もちろん子ギツネも。

しかもニコライが自分に気づいていないと思っているのか、可愛らしい声で「せんせー!」と小さく呼んでアピールしている。どうやら人の言葉も喋れるらしい。

しかし幸いにも、その声は人間の子供たちの声に混じって目立たなかった。

「えっと……じゃあ、アニヤ」

ニコライがアニヤという女の子を当てると、子ギツネはまた残念そうに手を下ろし、アニヤの答えを聞こうとそちらに顔を向ける。

「はい! 百年だと思います!」

残念ながらアニヤの答えも違ったので、ニコライはもう正解を言うことにした。このまま子供たちに答えさせていたら、そのうちみんな手を挙げている子ギツネの存在に気づくんじゃないかと思ったからだ。

「残念、スノウレアはおよそ三百年ほど生きていると言われているよ」

ニコライの言葉に、子ギツネが小さく二度頷いた。どうやら答えは合っていたようだ。

ニコライが何となくホッとした時、空からポツポツと雨粒が降ってきた。

「おや、雨だ。向こうの空も暗くなっているね」

本格的に降り出す前に、子供たちを家に帰した方がいいかもしれないと考える。

子ギツネも鼻先を天に向けて空模様を気にしていた。

「今日の授業はここまでにしようか。大きい子は小さい子を家まで送ってあげてね。手を繋いで帰るんだよ」

ニコライがそう指示すると、兄弟でも兄弟でなくても、大きい子供は小さい子供と手を繋ぎ、一緒に広場を出て行く。

「先生、さようならー！」

「はい、また明日ね」

手を振る子供たちにニコライも手を振って応える。

そして広場には、子供たちの後ろ姿を見送るニコライと子ギツネだけが残った。

子ギツネはお座りしたまま、仲良く手を繋いで帰っていく子供たちを羨ましそうに見ている。

（精霊は、兄弟とかいないのかな……）

確か精霊は一人しか子を持たないという話を何かの本で読んだことがある。おそらくここにいる子ギツネも一人っ子なのだろう。

（そういえばこの子に名前はあるんだろうか？）

ふとそんなことを考える。ニコライは気弱な男なので、優しい人たちだとは分かっていても、砦のいかつい騎士たちに気軽に話しかけることはできず、彼らがこの子ギツネを何と呼んでいるのか知らなかった。

ニコライたち村人は『雪の精霊の子』などと呼んでいるが、騎士たちもそうなのだろうか。何か可愛い名前があるといいのだが……。

そんなことを考えて子ギツネの横顔を見ていたら、ふと子ギツネが振り返った。

「あ」

声を漏らしたのはニコライだ。

子ギツネは自分のすぐ横にニコライがいたことにびっくりした様子で少し毛を膨らませると、我に返って警戒心を取り戻し、急いで草むらに戻っていく。

「あ、待って……！」

授業に参加して挙手までしていたのに、今さら慌てて逃げても遅いのではないかと思いつつ、ニコライは子ギツネの後を追った。

あのふわふわでもふもふな子ギツネを、もう少し見ていたいと思ったのだ。

子ギツネはニコライが追ってきていることに気づくと、草の中を跳ねるように駆けて、村の真ん中を通っている道まで飛び出た。この道を右に進めば、北の砦やスノウレア山に行くことができる。

「ちゃんと戻れるかな……」

あまり追いかけても怖がらせてしまうかと、ニコライは広場を出ずに足を止めた。子ギツネはちゃんと右に曲がって走っていったので少し安心する。

と、その道の先で、見回りに来たらしい砦の騎士たちが馬に乗ってこちらに近づいてきているのが見えた。

遠目に見ても、騎士たちは体も大きくて強面だ。だからこそその辺の山賊より強そうでとても頼りになるのだが、やっぱり少し威圧感がある。

（本当に子ギツネは砦の騎士たちに懐いているのかな？）

『いかつい騎士たち』と『小さな子ギツネ』という生物として大きな差がある二組の距離が近づいていくのを見ながら、ニコライはハラハラした。

精霊の子が砦に遊びに来ているという噂は聞いていたものの、実際に彼らが仲良くしているところは見たことがないのだ。

しかしニコライの心配は杞憂だったようで、子ギツネは騎士たちが道の先にいると気づいても逃げたりせず、そのまま走っていく。なんとしっぽを振りながら。

そして騎士たちも子ギツネに気づいて驚いたように言った。

「ミル！　こんなところで何をしてるんだ？」

先頭にいた隻眼の騎士が馬を降り、パタパタとしっぽを振る子ギツネを抱き上げる。精霊に対して失礼だが、ちょっと離れたこの距離から見ると白い毛玉にしか見えない。全体的に丸い。

「村の……、せんせーが……じゅぎょう……」

子ギツネの小さな声はニコライのところまではっきりとは届かなかったが、途切れ途切れには聞こえてきた。

「ミルちゃんか……」

ニコライは、騎士が子ギツネをそう呼んだことを思い出して呟いた。精霊の子にもちゃんと名前があったようだ。

「よかった。名前がないと寂しいもんね」

仲のいい騎士たちと子ギツネを見ながら、ニコライは笑って言った。

ミルという名の子ギツネが、また授業に来てくれるといいなと思いながら。

＊＊＊

その日も、私は近くの村へ行くことにした。昨日と一昨日も授業を見に行った村だ。

砦に行っても午前の今の時間はみんなお仕事中だし、住処にいても母上はパトロール中だから暇なのだ。

（今日も広場で授業をやってないかな？）

　昨日授業を見に行った時は、先生が精霊の話をしていたから、思わず私も子供たちに交じって参加してしまったけど、今日はこっそり覗くだけにしないと。子ギツネが授業に参加しているとバレたが最後、子供たちにもみくちゃにされる気がするからだ。前世でも小学校の校庭に迷い犬が入ってきたりすると、クラスメイトたちはみんなめちゃくちゃ興奮してたもんな。

（あ、いた！）

　村に入り、広場に向かうと、そこではすでに十名ほどの子供たちが集まっていた。

　そしてその子供たちの前に立っているのは、眼鏡で黒髪の、温和そうな先生だ。

　私はいつもの定位置――広場の後方の草むら――にガサガサと入り込み、そっと顔だけ覗かせて授業の様子を見守る。しかし先生は明らかにこっちを見ているし、嬉しそうににこっと笑って頬を赤らめるから、もうバレている気がする。子供たちはこちらに背を向けているから気づいてないようだけど。

　授業はちょうどこれから始まるところのようで、先生は時折こちらを気にしつつ話し始めた。

「さて、じゃあ今日は神様のお話をしよう」

　神様？　神様か……。そう言えばこのアリドラ国の宗教とか、みんながどんな神様を信じているのかとか、よく知らないな。

　というか、この国やこの世界では精霊が神様のような存在なんだと思ってた。精霊信仰って言うのかな？　自然や自然の中に存在する精霊を畏れ、敬う文化で、神様はいないという認識だった。

だけどどうやら違うみたい。先生は眼鏡をくいっと直して子供たちに質問する。

「この世界は誰が作ったのか知っているよね？」

「うん、知ってる！」

「神様だよ！　僕のおじいちゃんがそう教えてくれた」

それに対して先生は「正解」と頷くと、続けて尋ねた。

「じゃあ、その神様の名前を言える人は？」

「はーい！　アヴァ・ルーシャ！」

一番右側に座っている男の子が元気よく答える。先生はまた頷いた。

「そうだね。アヴァ・ルーシャによってこの世界は創られ、私たち人間や動物、それに精霊も生み出された」

へー、精霊も神様が作ったんだ。と、授業を聞きながら私は思った。

それが真実かどうかは分からないし、神様が本当にいるのかどうかも疑問だけど、この国ではそういうことになっているようだ。アヴァ・ルーシャという神様はいるし、その神様によって精霊は生み出されたのだと。

(そういえばハイデリンおばあちゃんも神様について話していたことがあったな)

ハイデリンおばあちゃんはハイリリスの祖母で、父上と同じくらい長く生きている精霊だ。

『きっと神はあんたを作る時に何か手違いを起こしたんだね。間違って人間の要素を入れてしまったのさ』

ハイデリンおばあちゃんは、人間と仲良くしたりしている私にそう言った。それに、

『生まれたばかりのあんたたちには分からないだろうけどね、長く生きていれば、自分たちの上にもまだ未知なる存在がいることに気づくんだよ』

と、そんなことも言っていた。ハイデリンおばあちゃんは神様の存在を感じているようだし、そうすると本当に神様っているのかもしれない。

先生は続ける。

「アヴァ・ルーシャは太陽の光を見て美しいと思い、力と意思をお与えになった。それが光の精霊だ。他にも、夜の闇や雄大な大地、澄んだ水や吹き抜ける風、燃え盛る炎や森の木々、さらに雷や花、そして白銀の雪を綺麗だと思って、特別に力をお与えになったんだよ」

「それが雪の精霊のスノウレア？」

子供の質問に、先生は頷く。

「そうだよ。正確に言うと、今のスノウレアのご先祖様かな」

そこで先生はまたちらっと私を見て表情を緩めた。茂みから中途半端に顔だけ出してるからおかしいんだろうか？

「さて、精霊は自然の化身だから気まぐれだ。だからみんな、祭壇へ行く時はうるさく騒いではいけないよ。精霊を怒らせては大雪になる。あるいはどこか他の土地に行ってしまうかもしれない」

「精霊様、怖いの？」

「雪と同じで、怖い面もある。だけど怖いだけじゃない。雪は魔法のようでもあるだろう？　野菜を埋めておけば甘くなるし、腐らないよう時間を止めてくれる。それに春には豊かな水をもたらしてくれる。雪の精霊も、僕たちが山で悪さをすれば罰を与えるけれど、雪でこの地域を守ってくれてもいる」

よく理解していない子供たちに、先生は話を続ける。

「雪は自然の要塞なんだよ。敵が侵入しにくくなるし、暖かい地域で蔓延《まんえん》している病気も、毒虫も遠ざけてくれる。風邪と凍傷には気をつけなければいけないけどね」

私ですら雪が降ると人間にとっては大変なことばかりだろうと思っているのに、彼らは雪の良い面もちゃんと知ってくれている。この地域の人たちが、雪を嫌わず有り難がってくれるのは嬉しい。

(将来、私が巣立ちする時機になっても、今と変わらずここにいたいな。それでこの地域の人たちを守りたい。もちろん砦の騎士たちのことも)

私も精霊としての自覚が出てきたかも、なんて考えているうちに、先生はまた神様の話に戻っていた。

どうやらこの村にも小さな神殿があるようだ。

「王都にあるような立派な神殿ではないけど、みんなで守っていこうね。お掃除のお手伝いも頑張ろう！　アヴァ・ルーシャもきっと見てくださっているからね」

「はーい！」

私はまだ、この村のどこに何があるかはよく知らない。

（神殿かぁ）

外から村を見た時に、一つだけ白くて高い建物があるけど、あれだろうか？　高い建物と言ってもこぢんまりして地味だけれど、確かに神殿みたいな雰囲気はある。

（そのうち、遊びに行ってみようかな）


正午近くになって授業が終わると、私は次に砦へ向かうことにした。村から砦までは近く、歩いても行けるけど、スノウレア山を下ってきて疲れたので、広場から移動術を使うことにする。

と、子供たちがみんな帰ったのを確認して移動術を使おうとしたところで、広場に最後まで残っていた先生が緊張気味に声をかけてきた。

「ミ、ミルちゃん……？」

何で名前知ってるんだろ？

一旦草むらの中に隠れていた私は、一瞬このまま逃げようかと思ったけど、考え直してガサッと顔だけ外に出す。

昨日は追いかけられて少しびっくりしてしまったけど、たぶん先生に悪気はなかったのだ。優しくていい人そうだもんね。

「わぁ……！」

私と対面すると、先生は眼鏡の奥の瞳をとろけさせた。氷の仮面を脱いだ時の支団長さんみたいに顔がゆるゆるになってる。

「せんせー？」

ゆるゆるのまま動かない先生に向かって小首を傾げると、先生はもう一度「わぁ」と言いながらさらにとろけた。

「お喋りが上手だねぇ！　すごいねぇ！」

「うん」

「賢いねぇ！」

先生って男の人なのに、子供好きなおばちゃんみたいな反応をする。

「ミ、ミルちゃんにお願いがあるんだけど……」

先生は恐る恐るといった様子で言う。

「なぁに？」

「もしよかったら……そのふかふかの、とっても触り心地の良さそうな毛を、な、撫でさせてもらえないかな？」

先生は興奮のあまりプルプル震え始めた。もふもふが好きなのは砦の騎士だけじゃないのか。

「うーん、いいよ」

少し考えて答える。先生は危険人物ではないし、触られてもまぁいいかと思った。

「わぁ、ありがとう！」

私が草むらから出ると先生は喜び、ゆっくりこちらに手を伸ばしてきた。精霊に対する畏れというものも先生は持っているみたいで、ちょっと慎重だ。

そして私の頭にそっと手を置くと、四回目の「わぁ」が出た。

「すごくサラサラで、ふかふかだ！　可愛い……ずっと触っていたい……」

先生って支団長さんと気が合いそうだなと思いながら、私はしばらく先生に撫でられ続けたのだった。

避暑

村で、もふもふ好きの先生と交流した後、私は砦に飛んだ。

そして隻眼の騎士と一緒に食堂に向かい、私のごはんを貰う。

「さっき、村に行ってまたじゅぎょうを聞いてきたんだよ。かみさまのお話をしてた」

「そうか。個人的にはあまり神の存在は信じていないが……そういえば精霊は神のことをどう思ってるんだ？　本当にいるのか？」

「わかんない。でもハイデリンおばあちゃんはかみさまがいると思ってるみたいだった」

そんな会話をしながら席につき、私は食事を始める。今日のごはんは鹿肉のソテーだって。美味しそう。

さっそくかぶりつくけど、厚みのある鹿肉は硬くて噛み切れない。噛み切れないから飲み込めない。食べたいのに食べられない。悲しい……。

よだれを垂らしながら鹿肉を半分口の中に入れてモゴモゴしていると、ティーナさんとレッカさん、キックスがやって来た。

「あ、いたいた！　ミルちゃん！」

ティーナさんは片腕に何やら大きな円柱形のクッションを抱えていて、笑顔だ。

一方、レッカさんとキックスは何故か微妙な顔をしてティーナさんの後から食堂に入ってくる。

私は噛み切れない鹿肉を一旦お皿に戻して言った。

「ティーナさん、なぁに？」

「これを渡そうと思って探してたの。ミルちゃんこの前、お父様が甘い苺を探して旅に出ちゃったって言ってたでしょ？　だから寂しいんじゃないかと思って、急いで作ったのよ」

円柱形のクッションを？　と思いながら、ティーナさんが私の目の前に置いてくれたそれを見つめる。

蛍光ピンクの布でできた、ちょっと目がチカチカする……抱き枕かな？　結構大きいので、口に咥えて運ぶのは無理だ。

しかしよくよく見ると、この抱き枕には片側の円部分に小さな突起がついているのに気づく。くちばしみたい。それに黒いビーズのつぶらな瞳もある。これはただの派手なクッションではない？

「これ、なに？」

私の質問に答えたのは、ティーナさんを憐《あわ》れむように見ていたキックスだった。

「お前の父親だって」

「父上……？」

この円柱が？

隻眼の騎士も不思議そうに呟く。

「前に水の精霊が砦の池に現れた時、ティーナもその姿を見ていたはずだが……」

目がつぶらで可愛すぎるのはまぁいいとして、くちばしがあるし、そもそも形がおかしい。蛇の姿の父上を作ってくれたんだとしたら、頭の方はもっと丸いはずだし、しっぽの方は細くなっていくべきなのに、何故サンドバッグみたいになってるの？

ティーナさんに色々言いたいことはあったが、彼女がぬいぐるみを作る時はいつも善意で作ってくれているとは分かっているので、私は特に気になったことを一つだけ尋ねた。

「でも、色が……。父上はぴんくじゃないよ」

白に少しだけ青を溶かしたような、綺麗な水色なのだ。

私が指摘すると、ティーナさんは天使のようにほほ笑んで言う。

「ピンクの方が可愛いかと思って」

笑顔が純粋すぎてこれ以上突っ込めない。ティーナさんは気を利かせて父上を蛍光ピンクにしてくれたのだ。教科書の大事な部分に線を引く時の色に。

「ありがとう。かわいい」

私はお世辞を言った。今世で初めてのお世辞かもしれない。でも今回のぬいぐるみは不気味ではないので、そばに置いておいても怖くない。

「よかった！」

ホッとするティーナさんの横で、キックスとレッカさんが小声で言う。

「ミル、それお前の父親に見せるんじゃないぞ。水の精霊にキレられる」

「ええ、ミル様。不敬だと思われるとまずいのです。ティーナが殺されてしまいます」

レッカさんはかなり本気で心配している。父上はこんなことでは怒らないから大丈夫だよ。

休憩のためにティーナさんたち三人も隻眼の騎士と同じテーブルについたところで、私は父上のぬいぐるみを眺めながら食事を再開する。この硬い鹿肉を攻略しなければ。

「ところでキックス、お前に言い忘れていたことがあったんだが」

ぬいぐるみの話題が一旦終わると、隻眼の騎士が口を開いた。キックスは声をかけられてビクッとする。普段の行いが悪いので、きっと何か怒られると思ったんだろう。

「今日は何もしてませんけど……」

キックスが恐る恐る言うと、隻眼の騎士は片眉を上げてこう返した。

「何の話だ？　お前に弟が生まれたと聞いたから、おめでとうと言おうと思っただけだが」

「ああ、その話ですか。ありがとうございます」

胸を撫で下ろすキックスに、ティーナさんも言う。

「キックスのお母様は本当にすごいわよね！　一人子供を育てるのでも大変なのに、六人もだなんて」

「母親はもう四十歳近いし、歳《とし》を取ってからの赤ん坊の世話は大変だって手紙に書いてたよ。でも、それ以上に可愛いってさ」

「子供が好きなのね」

「まぁ……愛情深い人ではあるよ」

恥ずかしいのかキックスはぼそぼそと喋った。

と、そんな会話をしていると、次にこちらにやって来たのは支団長さんだった。

「グレイル――」

支団長さんは隻眼の騎士に用があったようだが、そこに私もいると分かると一瞬パッと顔を明るくする。でも部下の手前、すぐに表情を引き締めた。

咳払《せきばら》いを一つして言う。

「グレイル、明後日《あさって》のことだが……ああ、ここで構わない」

立ち上がろうとした隻眼の騎士を止め、支団長さんも空いている席に座る。

「明後日、陛下たちと一緒にアスク殿下の一家もいらっしゃることになった」

支団長さんが言うと、隻眼の騎士は「分かりました」と頷き、キックスはこう質問した。

「アスク殿下の一家ってことは、奥さんやお子さんも来られるんですか？」

「そうだ。夫人とシャロン様も一緒だ」

私には何の話かよく分からないが、隻眼の騎士やキックスたちは分かっているらしい。

私はもうちょっとで噛み切れそうな鹿肉を再びお皿に戻して聞く。

「だれか来るの？　へいかって、王さまだよね？」

王様には何度も会ったことがある。でもアスク殿下って誰だろう？　王子様とは名前が違うから、殿下は殿下でも違う殿下みたいだけど。

「ああ、ミルにはまだ話していなかったか」

支団長さんはそう言うと、「仕方ない。話をするからちょっと膝に……話をするから……」と言い訳しながら私を抱き上げる。そしてみんなに見えないようテーブルの下でお腹を撫でながら説明を始める。

「明後日、王族方がこの地方に来られるんだ。避暑のために領主の屋敷に五日間ほど滞在されるが、視察がてらこの砦にもいらっしゃる。来られる王族は国王陛下夫妻とキラフ殿下、それに国王陛下の弟君であるアスク殿下と殿下の奥方、娘のシャロン様だ」

キラフ殿下っていうのは王子様だよね。支団長さんの幼なじみで、キラキラの美形の。

（でも王様の弟家族に会うのは初めてだな）

王様たちと同じように、いい人たちだったらいいな。雪ももふもふも嫌いじゃありませんように。キツネアレルギーじゃありませんように。

「あとは、護衛のために近衛《このえ》騎士たちも来るし、ガウス団長も来る。それに北の砦やスノウレア山を含めたこの地方を治める領主も一緒だ」

「団長さんも！」

ヒグマみたいな団長さんに会うのは、王都におつかいに行った時以来だ。それにこの地方のご領主に会うのも何気に初めてだった。

私が支団長さんに足の肉球をもみもみされながらそんなことを考えたところで、レッカさんがおずおずと口を開く。

「王族方と団長、ご領主様だけでなく、支団長のご家族も来られるんですよね？」

「……そうだ」

支団長さんは嫌そうに答えた。支団長さんの家族——お父さんとお母さんとお兄さん——はみんな末っ子の支団長さんが大好きなのだが、支団長さんはその愛がちょっと鬱陶しいらしいのだ。

私は笑って言う。

「にぎやかになりそうだね」

「シャロン様はミルに会いたがっておられるらしい」

「そうなの？」

「ああ、シャロン様はまだ七歳だから、ミルと一緒に遊んでくださるかもしれない」

言葉とは裏腹に、支団長さんは少し心配そうな顔をしていた。そしてその表情のまま、こう続ける。

「まぁ……少しばかりわがままなところがあるから、ミルも覚悟しておいてくれ。だが、ミルが困った時はすぐに助けに入るからな」

支団長さんは真面目な顔をして言ってきた。

「えー……？」

なんか一気に不安になってきたんですけど。

王族たちがこの地方に避暑にやって来ると聞いた二日後、一行は予定通りに北の砦に到着した。

とはいえ、私はいつも通りお昼休憩の時間に砦に行ったので、彼らはすでに到着していて、私が来るのを待っていたようだ。

「わぁ、いっぱい」

隻眼の騎士と一緒に砦の応接室に入ると、私は人の多さにちょっと圧倒された。支団長さんに、王族が六人、それに支団長さんの家族が三人、ご領主と思われるおじいさん一人、さらに体の大きな団長さんもいて、決して広くはない砦の応接室はぎゅうぎゅうだった。

王族の近衛騎士やお茶を運んでいる使用人さんもいるけど、ほとんどは部屋の外で待機しているみたい。支団長さんと団長さんは座るところがなかったのか、別の部屋から持ってきたらしい木の椅子に座っている。

私が部屋に入った瞬間、みんなの視線は一斉にこっちに集まった。

「お、来たな」

「待ってたよ」

ニッと笑う団長さんと、キラキラな笑顔の王子様が言った。

「こんにちは……」

王族が多い上、初めて会う人もいるので、私は人見知りを発揮して隻眼の騎士の脚にぴたっとくっつき、囁《ささや》くように言う。

「あれが雪の精霊の子か」

「噂通り、可愛らしいですわね」

王様によく似た顔立ちの王弟アスク殿下と、その奥さんが楽しげに言う。王族はみんな金髪なんだな。

「ああ、やっと会えた！　私が死ぬ前に姿を見られてよかった」

そして手を叩いて喜んでいるこの白髪のおじいちゃんは、この地方を治めるご領主らしい。この砦やスノウレア山がある地域以外にも広い領地を治めているんだって。

とにかく、初めて会う人たちもみんないい人そうでよかった。

「さぁ、ミル。こちらへ。久しぶりだね」

「よく顔を見せてちょうだい」

そしてそう言って私を呼んだのは、支団長さんパパとママだ。支団長さんによく似ているけど支団長さんより髪が短いお兄さんも、にこにこしながら手招きしている。

国王一家と王弟一家の雰囲気は似ていて、みんな優しげでキラキラしてる金髪の一族って感じだけど、支団長さんの家族は黙っていると冷たい雰囲気を醸し出している美形黒髪一家だ。でも本当はお茶目で楽しい人たちだと私は知っている。末っ子の支団長さんを愛してやまないし、私のことも可愛がってくれる。

支団長さんパパとは王城でも会ったことがあるけど、支団長さんママとお兄さんとも私は知り合いなのだ。前に支団長さんの実家に遊びに行ったことがあって、その時に会っているからね。

「元気だったかい？」

支団長さんパパが私を膝の上に乗せたところで、王子様の隣に座っていた美少女が突然立ち上がってこちらにやって来た。美少女はピンクのふりふりドレスを着ていて、髪は金色の巻き毛だ。顔立ちも可愛らしく、これぞお姫様って感じの容姿だった。

そして美少女はこちらに両手を差し出して言う。

「抱っこしたいわ！　私にちょうだい」

支団長さんパパが渡すより早く、美少女は私を奪うように抱き上げた。

「あら？　思ったより軽いし、ひんやりしてるわ！　それに予想していたよりふわふわでかわいい！」

力の加減なくぎゅっと抱きしめられるが、相手は非力な子供なので大丈夫。まぁ若干……痛いけれども。

きっとこの美少女が、アスク殿下の娘のシャロンなのだろう。確かにちょっとわがままそうだけど、子供らしいと言えば子供らしい。

シャロンは私の体に頬をスリスリしながら、また王子様の隣に座った。

「キラフお兄様と一緒に避暑に来られたし、クロムウェルにも会えたし、雪の精霊はかわいいし、とっても幸せよ！」

「シャロンは本当にキラフとクロムウェルのことが好きだね」

「ふふ、面食いなのよ」

笑顔の娘を見て、アスク殿下と夫人が笑う。どうやらシャロンは王子様と支団長さんのイケメン二人が好きみたい。気持ちは分かる。二人とも格好いいもんね。でも私は隻眼の騎士派かな。

その隻眼の騎士は、近衛騎士の隣に立って、部屋の隅に控えていた。そしてこちらを見て、シャロンが私をぎゅっと強く抱きしめるたびにそわそわしている。痛くないかって心配してくれているみたい。

「シャロン様」

と、そこで支団長さんが不意に口を開き、手に持っていた箱をシャロンに渡し、それと引き換えにさりげなく私を回収した。

「気に入ってもらえるか分かりませんが、贈り物です。人形が好きだと伺ったので、陶器の人形と、着せ替えられるようにドレスもいくつか用意しました」

「まぁ！　ありがとう、クロムウェル！」

陶器の人形って、前に私も貰ったな。ドレスも作ってもらったことあるし、私にプレゼントをくれていたからそういったものに詳しくなっていそうだ。

「いいえ」

支団長さんは控えめに言うが、私を取り返して満足そうだった。隻眼の騎士と目配せして頷き合っているし、隻眼の騎士はホッとしている様子だ。子供がちょっと強く抱きしめたくらいで過保護じゃないか。

「ところで精霊の御子様は、もう人間の姿にも変われるのでしたかな？」

おじいちゃんのご領主に尋ねられて、私は「うん」と答える。

「かわれるよ。耳としっぽはかくせないけど」

「そうですか」

ご領主は孫を見るような目をしてにっこりほほ笑んだけど、次には眉を下げて言った。

「けれど人間の姿に変わった時は、一人で出歩かぬようお気をつけください。うちの領地ではまだないですが、最近、国内で不思議な事件が起きていると聞きますから」

「ふしぎなじけん？」

どういうところが不思議なんだろうと思っていると、支団長さんのお兄さんが話に入ってきた。

「うちの領地でもその不思議な事件は起きていませんが、犯人は一か所で犯行を行うのではなく移動しているようですから、子供を一人で歩かせないよう気をつけるに越したことはありませんね」

「不思議な事件？　それは何です？」

尋ねたのは王妃様だ。私と同じく何も知らないみたい。

説明を始めたのは団長さんだった。

「私のところにも報告が上がってきていますが、よく分からない事件です。今のところ三歳以下の幼い、しかも金髪か黒髪の、顔立ちの可愛らしい子供だけが突然いなくなるのです」

「いなくなる？　怖いわね」

「いいえ、それが不思議なのはここからで、いなくなった子供は必ず数時間以内に、怪我もなく無事に戻ってくるのです。恐ろしい思いをした様子もありませんし、それどころか楽しんでいた様子で……」

「誰かに攫《さら》われていたのだとしたら、犯人と遊んでいたのかしら？　怖い事件かと思ったら、それは確かに不思議な事件ね。あまり恐ろしい犯人じゃなさそうだわ」

支団長さんママも相槌《あいづち》を打ち、今度は支団長さんパパが口を開く。

「いなくなった子供はまだ説明もできない子が多いようですし、犯人像は掴めていないらしいですね」

「ええ、最初はそうだったのですが――」

また団長さんが話し出した。私は支団長さんの膝の上で胸毛をワサワサされながら静かに聞く。

「一番最近被害に遭った三歳の子供はこう話しています。『綺麗な人と一緒にいた』『優しかった』と。そして犯人は一人ではないようです。どうも『綺麗な人』と『優しい人』は別人らしく、少なくとも二人以上の複数犯ということになります。おまけにその『優しい人』の方は女のようです」

「そしき的なはんざいの匂いがする……」

私は探偵気分で呟いた。でも誰も聞いてない。

「国内で起きた同一の事件は、我々が把握しているだけで十件にのぼります」

「まぁ、そんなに……。けれど子供がすぐに戻ってくるのなら、大事《おおごと》にせずに済ませている親もいるかもしれないし、報告が来ていないものを含めるともっと多いかもしれないわね」

「その通りです。それどころか、自分の幼い子供が一時的にいなくなったことに気づいていない親もいたかもしれません」

団長と王妃様の話を聞きながら犯人の目的を考えてみるが、さっぱり分からない。

ただ子供と遊びたかっただけだろうか？　でもそれだけのために、自分が誘拐犯になる危険を冒して、わざわざ子供をどこかへ連れて行く？

犯人の思惑が分からないのは団長さんたちも同じのようで、犯人の手掛かりも掴めていないし、この不思議な事件については調査中としか言えないようだ。


翌日、私たちはピクニックに行った。私たちというのは、避暑に来た王族の二家族、支団長さん家族、ご領主のおじいちゃんに団長さん、それに北の砦からは私と隻眼の騎士、支団長さん、あとはキックスにティーナさん、レッカさん、コワモテ軍団と門番のアニキに、他にも数人の騎士たちのことだ。

王族とご領主の近衛騎士や使用人などもいるし、結構な大所帯だった。

場所はスノウレア山の裾野に広がる森の端で、私のおすすめのスポットに案内した。この辺りでちょうど森は途切れていて、広々とした野原が広がっているのだ。少し向こうには綺麗な雪解け水が流れる川も見えるし、夏の今の時期はちらほらと可愛い花も咲いている。

冬になると雪に埋もれてしまうけど、今は気持ちのいい場所だ。

「さぁ、着いたぞ」

私は隻眼の騎士と一緒に、隻眼の騎士の馬であるリーダーに乗っていたのだが、そこから降ろされた瞬間にバビュン！　と走り出した。

こういう広い場所でただ駆け回るのって、楽しいんだよねぇ！

「あまり遠くに行くなよ！」

「こうして見ると、本当に犬みたいだね」

わふわふと舌を出して走っている私にキックスが叫び、馬車から降りてきた王子様がにこにこ笑って言った。

私が駆け回っている間にピクニックの用意は着々と進められ、使用人さんたちが野原に絨毯《じゆうたん》を敷き、テーブルと椅子、大きな日よけのパラソルをセットしている。そんな嵩張《かさば》るものよく運んできたね。王族や貴族のピクニックはレジャーシートだけじゃ駄目なのか。

しかしテーブルセットは一組しかなく、そこに座ったのは王妃様とアスク殿下の奥さん、そしてシャロンと支団長さんママの女性陣だった。

王様も含めた男性陣は、その隣に敷かれた大きめの絨毯の上に座っている。団長さんや支団長さんもそこに腰を下ろしてみんなの輪に入っているけど、隻眼の騎士たちは護衛で来たので立ったままだ。

しかし支団長さんと王子様が並んで座っているのを見ると目の保養になる。青い空の下、可憐《かれん》な野花を背景に笑い合うイケメン二人。なんて絵になる光景だろう。

「ふぅ、あつい……」

支団長さんと王子様を盗み見しながら散々走り回って気が済んだ私は、舌を出したままトテトテと足を動かし、隻眼の騎士の隣に戻った。

「ミル様」

そこで一息ついて隻眼の騎士に水を貰っていたら、レッカさんがこっそり声をかけてきた。

「あちらを……。皆様、ミル様に来てほしそうなご様子です」

レッカさんが視線でちらりと示した先には、絨毯の上で円になっている男性陣がいた。確かに支団長さんも王様も王子様も、支団長さんパパやお兄さん、ご領主のおじいちゃんまで私の方を見ている。こっちにおいでよ～、と目で訴えられている気がする。

仕方ないなと思いながら、口周りに零《こぼ》れていた水をぺろぺろ舐め回してみんなの方へ行く。私はどちらかというと女性陣の方へ行きたかったんだけどな。だってあっちのテーブルのみんな、何かお菓子食べてない？

「全員、すっかり精霊の御子の虜《とりこ》だな」

アスク殿下が、男性陣の様子を見てほがらかに笑った。

私はご領主のおじいちゃんの隣に立って、おじいちゃんに頭をなでなでされる。すると支団長さん、支団長さんパパとお兄さんが、他の子のおもちゃを羨む子供のような顔でこっちを見ていた。この一家は本当にアレだな。後でそっちにも行くから待ってて。

「仕方がないだろう。男であっても歳を取っても、みんな可愛いものには弱いのだ」

アスク殿下の言葉にそう返したのは王様だ。王様は弟であるアスク殿下に向かって続ける。

「お前は今はシャロンの方が可愛いだろうがな」

「歳を取ってからできた待望の我が子ですからね。目に入れても痛くありません」

「溺愛しているからなぁ」

王様は苦笑する。

と、そんな会話をしていたら、当のシャロンがこちらにやって来た。

「私、ミルと遊ぶわ！」

「え」

私はまだ遊ぶとは言っていないけど、シャロンは後ろから私を抱き上げ、男性陣から離れた。

ああ、支団長さん一家が寂しげな顔してこっちを見てる。

「おままごとしましょう！」

シャロンは野原に座って言う。

「いいよ」

仕方ない。しばらくは子供の遊びに付き合ってあげるか。

するとちょうどそのタイミングで、私の隣に小さな炎が灯った。

「きゃっ！　何⁉」

驚くシャロンの前で炎は大きくなり、黒い子豹に姿を変える。クガルグだ。

「ミルフィー！　……ん？　どこだここ？　なんだ、この人間たち？　見たことないやつもいる」

あちこちに視線を巡らせるクガルグに、私はクガルグが初めて会うであろう支団長さん一家や、ご領主のおじいちゃん、アスク殿下たちのことを説明する。

「みんなでピクニックに来たんだよ」

「ふぅん。ミルフィーと二人で会いたかったのに」

クガルグは楽しくなさそうな顔をしたが、それに気づかないシャロンはおままごとの配役が増えたと喜んだ。

「あなた、炎の精霊なのね！　クガルグって言うの？　じゃあクガルグも仲間に入れてあげるわ。一緒におままごとしましょう！」

「……おままごと？」

「私はお母さん役ね。そしてこの子は私の娘よ」

シャロンは昨日支団長さんに貰った陶器の人形を自分の隣に置いた。

「そしてミルは……そうね、おばあさんの役をして！　そしてクガルグはペットの犬の役ね」

まさかおばあさん役が回ってくるとは思わなかった。でも犬の役を回されたクガルグよりはましか。豹なんだからせめて猫役にしてあげてくれないだろうか……。

とか思っているうちにおままごとは始まってしまった。

「今日はいいお天気ね。みんなでクガルグのお散歩に行きましょうか？　……まぁ、おばあさんったら！　ごはんはさっき食べたでしょう？」

え？　おばあさんはボケているという設定だったのか。

困惑する私とクガルグを置いてけぼりにして、シャロンは大げさにため息をつく。

「全く、困っちゃうわ。おばあさんはこんなだし、クガルグは言うことを聞かないし、お父さんは帰ってこないし、うちは貧乏だし……。はぁ、幸せって何なのかしら」

重い。おままごとなのに世知辛すぎない？

女の子ならお姫様ごっことかよくやると思うけど、本物のお姫様は逆に貧乏ごっこをするのか、とちょっと勉強になった。

シャロンが「つらいわ……」とやけに上手な演技で不幸を嘆く中、クガルグは暇そうに空を見つめている。そして私はと言うと、くしゃみを我慢していた。

暖かい季節にこういう雑草がたくさん生えているような場所に来ると、花粉でも飛んでるのか、ちょっと鼻がむずむずする時があるんだよね。

しばらくムキッと鼻に皺《しわ》を寄せて耐えていたけど、いよいよ我慢できなくなった。向かい合っているシャロンにくしゃみを浴びせるのはさすがにまずいと思い、私はとっさに顔を横に向け、

「クシュッ！」とくしゃみをする。

しかし私が顔を向けた先にはクガルグがいて、しかもくしゃみと同時に小さな吹雪が口から出てしまったものだから、クガルグの顔面が雪まみれになった。

「……!?」

「クガルグごめん！」

何が起きたか分からずに、クガルグは視界を塞ぐ雪を取ろうともがく。私も前足で雪を取ってあげようとしたけど上手《うま》く行かない。

「何をやっているの？　あなたたち」

シャロンは不思議そうだ。

と、そこへ隻眼の騎士が小走りで近づいてきて、ハンカチでクガルグの顔をごしごしと擦る。

クガルグの体温で雪が融け始めていたこともあって、顔は元通りに綺麗になった。

「ありがとう、せきがんのきし」

さすが、私がドジをした時の対応が早い。たぶんずっとこっちを見てたんだろう。隻眼の騎士は無言で頷いてから、少し離れた元の位置に戻っていく。

「クガルグ、ごめん。くしゃみが出ちゃって。だいじょうぶだった？」

「ミルフィーのくしゃみならぜんぜん平気」

そう言いつつも、前足で顔を洗いながら乱れた毛を整えている。ごめんね。

と、ふとシャロンに視線を戻せば、シャロンは去って行く隻眼の騎士のことをじっと見ていた。だけどあまり好意的な視線じゃない。ちょっと眉をひそめているというか……。

それに北の砦の他のみんなのことも順番に、値踏みするように見ている。

「しゃろん、おままごとの続きは？」

そんな目でみんなを見てほしくなくて、私はそう言って彼女の注意をこちらに戻した。

「うん」

シャロンはまたおままごとを開始すると、問題を多く抱える貧乏一家のお母さんになりきって言う。

「おばあさん、また勝手にお金を使ったのね！　こんな壺《つぼ》を買ってどうするの。うちは貧乏だっていうのに」

おばあさん役なので怒られる私。世知辛いおままごとが続く中、私はふと違うことを考えた。

さっき、くしゃみと共に吹雪が出たのは私の意図したことじゃなかったけど、最近は自分の意思で出すこともできるようになったのだ、と。

私は、王族たちのもとへお茶やお菓子を運んでいる使用人さんに視線を向けた。

(フルーツあるかな?)

今こそ、王族たちにも私の能力を見せつけるチャンスだと思った。半分凍った冷たくて美味しい果物を、避暑に来たみんなにも食べてもらうのだ。

「あ、ちょっとミル!」

シャロンの制止を聞かずにおままごとから抜け出し、私は使用人さんのもとへ向かった。執事っぽい身なりのおじさんだ。

「あのう」

「!」

私が声をかけると、執事さんはびっくりして目を丸くした。だけどすぐに私と目線を合わせるためにしゃがんで、優しく言う。

「雪の精霊の御子様に声をかけていただけるとは光栄です。わたくしめに何かご用でしょうか?」

「あのう、わたし、くだものがほしくって。何かある?」

「ええ、旬のブルーベリーであれば用意してございます」

ブルーベリーいいねぇ。小さいから凍らせやすいんだよね。

「ちょうだい！　王さまたちのところと、王妃さまたちのテーブルに出してくれる？」

「すぐに用意致します」

そうして高そうなお皿に載ったブルーベリーがまずは男性陣のところに運ばれてくると、私は胸を張って言った。

「みんなに、つめたくておいしいもの、作ってあげる」

「ほう、何だ？」

団長さんが愉快そうに言う。他のみんなも、支団長さん以外は私が何をするのか分からずに楽しんでいるようだった。クガルグとシャロンも興味を惹かれたのかこちらにやって来る。

そして私は皆でしたのと同じように、ブルーベリーに向かって息を吹きかけた。すると小さな吹雪に襲われたブルーベリーは、うっすらと雪に覆われる。

「たべてみて！」

私はにこにこしながら言う。

が、しかし。そこで急に冷静になった。ここにいるのは王族や貴族たちだ。キツネが息を吹きかけたものなんて、汚いと思うに違いない。

「あ、やっぱりいい。たべなくていいよ」

得意げにブンブン振っていたしっぽを下げて言う。

だけどその時、支団長さんがブルーベリーに手を伸ばしてくれた。

「ミルがブルーベリーを凍らせてくれたのです。前にも食べたことがありますが、冷たくて美味しいですよ」

支団長さんがそう言ってブルーベリーを食べると、他のみんなも「どれ」と興味津々で皿に手を伸ばす。王様も王子様も、みんな。

「ああ、本当だ。冷たくて今の季節には最高だ」

「表面は凍っているが、中はみずみずしいままで美味しいな」

「私も食べたいわ」

シャロンもブルーベリーをつまんで口に入れ、「冷たい！　でもおいしい」と顔をほころばせた。

「えへへ」

みんなが喜んでくれて私も嬉しい。しっぽは元気を取り戻し、また左右に揺れ出した。

「店を出せば、きっとよく売れるぞ」

団長さんが私に向かってガハハと笑い、それを聞いた支団長さんパパがすかさずこう返す。

「この子が店を出せば、何を売っても売れるさ。ガラクタを売っていたとしても、買う時にちょっと頭を撫でさせてくれるなら、私は惜しみなく金を払うだろう」

支団長さんパパの言葉を聞きながら私は思った。たぶん支団長さん一家を相手に商売するだけで、私は一生楽して暮らせるだけのお金を稼げるに違いないと。一回モフるのに千円くらい取っても「安い」と言いながら払ってくれると思うし、一日何回もモフりに来ると思う。

そんなしょうもないことを考えつつ、次は王妃様たちがいるテーブルに向かった私は、同じように半分凍ったブルーベリーを提供し、またもや好評を得た。

「新しいスイーツね。色々な果物を凍らせてみてほしいわ」

アスク殿下の奥さんがそう言って笑う。

一方、彼女の娘のシャロンは、またもや隻眼の騎士や北の砦の面々方をじぃっと見ていた。嫌な感じの視線だ。

そしてシャロンは片方の眉を持ち上げると、私に向かって小声で言う。

「ねぇ、ミルったらどうして北の砦なんかにいるの？　私、ここの騎士たちってあまり好きじゃないわ。だって野蛮そうな人ばかりじゃない。王城や私の屋敷に来たら、もっと華やかでかっこいい騎士がたくさんいるわよ」

私は眉間に皺を寄せたけど、毛に覆われているのでシャロンは気づいてくれない。

「さっきクガルグの顔を拭きに来た騎士なんて、大きな傷が左の目を塞いでたし、あっちの騎士たちなんてとても騎士とは思えない顔をしているわ。どうしてあんな人たちが騎士になれたのかしら？」

シャロンは隻眼の騎士とコワモテ軍団を順番に見て言う。しかもまだ何か悪口を続けようとしたので、お座りしていた私はその場で立ち上がった。

「私のだいすきな人たちに、ひどいこといわないで！」

思わず大きな声で叫ぶ。

「みんなとってもかっこいいもん！」

私だって北の砦の騎士たちのことはいかついと思ってるし、最初は怯えてたけど、本気で野蛮だなんて思ってない。それに隻眼の騎士の顔の傷が何？　コワモテ軍団の顔が何？　とても騎士とは思えないって？

シャロンは私が大きな声を出したからびっくりしたようだ。周りのみんなも驚いてこっちを見ている。

相手はまだ七歳の女の子なので、子供に本気で怒るのは大人げないと私の怒りはすぐに静まったけれど、悔しさは簡単には消えなかった。

「顔なんて騎士にはかんけいないもん。見た目はこわいかもだけど、みんなすごくやさしくて、頼りになるもん。ほんとうにとってもやさしいんだもん……」

自分が好きな人たちのことを、その人をよく知らない人間に悪く言われると、こんなに悲しくて悔しいものなんだ。

知らぬ間に涙が零れていたらしく、クガルグが慌てて舐めてくる。

「ミルフィー、泣くな。こまる」

そしてシャロンは驚いた顔のまま呟く。

「ミル、怒ったの？　怒られたの、私？」

シャロンはあまり怒られた経験がないのか呆然《ぼうぜん》としているけれど、すぐに何か言い返してくるんじゃないかと私は思った。

だから構えていたけれど、シャロンは意外にも悲しげに眉を下げる。

「ご、ごめんなさい……」

あれ？　素直だ。何か弱々しいし。

てっきり幼い子にありがちな癇癪《かんしゃく》を起こして、私が怒った以上に怒り出すかと思ったんだけど。

拍子抜けした私も、シャロンにつられて弱々しく言う。

「北のとりでのきしのこと、悪くいわないでね……？」

「分かったわ」

シャロンはしゅんとしている。

うん。シャロン、すごい素直。

「ミル。シャロン」

「ケンカせずに仲良くな」

そこへ支団長さんと団長さんがやってきて、団長さんは私の頭をわっしゃわっしゃと撫でたけど、私はもうシャロンには怒ってはいなかった。

あまりに素直に謝られたし、反省してしゅんとしてしまっているんだもの。

シャロンの父親であるアスク殿下もこちらに近づいてきて、申し訳なさそうに言う。

「聞こえていたよ。シャロンがすまないね。私からも謝るよ。砦の騎士たちのことを悪く言うなんて……」

アスク殿下は支団長さんにも「すまないな」と言い、支団長さんは「いいえ、お気になさらず」と返す。

アスク殿下は苦笑いして私に言う。

「シャロンに怒ってくれてありがとう。私たちが甘やかしてしまったからね、シャロンは誰かに怒られたり叱られたりしたことがないんだよ。悪いことをしても、私たちは可愛くて叱れなくてね」

アスク殿下は本当に娘を溺愛しているようだ。目に入れても痛くない娘だもんね。

そしてコワモテ軍団にもこそっとこう言われた。

「話は聞こえてたけど、俺たちは慣れてる。全く傷つかないさ。気にするな。泣いてくれてありがとうな」

隻眼の騎士もシャロンの言葉をいちいち気にしている様子はなかったので、私はしょんぼりしているシャロンの頬をつんと鼻でつついた。

濡れた鼻がひやっとしたようで、シャロンはちょっとビクッとする。

「な、何？　ミル」

「私もう、おこってないよ。だからげんき出して」

「……うん！」

シャロンは嬉しそうにパッと表情を明るくし、笑顔で言う。

「じゃあ、おままごとの続きを――」

「追いかけっこしよう！」

退屈な上に設定がやたらと重いおままごとを回避するべく、私は即座に提案した。すると元気を取り戻したシャロンもすぐに反発する。

「えー？　追いかけっこなんて乱暴な遊びいやよ。私がおままごとをしたいって言ってるんだから……」

素直なんだか、やっぱりわがままなんだかよく分からないなと思っていると、シャロンはため息をついて譲歩してくれた。

「分かったわ。私の方がお姉さんだし、さっき怒らせてしまったから、追いかけっこに付き合ってあげるわ」

「ありがと！　じゃあ行くよ」

さっそく走り出した私を追って、クガルグも駆けてくる。

「ま、待ってよ！　私、追いかけっこなんて初めてだからっ……」

シャロンもドレスのスカートを軽く持ち上げて走り出したが、べらぼうに遅い。

仕方ない。手を抜いてあげるか、と、私は走るスピードを緩めた。クガルグもシャロンの運動神経のなさに同情してゆっくり走ってあげている。

「はぁ、もう駄目……！」

それでもシャロンは早々に息を切らせて座り込んでしまった。

「あのにんげん、体力ないんだな」

「しゃろん！　がんばって」

クガルグは憐れみ、私はシャロンの方に引き返す。

「ほら、こっちだよ。もう追いかけっこやめるの？」

シャロンの前をゆっくり駆け抜けていこうとしたのだが、そこで私はシャロンにむんずとしっぽを掴まれた。

「わっ、やめて！」

「捕まえた！」

シャロンは悪気がないがゆえに、私が嫌がっているのに気づいていない。子供ってこういうとこ乱暴だからやだー。

「シャロン、やめなさい！」

さっきはシャロンのことを『可愛くて叱れなくてね』なんて言っていたアスク殿下もさすがに声を上げたが、それより早く隻眼の騎士が私たちの間に割って入った。

「シャロン様」

隻眼の騎士は私のふさふさのしっぽを掴んでいるシャロンの手を放させる。というか、間近にいる隻眼の騎士の眼光の鋭さにびっくりして、シャロンが力を緩めたようだ。

「な、何よ」

「ミルに乱暴するのなら、シャロン様でも許すことはできません」

支団長さんや王様、王子様たちもこちらを見ている。一介の騎士が娘を叱っているというのに、アスク殿下やその奥さんもそのまま様子を見ているようだ。

怯えるシャロンに、隻眼の騎士は冷静に話す。

「ミルは精霊です。そして我々北の砦の騎士は、精霊を守ることも大事な仕事なのです。精霊を守る騎士として、今のシャロン様の行為は見過ごせませんでした」

そこまで言うと、今度は私のしっぽを撫でながら、シャロンに向かって優しく続ける。

「どうかミルに触れる時は、こんなふうに優しく触れてやってください。ミルはぬいぐるみではないので、抱きしめる時もそっとです。いいですか、シャロン様」

北の砦の騎士にこんなふうに注意されて、シャロンは機嫌を損ねて怒るのではないかと私は心配になった。シャロンを怒らせたことで、隻眼の騎士が罰を受けたらどうしよう。

でももしそうなったら、私は自分の精霊という地位を利用して隻眼の騎士を守るぞと密かに決意する。精霊は、ある意味王族よりも偉いんだから。

私がドキドキしながらシャロンの反応を待っていると、彼女はしばらく黙った後で、何故か頬を赤らめて言った。

「わ、分かったわ。優しく触れるわ」

シャロンは怒っている様子はなく、もじもじしている。

「分かっていただけてよかったです」

そして隻眼の騎士が少し口角を上げてほほ笑むと、シャロンは恥ずかしそうに目をそらした。

あれ？　あれれ？

私は目を丸くしてシャロンを凝視した。あまりに急すぎるけど、シャロンってば隻眼の騎士に恋してない？

でも待って。いつ好きになったの？　今、恋に落ちるタイミングあった？　叱られたんだから、隻眼の騎士を嫌いになった方がまだ自然に思えるけど。

隻眼の騎士が元の位置に戻り、キックスたちに「シャロン様まで叱るなんて、さすが副長」などと言われている中、シャロンは私をそっと抱き上げて、うなじに顔をうずめる。シャロンの顔が熱い。

「私……男の人に叱られたのって初めてよ」

「しゃろん？」

「生まれて初めて叱られた」

私は首を捻《ひね》って後ろを見る。顔を少し上げたシャロンは、ほっぺが真っ赤だった。

「でも何故かしら、私に対してはっきりものを言うあの人に、ドキッとしてしまったの。今もドキドキしてるわ」

「そ、そんな……」

それは叱られた恐怖でドキドキしているのではなくて？　と思ったが、シャロンの顔の赤さを見るに本当に好きになっちゃったみたい。

「あの騎士、よく見たら素敵よね。精悍《せいかん》でかっこいいし、あの傷も素敵。彼と比べると近衛騎士が軟弱に見えてきたわ」

シャロンはそう言うと、「名前を教えてもらわなくちゃ」と隻眼の騎士の方へ駆けていってしまった。そして隻眼の騎士に話しかけるついでにさりげなく手なんか握っている。

わーん！　私の隻眼の騎士なのに！

私は思わずやきもちを焼いたけど、さすがにシャロンへの嫉妬を表には出せないから、ただ二人の間にスッと割って入った。

「グレイルって言うのね！」

嬉しそうに隻眼の騎士の手を握っているシャロンと、戸惑っている隻眼の騎士の足元で、私は眉間に皺を寄せて黙って存在を主張する。

「謎の三角関係が……」

「副長が幼女にモテてる」

後ろでキックスたちがそんなことを呟いている。面白がっている雰囲気だけど、こっちはちっとも面白くない。隻眼の騎士に王都へ来るよう、シャロンが要求したらどうしよう。


――なんて思ったが、どうやら心配するだけ無駄だったみたい。

どうやらシャロンは男の人に叱られると簡単に好きになってしまうらしく、キックス、門番のアニキ、コワモテ軍団のロドスさんを次々に好きになっていき、隻眼の騎士への想いは薄れたようだった。

キックスたちもシャロンを叱ったというより、シャロンが転びそうになった時に「危ないですよ」と注意して助け、私を抱っこしようとした時に「お尻を支えてあげてください」と正し、腰に携えている剣に興味を持った時に「触っては駄目ですよ」と忠告しただけなのだが、シャロンにとっては叱られたことになるらしく、恋に落ちてしまったのだ。チョロい。

最初はイケメンの王子様や支団長さんが好きだったようなのに、このピクニックの間にどんどん恋の相手を変えていっているシャロンに、アスク殿下は頭を抱えていた。

「確かに甘やかして育ててきたが、まさかそのせいで娘がこんなに惚《ほ》れっぽくなるとは……」

嘆くアスク殿下に、ご領主のおじいちゃんがのんびりと言った。

「箱入り娘ほど悪い男に引っかかりやすいと聞きますからなぁ」

「いやぁ、何かすごかったなぁ」

ポクポクと馬を歩かせながら、その背に乗っているキックスが言う。

「王弟殿下のご令嬢があんなに惚れっぽいなんて」

「可愛いけど、びっくりしたわね」

ティーナさんは苦笑いする。

私たちはピクニックを終え、北の砦に帰る途中だった。ご領主のおじいちゃんのお屋敷に向かったシャロンたち王族と、支団長さん家族、団長さんとは別れ、クガルグも住処に帰ったので、今は砦の騎士しかいない。

私は隻眼の騎士と一緒にリーダーに乗ってみんなのお喋りを聞いていた。支団長さんが私に乗ってほしそうにしていたが、申し訳ないけど今回は隻眼の騎士と一緒にいたい。だってやきもちを焼いた余韻がまだ残っているのだ。隻眼の騎士をシャロンに取られてしまうかと思った。

「しかも副長やロドスさんにまで惚れるなんて」

コワモテ軍団の若手、モヒカン頭のジェッツが面白がって言う。

「だけどこれから大変だな。アスク殿下は」

そう言ったのはレッカさんだ。ちなみにレッカさんは顔がいいので、女性だというのにシャロンに惚れられかけていた。シャロンは誰かに叱られても相手を好きになるが、大前提として面食いなのだ。美形には無条件で惚れてしまうらしい。

レッカさんは続ける。

「アスク殿下はシャロン様に悪い虫がつかないよう警戒されているはずだが、シャロン様の方が誰彼構わず好きになってしまうのだから」

「心配だろうなぁ」

キックスも相槌を打って続ける。

「俺も妹があんな感じだったら心配だ。下の妹はまだ二歳だけど、上は十二歳で年頃になってきたし……妹が惚れた男を次々に抹殺してしまうかもしれない」

「『気持ちは分かる』」

キックスの言葉に、隻眼の騎士と支団長さんが同時に頷いた。しかも支団長さんはちらっとこっちを見たし、隻眼の騎士は私の胸元に回している手に若干力を込めた。

あれ？　私が誰かを好きになったら死人が出る感じ……？

砦に着いた後、私は一旦母上のもとに戻って、夜にまた砦に移動した。たまにだけど、夜、寝る前に私は砦に遊びに行くことがある。ちょうどその時間帯は、みんなが談話室でくつろいでいるからだ。

「ミル、来たのか」

移動が完了すると同時に、すぐ後ろから隻眼の騎士の声がした。どうやらソファーに座ってくつろいでいた隻眼の騎士の膝の上に、上手いこと飛んできたみたい。なので、そのままごろんと仰向けになる。

「来てからリラックスするまでが早いな」

隻眼の騎士は笑って私のお腹を撫でる。

談話室にはたくさん騎士がいて、キックスやティーナさん、レッカさんたちも仲良くお喋りをしていた。談話室の窓は開け放たれているけれど、虫はあまり入ってこない。この地域では蚊もいないようだ。

それに日本と比べると、夏でも夜はぐっと涼しくなるのが有り難い。

と、私が隻眼の騎士の膝の上でごろごろしていると、談話室にジェッツが入ってきた。ジェッツは手紙や小包なんかが入った箱を抱えている。

扉近くに座っていた門番のアニキが尋ねる。

「お前、今日の荷物配り係？」

「はい。ロドスさんに言いつけられたんで。今日は別に何もだらけてなかったと思うんですけど」

腑に落ちない様子のジェッツに、アニキは言う。

「お前昼間、シャロン様の惚れっぽさについて、『しかも副長やロドスさんにまで惚れるなんて』って言ってただろ？　ロドスさんに惚れるのはおかしいみたいな言い方で。副長は気にしてないみたいだったけど、あの時、ロドスさんはお前のこと軽く睨《にら》んでたぞ」

「あー、それか」

ジェッツは納得がいったらしく、談話室を回ってみんなに荷物を配り出す。

「この時間に配ると、みんな談話室に集合してるから楽だわ。……ん？」

ジェッツはとある手紙を見て、一瞬動きを止めた。そして談話室を見渡してキックスを見つけると、そっちに早足で歩いて行く。

「おい、キックス！　お前に手紙！　封筒に『至急』って書いてあるぞ」

「……何だろ？　実家からだ。しかも珍しく父親から」

キックスは手紙を受け取り、内容を確かめている。私も隻眼の騎士も何となくそっちを見ていたけど、無言で手紙を読んでいる間、キックスの表情はみるみる険しくなっていった。

「……は？」

「どうしたの？」

隣にいたティーナさんが尋ねる。

手紙を読み終えると、キックスはその文面から目を離さないまま、信じられないというように呟いた。

「妹が……二歳の妹がいなくなったって……」

「いなくなった⁉　行方不明ってこと？」

声を出したのはティーナさんだが、談話室にいる全員が驚いていた。もちろん私もびっくりして、ヘソ天の体勢から飛び起きる。

二歳の妹ってことは、下から二番目の子かな？　一番下はこの前生まれたばかりの男の子だから。

「行方不明ってどういうことだ？　いなくなった状況は？」

「ちょ、ちょっと待って……。何か混乱して」

キックスは瞬《まばた》きも忘れて片手で口元を押さえていたけれど、ふと私の姿を見つけるとこちらにやって来た。

「副長、借りていいですか……？」

「ああ」

そして私を抱きかかえると、元の椅子に戻って腰を下ろす。私を撫でることによって心を落ち着かせようとしているのか、頭や背中を撫でながら手紙を読み直した。

「……妹は他の兄弟と一緒に、父親と近くの街に買い出しに出かけてたらしく、そこで姿が見えなくなったって」

「街で迷子になったなら、周りに大人はいっぱいいるだろうし、普通はすぐに見つかるはずだよな。二歳じゃ自力で遠くまでは行けないし、家出する歳でもない。とすると、誰かが連れ去った？」

「分からない……」

私を撫でるキックスの手は、少し震えていた。

そんなキックスの様子を見守りながら、隻眼の騎士が尋ねる。

「行方不明になったのはいつなんだ？　手紙だとここに届くまでに時間差があるから、今日ってことはないだろう」

「はい……手紙に書いてある日付によると、行方不明になったのは一昨日の午後みたいです。日が落ちても見つからないから、父親は俺にも知らせるために急いで手紙を書いたようです」

「心配だな。だがキックスの実家近くの街だと我々の管轄ではないし、捜索の応援に行こうとしても断られるだろう」

「そうですよね……」

キックスはうなだれる。その地域にいる騎士たちがちゃんと捜索してくれるだろうし、『子供が一人行方不明』という事件の規模では、なかなかこちらの騎士は出張れないのかな。

だけど隻眼の騎士は、その後すぐにこう続けた。

「だが、お前は行方不明者の家族だ。家族が捜索に加わるのは当たり前だ。だから明日、実家に帰れ。馬も使っていい。赤ん坊もいて大変だからな、家族の力になってやれ」

「いいんですか？」

「もちろんだ。支団長には俺が許可を取っておく」

「――その必要はない。許可は今出す」

突然話に加わったのは、談話室に入ってきた支団長さんだった。支団長さんはお風呂から上がったところらしく、手にはタオルを持って、しっとり濡れた髪を適当に一つに結んでいる。それに寝巻きらしきラフな服装をしていた。

「支団長が談話室に来るの珍しいっすね」

　ジェッツが言うと、支団長さんはボソボソと小声で答える。

「ミルがいる気配がしたからな……」

　そこで氷の仮面をしっかり装着し直し、〝支団長〟の顔になると続ける。

「グレイルが言った通り、キックスにはしばらく休みを与える。そしてジェッツ、ジルド、ティーナ、レッカにも休暇を与えよう。お前たちはキックスと仲がいいからな。行方不明者の家族の友だちが捜索に加わるのもおかしなことではない。友だちということなら、向こうの騎士たちのプライドを逆撫でするとはないだろう」

「分かりました」

「必ずキックスの妹を保護します！」

　ティーナさんが大きく頷き、レッカさんの言葉には気合がこもっていた。レッカさんは子供の頃に誘拐されて怖い思いをしたことがあるし、もしキックスの妹も同じような状況に置かれていたらと思うと放っておけないのだろう。ジェッツとジルドも行く気満々だった。

「ありがとうございます、支団長。ありがとう、みんな」

「明日の早朝、出発しろ。今日は睡眠を取って明日以降に備えるんだ。今すぐ出発したいだろうが、夜に馬を走らせればお前が事故を起こしかねないからな」

「はい」

私もついて行きたい気持ちだったが、ついて行って何か役に立つだろうか？　足手まといになったり、余計な事件を起こしたりする未来しか見えない。

でも、もし私を撫でていることでキックスが落ち着くなら……キックスが来てほしいと思うならついて行く。そう思ってキックスを見上げてみた。

けれどキックスは、こわばってはいたが少し笑って、私を安心させようとしてくれた。

「心配してくれてんのか？　俺は大丈夫。連れて行ってミルまで誰かに攫われたりしたら困るから、ここにいてくれ」

「力がひつようになったらすぐに言ってね！　私だけじゃあまり役にたたないけど、母上たちにそうだんして、みんなに助けてもらうからね！」

「ありがとな。でもお前、精霊の知り合い多いし、お前が助けを求めたら、俺の妹のために精霊が大集合するからそれはそれでちょっと……」

キックスはまた笑ったけど、やっぱり表情は硬い。

するとそこで支団長さんが言う。

「そういえばキックス、お前の妹は金髪か？」

「はい、俺と同じで金髪ですけど……」

「容姿は？　可愛いか？」

「何でそんなこと……。俺に似て可愛いですよ。身内のひいき目を無しにしても可愛いと思います」

「まぁお前も童顔だからな。だがそうなると……」

「何なんです？　金髪の可愛い幼女を狙う変質者でもいるんスか？」

キックスの口調はちょっと荒くなった。妹がそんな人間に捕まっているかもと想像して眉間に深い皺も寄っている。

「いや、変質者ではないと思うが……。だが、金髪か黒髪の、男女問わず容姿の整った、幼い子供がいなくなる事件が国内で増えてきている。犯人は移動しているようだし、お前たちにもこのことを伝えて、うちの管轄でもパトロールを強化しようとしていたんだ」

「そいつの目的は何ですか？」

「それも分からない。だが、キックスの妹を連れて行ったのもその犯人なら、少しは安心できる。今までその犯人が連れて行った子供たちは、怖い思いをすることもなく、みんな数時間ほどで元気に親元に帰ってきているからな」

支団長さんの話を聞いて、キックスの目にわずかな期待が宿ったのだった。


翌日、朝早くにキックスはティーナさんたちと砦を発《た》ったようだ。

私は昼の休憩時間に砦に行ったけど、その時、支団長さんや隻眼の騎士は、食堂で門番のアニキやコワモテ軍団たちと〝不思議な事件〟について話をしていた。

ちなみに今日は、避暑に来ている王族一家や支団長さん家族は、ご領主のお屋敷近くで狩りをしているそうだ。精霊のいるこのスノウレア山付近で狩りをするのは遠慮して、離れた場所ですることにしたらしい。

「一体、犯人は何が目的なんだ？」

支団長さんは真剣な顔で言いながら、視線はずっと正面に座っている私を見ている。

私は今、人の姿になっていて、目の前のお皿に載ったハンバーガーをただ眺めていた。人の姿になったのは、ハンバーガーを食べるには手を使わないとと思ったからだけど、今はキックスやキックスの妹さんが心配で食欲が湧かない。

妹さんはきっと無事だって思いたいけど、無事じゃなかったら……という悪い想像をついしてしまう。もしも最悪の結果になったら、キックスをどう慰めたらいいんだろう？　なんて余計なことを考えちゃうのだ。

「お腹が空いてないのか？」

支団長さんは一旦話をやめて私に声をかけてきた。私は無言で頷く。もふもふのしっぽもずっと元気がなく、下を向いている。

「ミルのためにも、キックスには無事に妹を保護して、元気に帰ってきてもらわないとな」

支団長さんはそう言うと、ハンバーガーの載ったお皿を私の方に少し押した。鼻に近づけたら、匂いにつられて食べるんじゃないかと思ってるみたい。

だけど私は結局食べなかったので、私を膝の上に乗せている隻眼の騎士が話を戻す。

「一連の事件の犯人の目的ですが、誰かを探しているという可能性もあるのでは？」

言いながら、隻眼の騎士はハンバーガーに挟まっているレタスやトマトといった野菜を抜いていった。いや、私、野菜を抜かれても食欲は戻らないから……。そういう問題じゃないから。

支団長さんは、ハンバーグだけが挟まったハンバーガーを見ながら返す。

「今までは目的の子供じゃなかったから無事に帰していたということか？」

「ええ」

隻眼の騎士が頷くと、今度は一緒のテーブルに座っていた門番のアニキが口を開く。

「とすると犯人が探している子供は、〝金髪か黒髪〟で〝容姿の整った〟、〝比較的幼い〟という条件に当てはまる子ですよね。男女問わず連れて行かれているらしいですから、目的の子供が男児なのか女児なのかは犯人も分かっていないんでしょうか？」

「謎が多すぎるな」

そして門番のアニキの隣に座っていたコワモテ軍団のメンバー、赤髪のグレゴリオも、私の方を見ながら言った。

「人の姿のミルも狙われやしませんかね？　髪の色こそ白銀とはいえ、金髪にも白っぽい色のものがありますから」

「しっぽやキツネ耳がついてはいるが、もしかしたら狙われるかもしれないな。注意するに越したことはない」

険しい顔で言ったのは支団長さんだ。そして隻眼の騎士は私の頭にポンと手を置いて言う。

「怪しい人間には近づくんじゃないぞ、ミル」

「うん」

でも、そもそも怪しい人間と出くわす確率は低いと思う。私の行動範囲はこの砦とスノウレア山くらいだしね。それに万が一、犯人と遭遇して捕まったとしても、移動術を使えば簡単に逃げられる。

「はぁ……」

私は小さな口でため息をついた。今は私のことよりキックスのことだよ。

キックスはもう実家に着いたかな？　それともまだ？　キックスの妹さんを連れ去った犯人が、不思議な事件の犯人と一緒かはまだ分からない。そもそもただの迷子かもしれないし。だけど、とにかく妹さんが無事に見つかることを祈るしかない。

――と、その時。

食堂に騎士が一人駆け込んできて、持っていた一通の手紙を支団長さんに見せた。

「支団長、これ！　さっき届いた手紙で、キックス宛てです！　封筒にはまた『至急』と書いてあります」

「キックスの実家からのようだな。差出人はおそらく父親……」

支団長さんは落ち着いた様子で手紙を受け取り、眺めた。そして少し思案して言う。

「キックスには悪いが、開けさせてもらおう。キックスもうすぐ実家に着くだろうから、手紙の内容は父親から直接聞けるはずだが、もしこちらからの応援を増やさなければならないような内容なら、我々が把握するのも早い方がいい」

するとスと隻眼の騎士は、私のハンバーガー用に一応置いてあったナイフを手に取り、支団長さんに渡した。支団長さんはそのナイフを使って封筒を開け、手紙を取り出す。

そして手紙に書かれている文字を目で追う。手紙は一枚だけで、文章も長いものではなかったようだ。支団長さんはすぐに読み終えると、大きく息を吐いた。

「な、なにが書いてあったの？」

私は怖々尋ねた。

しかし支団長さんは安心したようにほほ笑むと、私や騎士たちにこう伝える。

「どうやらキックスの妹は無事に戻ってきたようだ」

「え？　よ、よかったー！」

私は泣きそうになりながら言った。元気がなかったしっぽも、ぺたんと寝ていた耳も一瞬で上を向く。

と同時に食欲が戻ってきて、私はトマトとレタスを入れ直してからハンバーガーにかぶりつく。

おいしー！

「ホッとしてから食欲が戻るまでが早《はえ》ぇな」

グレゴリオは私を見てそんなことを言いながら、支団長さんにはこう尋ねた。

「結局、迷子か何かだったんですか？」

「いや、そこまでは書いていない。キックスの父親も、娘が見つかってすぐに慌ててキックスに手紙を書いたんだろう。早く知らせないとキックスも心配していると思ったんだな。『行方不明になったという手紙を送ったが、その後すぐに無事に戻ってきた。怪我などはなく元気だ。怯えている様子もなく、それどころか機嫌よく笑っている。誰かと遊んでもらっていたのか……？

とにかく心配をかけてすまなかった。落ち着いたらまた手紙を出す』としか書いていない」

「まぁ、詳細はキックスが聞いてくるでしょう」

隻眼の騎士はそう言った後、ハンバーガーを一気に口に詰め込みすぎた私に、コップの水を渡してくれたのだった。


キックスやティーナさん、レッカさん、ジルド、ジェッツは翌日の午後帰ってきた。

そろそろ戻ってくる頃かな？　と私は砦の門のところで隻眼の騎士と待っていたので、キックスからいち早く話を聞くことができた。

「妹は無事でした。ご心配をおかけしました。ミルもごめんな」

キックスは気の抜けたような顔でちょっと笑った。

「ううん、きにしないで」

「急いで向こうに行ったらもう妹は見つかってたんだ」

私にそう言うと、キックスは隻眼の騎士を見て続ける。

「見つかった経緯を詳しく聞いてたら日が暮れかかってたんで、一晩あっちに泊まって帰ってきました」

「ああ。何にせよ、無事でよかった」

「妹ちゃん、元気そうでしたよ」

ジルドが明るく言うと、ティーナさんやレッカさんも「ええ、本当に」「怖い思いはしていなくてよかった」と続ける。

と、そこで隻眼の騎士が、キックス宛ての手紙を読んだことをキックスに伝えた。

「勝手に開けさせてもらった。悪かったな」

「いいえ、開けてくれてよかったです。どうやら父親が『妹が行方不明になった』という手紙を出したすぐ後で、妹はふらりと家に帰ってきたようです。なので父親はまたすぐに俺に『無事に戻ってきた』って手紙を書いたらしいんですけど、今度は出しに行くのが一歩遅くて、夜になって配達所が閉まってたようで。だから翌朝出したって言ってました。それで配達は一日遅れたんです」

「『ふらりと帰ってきた』ということは、街で姿が見えなくなったのに、自力で家に戻ってきたということか？」

隻眼の騎士が尋ねる。キックスは馬から降りながら答えた。

「いえ、街から家まではほぼ一本道で、妹も帰路を覚えていたようですが、どうも一人で帰ってきたんじゃないらしいです。妹は、自分を連れ去った人物に家まで送ってもらったみたいなんです」

「じゃあ、迷子ではなかったんだ？」

私はバランスを取りながら後ろ足で立ち上がって聞く。地面にいると、キックスと視線を合わせにくいからね。

でも、キックスの妹さんを連れて行った犯人は、どうして一度攫った子を数時間後に家まで送るなんて奇妙な行動を取ったんだろう？　わけが分からないけど、子供を無事に帰したということは、最近起きている〝不思議な事件〟の犯人と同一人物なのかもしれない、とは思う。

キックスは後ろ足二本でふらふら立っている私を抱き上げた。

「それがよく分からない。妹が迷子になって、それを保護してくれた親切な人が、妹に家を尋ねて送ってくれたのかもとも思うけど……。でも、それだと何でその人は家にいた親父《おやじ》やお袋に何も言わず去って行ったのか疑問だし、妹が戻ってくるまで数時間かかってるけど、街で保護した妹をうちに送り届けるのにそんなに時間がかかるのか？　とも思う」

「一度連れ去ってから家に戻したのか、迷子だったのを保護して家に送り届けてくれたのかは分からないが、妹さんは、自分と一緒にいたその人物の姿を見たんだな？」

尋ねたのは隻眼の騎士だ。キックスは頷いて答える。

「はい。妹は、気づいたら知らない綺麗な男と一緒にいたみたいです。綺麗な女もいたって言ってた。けど、その他のことはよく分からないっす。妹の話は要領を得なくって」

そこでキックスは妹さんの真似をして可愛い声を出す。

「『あのねあのね、わたし、きれいな人といっしょにいた！　男の人、すっごくきれい。女の人、よくかお見えないけど、でもきれい！　二人ともとってもきれい！』って終始この調子で、どうやらその人たちが美形だったらしく、それに興奮しっぱなしでした。とにかく相手は綺麗だったとしか言わないいんスよ。それしか印象に残ってないようで」

シャロンもそうだし、私も気持ちは分かるけど、子供でも女子は女子なんだよね。イケメンや美人なお姉さんには憧れちゃうもん。でも妹さんがそれほど興奮する美形、ちょっと見てみたいかも。

「彼らは国内で頻発している不思議な事件を起こしている犯人と同じ人物かもしれないな。確かこれまでにも、連れて行かれた子供が犯人は綺麗だったという証言をしていたはずだ。それに男と女の複数犯という証言も一致している。となるとやはり、キックスの妹は彼らに保護されていたのではなく、〝一旦〟連れ攫われていた、ということになる」

「ええ。俺も同一犯だと思います。『綺麗』以外の犯人の容姿、それに潜伏先や目的は、相変わらずさっぱり分かりませんが」

話が終わると、キックスは馬をティーナさんたちに任せ、支団長さんのところにも報告に行こうとした。

しかしそこで、見慣れない男の人が乗った馬が砦に駆け込んでくる。慌てている様子の男の人は、砦の騎士とも王都の騎士とも違う制服を着ていた。

（あれは確か、ご領主のおじいちゃんのところの騎士……）

顔に見覚えはなかったけど、制服は覚えていたのだ。

隻眼の騎士もすぐにご領主の騎士だと分かったらしく、止めることなく門を通した。

「急いでいるようですが、何かありましたか？」

隻眼の騎士が尋ねると、男の人は騎乗したまま早口で言う。

「そ、それが……！　うちの屋敷内で、シャロン様が行方不明になったのです！」

ご領主のおじいちゃんのところからやって来た使者は、すぐに支団長室に通された。

部屋にいるのは支団長さんと使者、隻眼の騎士と、隻眼の騎士の肩に乗ってついてきた私の四人だ。

「シャロン様が、領主の屋敷からいなくなっただと？」

にわかに信じがたいといった様子で、支団長さんは眉を寄せる。

「いなくなったと言っても、シャロン様が一人で屋敷から出ることも、誰かが連れ去ることも難しいはずでは？　彼女には近衛騎士がついていますし、屋敷には警備の騎士も多くいるでしょう」

隻眼の騎士も厳しい口調で言った。

北の砦の氷の支団長、それに厳《いか》めしい鉄人副長に問い質《ただ》されて、使者はちょっと怯えつつ答えた。

「は、はい……！　護衛も警備も十分いましたし、我々も決して気を抜いていたわけではないのですが、シャロン様は忽然《こつぜん》といなくなってしまわれて……」

「どういう状況で？」

「シャロン様はご領主の屋敷の客室に泊まられていて、昨晩もその部屋でお休みになったのですが、朝にはいなくなっていたのです」

支団長さんは続けて聞く。

「シャロン様は一人部屋だったのか？」

「ええ、アスク殿下と夫人には夫婦一緒の部屋をご用意し、シャロン様にはその隣の部屋で眠っていただいていました。自宅のお屋敷でもそうしておいでだと伺ったので」

「護衛は廊下に？　何人ついてた？」

「廊下にいた護衛は五人です。アスク殿下たちが連れて来られた近衛騎士が二人、そして我々、ご領主に仕える騎士が三人。その五人が、一晩中アスク殿下夫妻とシャロン様の寝室前で歩哨《ほしょう》に立っていました。それに、その他にも一晩中屋敷を見回る者、門を警備する者ももちろんいました。王族方が泊まっておられるということで、普段の倍の人数を夜の警備に充てていたのです」

使者の男の人はそこで一呼吸置き、また話し始める。

「けれど不思議なことに、誰も不審な人物を見かけたりはしていないのです。シャロン様が一人で出歩いている様子を見た者もおりません。シャロン様の寝室前に立っていた騎士たちも、何も異変は感じなかったようです。部屋から物音がしたり、シャロン様の悲鳴が聞こえたということもなかったようで」

「窓にも、何者かが侵入した痕跡はなかったのか？」

「ありませんでした。内側から鍵がかかったままで、異常はないのです」

「誰かが侵入した形跡も、シャロン様が一人で出て行った様子もないということか」

首を捻る支団長さんに、私は言う。

「しゃろんが連れて行かれたなら、さらった犯人はきっと、〝ふしぎなじけん〟と一緒の犯人だね。だってその犯人は、これまでもさらったこども以外には誰にもすがたを見られてないみたいだし。今回もそうだから、同じ犯人じゃないかな？」

「ああ、そうだな。同一犯である可能性は高い。ミルは賢いな」

誰でも予想できることを言っただけなのに、支団長さんは私を褒めた。そして続ける。

「シャロン様は金髪で、可愛らしい方だしな。犯人がこれまで狙っていた子供と特徴が一致する。歳だけは、シャロン様は連れて行かれた他の子供より少し大きいが」

支団長さんは表情を引き締めて使者に言う。

「これまで起きている不思議な事件と犯人が同じであれば、シャロン様は無事に戻ってくるかもしれないが、それをのんきに待ってはいられない。もしも犯人の目当ての子供がシャロン様だったら、無事に帰されることはなくなるだろうしな。それに王弟の娘がいなくなったのだから、国にとっても一大事だ。我々も捜索に協力する」

「ありがとうございます。実はそのお願いをしに参ったのです。屈強な北の砦の騎士たちの力を借りられればと、ご領主が申しておりましたので」

「すぐに出発の準備をする」

支団長さんの言葉に頷いた後、使者の男の人は言いにくそうに付け加える。

「それで……これはご領主から言づけられたわけではなく、私の個人的なお願いなのですが、シャロン様誘拐の嫌疑がご領主にかからぬよう、味方になっていただきたいのです。北の砦の方々は、ご領主の人柄のよさも、誘拐事件を企《くわだ》てるような方ではないということもご存じでしょうから」

「もちろんだ。だが、それはアスク殿下たちもご存じのはず。まさか領主の屋敷でいなくなったからと言って、単純に領主を疑ってはいないのでは……。いや、だが愛娘《まなむすめ》がいなくなったとなれば、殿下も取り乱しているだろうからな……」

「ええ。まだ表立って責めてはおられませんが、多少なりとも疑いは持っておいでのはずです。娘を取り戻すため、わずかでも疑う余地があれば疑うのは当然でしょうし、アスク殿下のお気持ちも分かるのですが」

「国の安定のためにも、二人の間にわだかまりが残ると困るな。この地域の領主である伯爵には、我々も世話になっているし、できることはしよう」

「お願い致します」

そうして、使者と共に二十人近い砦の騎士がご領主のおじいちゃんのお屋敷に向かうことになった。その中には支団長さんもいる。支団長さんは貴族の子息でもあり、アスク殿下やご領主のおじいちゃんとも親しいので、問題解決のために自分も行くことにしたようだ。

そしてそうなると砦の責任者がいなくなるので、副長である隻眼の騎士は支団長代理として砦に残らざるを得ない。なので留守番だ。

一方、私は支団長さんについて行くことになった。支団長さんに「もしかしたらギスギスした空気になるかもしれないから、場を和ませるためについてきてくれ」と頼まれたからだ。

娘を攫われて怒り心頭であろうアスク殿下と、殿下に疑われているかもしれないご領主のおじいちゃん、そんな二人のいる部屋の空気を和ませることはできないと思うけど、なるべく頑張ろう。

愛馬のアイラックスに乗る支団長さんに片手で抱えられながら、ふわふわの毛皮で少しでもみんなの緊迫感を緩められるように、舌を伸ばして毛づくろいを始める。

「では、行ってくる」

支団長さんが動き出すと、ご領主のおじいちゃんのお屋敷に向かう他の騎士たちも馬を操って前進する。

「ミル、一人になるんじゃないぞ」

隻眼の騎士は心配そうに言う。私は一旦毛づくろいをやめて右前足を挙げた。

「わかった！　行ってくるね！」

「一人で行動するんじゃないぞ」

「うん、わかった！」

「支団長と一緒にいるんだぞ」

「わかったよ！」

色々言い方を変えて同じ注意をしてくる隻眼の騎士に手を振り、私たちは出発する。一緒に行く約二十名の騎士の中には、ティーナさんとレッカさん、キックスもいた。

道中、キックスは支団長さんに話しかける。

「俺の妹が一時的にいなくなったのが四日前。それでシャロン様がいなくなったのが昨日ですよね？」

「昨日の夜か今日の朝だな。昨日シャロン様が寝室に入ってから、今日の朝に使用人が起こしに来るまでの間にいなくなったわけだから」

「となると同一犯だった場合、俺の妹を家に帰してからシャロン様を連れ去るまで、三日ほどしか間が空いてないですね」

私は毛づくろいを再開しながら二人の話を聞く。

「でも三日あれば、歩いてもキックスの実家から伯爵のお屋敷まで移動できるわ」

そこでティーナさんが口を挟んだ。

「それに馬があればもっと早いわ。私たちも半日ほどで移動できたもの」

ティーナさんの言葉に頷いてから、レッカさんもこう言う。

「昨日の狩りにシャロン様もついて行かれたようですし、その時に犯人に目をつけられたのかもしれません。外に出れば様々な人間の目に触れることになりますから」

支団長さんはレッカさんたちの推測に耳を傾けつつ、こうまとめる。

「同一犯である可能性は高いが、まだそうと決まったわけじゃない。全く別の人間が犯人である可能性も常に頭に置いておけ。さぁ、急ぐぞ」

一行は馬で駆けるスピードを上げ、ご領主のお屋敷へと急いだのだった。

一時間ほどでご領主のおじいちゃんのお屋敷には無事着いたが、残念なことに私の毛皮はぐちゃぐちゃになっていた。場の空気を和ませるため、毛皮をふわふわにしようと毛づくろいを頑張ったのに、クガルグのように上手くできずに悲惨なことになったのだ。第一、走っている馬の上で毛づくろいするって難易度が高い。揺れるし、風もあるし。

色んなところによだれもついちゃったし、毛があっちこっちにツンツンはねている。こんなパンクな姿じゃ癒しを提供できない。

「ミル、疲れていないか？　……どうした、その毛は」

ご領主のお屋敷に着いたところで、支団長さんはこちらを見下ろして驚く。移動している間にもふもふがツンツンになっていたらびっくりするよね。

と、そこで深刻な顔をしたご領主のおじいちゃんが、玄関から門の方にやって来た。

「クロムウェル、来てくれたのか。ありがとう。シャロン様はまだ見つかっていないが、とりあえず中に入ってくれ」

キックスたちを玄関前で待機させると、支団長さんは私を抱え、ご領主のおじいちゃんに続いてお屋敷の中に入る。

案内されたのは広い迎賓室で、そこには国王夫妻と王子様、それに王弟のアスク殿下夫妻と、支団長さん一家の三人もいた。だけど団長さんはいないし、近衛騎士の人数も減っている。きっとシャロンを捜しに出ているのだろう。

アスク殿下の奥さんは涙目でうつむいていて、それを王妃様や支団長さんママが慰めている。

一方、アスク殿下は眉根を寄せ、怒りと焦りが滲《にじ》んでいるような険しい表情をしていた。

「クロムウェル」

支団長さんパパが、迎賓室に入ってきた息子に視線を向けた。他のみんなもちらりとこちらを見る。

「ミルも連れてきたのか」

「何やら毛がおかしなことになっているな」

「どうしてそうなったんだ？」

支団長さんパパと王様、支団長さんのお兄さんが順番に言う。

するとアスク殿下も私を見て、少しだけ表情を緩めた。

「櫛《くし》でといてあげた方がいい」

そう言うと、アスク殿下の眉間の皺は少し薄くなった。毛づくろいに失敗したおかげで、ちょっとだけ和ませられたかな？

でも当然一人娘のことが心配だから、表情はまたすぐに険しくなってしまった。

「あの子は私が歳を取ってからできた子なんだ」

王子様の膝の上に乗せられ、櫛で毛をとかれている私を見ながら、アスク殿下は昔を思い出すように語る。

「兄上も知っての通り、私たち夫婦にはなかなか子供ができなかった。我々は親にはなれないのかと、随分悩んだよ。知り合いには次々に子供ができていくのに、私たちのもとには一向に赤ん坊はやって来てくれないのだから」

私は前世でもまだ子供が欲しいと思う年齢ではなかったから、子供ができない辛さは想像することしかできない。

だけど過去の気持ちを語るアスク殿下や、その話を聞いている殿下の奥さんの苦しげな顔を見ていると、私が想像する以上に辛かったんだろうと思った。

「だからシャロンが妻のお腹にやって来てくれた時は、本当に嬉しかった。だが、心配は尽きなくてね。無事に妊娠したら、今度は無事に生まれてきてくれるか心配だったし、生まれた後も病気や事故で死んでしまわないか不安だった。ある程度成長した今も毎日心配している。病気や怪我をしないか、悲しい思いをしていないか、そばにいてやれない時に、誰かに攫われやしないかと……」

そこでアスク殿下は、目元を隠すように額に手をやる。

「まさかその心配が現実になるとは。シャロンが自ら出て行くはずがないから、きっと攫われたに違いない」

「他の子たちのように、きっとシャロンも無事に戻ってくるわ」

王妃様は励ますように言い、こう続けた。

「だけど、まさか寝室に忍び込まれるなんて思いもしなかったわね」

「ここは安全だと思っていたのに」

きゅっと唇を噛んで言ったのは、アスク殿下の奥さんだ。その瞳から涙が零れ落ちたのを見て、私は王子様の膝の上から移動した。殿下の奥さんの足元に行き、慰めるように「きゅんきゅん」鳴く。こういう時、鳴き声っていうのは便利だ。今はかける言葉が見当たらないから。

「まぁ……優しいのね。ありがとう」

殿下の奥さんはこちらに手を伸ばしてきて頭を撫でてくれた。

一方、ご領主のおじいちゃんは申し訳なさそうに言う。

「面目次第もございません……。警備は万全のつもりだったのですが」

と、そこでアスク殿下が顔を上げ、おじいちゃんの方を見る。

「……伯爵の人柄は知っているつもりだし、信頼していた。だが……」

言いづらそうに間を空けた後、意を決して口を開く。

「犯人が誰にも目撃されずにこの屋敷に侵入し、数ある部屋の中からシャロンの寝室を探り当て、連れて行くなんてことができるのか？　疑いたくはないが、伯爵が何か関与しているわけではないだろうね？　誰かが手引きしなければ、犯人はシャロンを連れて行けないはずだ」

「いいえ。殿下が疑われるのも無理はありませんが、私は関与しておりません」

アスク殿下の厳しい物言いに、ご領主のおじいちゃんは真摯に返した。

そして王様もご領主のおじいちゃんを擁護する。

「アスク、伯爵は人格者だ。お前の子を誘拐するなんて馬鹿なことはしない。精霊のいるこの北の地方を長年問題なく治めてきた、素晴らしい領主なのだから。第一、伯爵がシャロンを攫って何の益がある？」

　そう言われるとアスク殿下はまた額に手を当てて、辛そうに目を閉じた。そしてそのまま喋り出す。

「ああ、そうですね兄上……。済まない、伯爵。愛娘が攫われて、私は冷静でなくなっているのだ。あなたがそんなことをする人間でないことは、もちろんよく知っている。済まない……」

「いいえ、どうぞ私のことはお気になさらず」

　一応アスク殿下は謝ったけど、部屋の空気は微妙なままだ。シャロンが無事に見つかり、真犯人が捕まらなければ、ご領主のおじいちゃんに対するアスク殿下の疑いははっきりとは晴れないだろうし、ご領主のおじいちゃんもそれを分かっているのかもしれない。

　私は今度はアスク殿下のところへトテトテと走り、足元で「きゅんきゅん」鳴く。すると殿下はちょっとだけほほ笑んだ。

「ああ、ありがとう。精霊の御子がいてくれるおかげで、少しは心が癒されるよ」

　アスク殿下が私を撫でていると、ご領主のおじいちゃんが静かに話し出す。

「私は犯人ではありませんが、シャロン様が〝うちの屋敷で〟いなくなったのは確かです。近衛騎士たちもいたとはいえ、ほとんどの警備を担っていたのは私の騎士たちで、屋敷に犯人をむざむざ入れてしまった責任は私にあります。何らかの形でその責任は取らなければと思っております」

　また部屋がしんとなる。

今度は、少しうつむいているおじいちゃんの方へ私は慌てて寄っていく。そして次はおじいちゃんを励ますために「きゅんきゅん」鳴いた。

――するとその時、迎賓室の扉が素早く二度ノックされ、ご領主の騎士と近衛騎士がなだれ込むように部屋に入ってきた。

そして二人は声を揃《そろ》えて言う。

「シャロン様が見つかりました！」

その報告に、アスク殿下と奥さんはいち早く反応した。

「何っ⁉」

「本当なの⁉」

二人がソファーから立ち上がったところで、シャロン本人が廊下からひょっこりと顔を出す。

「お父様、お母様」

シャロンは何だかあっけらかんとしていた。行方不明になって無事に両親のもとに帰ってきたのだから、子供ならホッとして泣いてしまってもおかしくはないのに。

「シャロン……！」

一方、殿下たちは愛娘に駆け寄り、涙を流して抱きしめる。だけどシャロンの方はその反応に驚いているようだ。

「そんなに心配していたの？」

「当たり前だろう！　お前が寝室からいなくなっていると聞いた時には、心臓が止まりそうだった」

「本当に無事でよかったわ！　一体どこにいたの？　誰に攫われて、どうやって帰ってきたの？」

質問攻めにするアスク殿下の奥さんを、支団長さんが止める。

「夫人、シャロン様には一度落ち着いてもらい、ゆっくり話を聞きましょう。お三人とも座ってください。シャロン様はお腹は空いていませんか？」

「そういえば空いているわ。朝食と昼食を食べ損ねてしまったし」

支団長さんは使用人にシャロン用の食事を用意するよう指示すると、シャロンが見つかったと報告に来た騎士たちに尋ねた。

「シャロン様はどこで見つかったんだ？　団長たちが見つけたのか？」

「いいえ、捜索に出かけた者はまだ戻ってきていません。シャロン様は眠ったまま、屋敷を囲む塀に背中を預けて座り込んでおられたのです。門の近くでしたから、門番がすぐに気づいて起こし、ここへお連れしたのです」

「門の近くに座り込んでいた？　犯人がそこに置いたのか？　門番は犯人の姿を見なかったのか？」

「ええ、見ておりません。ほんの一瞬の隙にシャロン様を置いて去ってしまったようです」

ご領主のおじいちゃんの騎士は、犯人を取り逃がしたことを気にして、面目なさそうに言う。

「一瞬の隙に……？」

支団長さんは不可解そうに呟いてから、振り返ってシャロンを見た。そして両親と並んでソファーに座った彼女に尋ねる。

「眠っておられたようですが、どうやってここまで戻ってきたのか、シャロン様は覚えていらっしゃいますか？」

「たぶん、あの綺麗な人に送ってもらったのよ」

シャロンはうっとりして言う。

「あの綺麗な人、とは？　シャロン様を連れて行った犯人のことですか？」

「ええ、そうよ」

「怖い思いはしなかったの？　怪我は？」

アスク殿下の奥さんが、シャロンの体を撫でながら聞く。シャロンは元気そうに首を横に振った。

「怪我はないわ。お腹が空いている以外は元気よ、お母様。怖い思いもしてないわ」

そしてばつが悪そうに肩をすくめて続ける。

「ごめんなさい、お父様お母様。私、みんながこんなに心配してるとは知らなくて、綺麗な人たちのところに長居してしまったわ。だって本当にあまりに美しかったから、もっと一緒にお話ししたいと思って、まだ帰りたくないって駄々をこねたのよ」

「シャロンらしいね」

苦笑いしたのは王子様だ。アスク殿下は面食いな我が娘に無言で頭を抱えている。

「順を追って聞きましょう。まず、シャロン様はどうやって連れて行かれたのですか？　寝室に犯人はどうやって忍び込んできたんです？」

　支団長さんが話を戻すと、シャロンは首を捻った。

「さぁ？　私、眠っていたからよく分からないの。気づいたら金髪の綺麗な男の人に抱えられていたのよ。私は彼のマントか何かで体を包まれていたけど、顔は出ていたから相手の顔も見えた」

「どんな容貌でした？」

「美形だったわ」

　シャロンはまたうっとりした。

「とってもかっこよかったのよ。綺麗だった」

　支団長さんは犯人の詳しい人相を聞き出すのは諦め、質問を変える。

「目が覚めた時、どこにいたか分かりますか？　周囲の景色は見えましたか？」

「見えたわ。もう明るくなってきていたから。周りは森のようだった」

「森ですか。この近辺にもいくつか森はありますね？」

　支団長さんはご領主のおじいちゃんに尋ねる。

「小さいものならば、ここから馬で数分の距離にもある」

　私もフムフムと話を聞いていたのだが、そこで突然、クガルグが私の隣に姿を現した。

　けれどみんなシャロンの方に注目しているから、私以外は誰も気づいていない。……いや、もふもふの存在に敏感な支団長さんは謎の第六感を発揮してこちらを振り返り、仲良く並んだ私とクガルグを見たけど、自分の頬をちょっと抓《つね》ってまたシャロンに向き直った。頬が緩んじゃったの？

「……なにしてるんだ？」

クガルグは部屋の中を見回すと、空気を読んで小声で尋ねてきた。

「しゃろんが行方ふめいだったんだけど、ぶじに戻ってきたところだよ。今はしゃろんに犯人のことをきいてるの」

「ふーん」

クガルグは興味なさそうに言う。

支団長さんは再びシャロンに尋ねた。

「犯人は一人でしたか？」

「いいえ。女の人も見たわ」

「その女の容姿は？」

「ベールをかぶっていて顔はよく見えなかったんだけど、綺麗だったわ。私、美しい人って雰囲気で分かるの」

シャロンは胸を張って言う。何その美形探知能力。

「綺麗以外の特徴はありませんでしたか？　髪の色や服装は？」

「女の人は黒髪だった。服装はドレスを着ていて……もしかしたらどこかの国の王族か、貴族なのかしらって思ったわ。男の人もマントをまとって豪華な服を着てたから」

「他国の王族や貴族……」

王様は眉根を寄せて、何か考えている様子で呟く。

「もし他国の人間、まして王族が関わっているのならば厄介だな」

支団長さんパパもそう言い、シャロンに質問する。

「犯人たちは何か話しましたか？　例えば自分たちのことを話したり、何故シャロン様を連れて行ったのか話したりしませんでしたか？」

「そういうことは話さなかったわ。二人で何か言い合いをしている時もあったけど、小声だったし私にはよく聞こえなかった。それに私、途中でまた眠ってしまったのよ。何だか急に眠くなってしまって」

そこで使用人が食事を持ってきて、シャロンの目の前のテーブルに並べていく。

シャロンはそれを見つめながら続けた。

「次に起きたら、綺麗な男の人が女の人に、私を帰すことにするって話してたの。だから私は帰りたくないって言ったのよ。まだあなたたちとお話をしてたいって。とっても綺麗な二人のことをよく知りたくて。それでしばらく二人とお話ししてたんだけど、質問にはあまり答えてくれなかったわ」

「どんな質問を？」

「名前は？　とか、家は近いの？　とか、好きな食べ物は？　とか、色々聞いたわ。でも何も答えてくれなかった。綺麗な男の人は、私が誰だか知らないみたいで偉そうな態度を取るの。『貴様に答える義務はない』なんて言われたのよ。それは少し頭にきたけど、これだけ偉そうにするってことは、やっぱり他国の王族なのかもしれないって思ったの」

私が真剣に話を聞いている横で、クガルグがあくびをする。

「それで気づいたらまた寝てしまっていて、次に目覚めた時には森にはいなかったの。このお屋敷を囲む塀にもたれかかって座り込んでいたわ。近くには門があって、門番らしき騎士に起こされたのよ。その時にはもう、綺麗な人たちはいなくなってた」

「やはり犯人がそこにシャロン様を置いていったのでしょうね」

支団長さんはそう言い、シャロンに食事を勧めた。

「まずは食事を。そして十分休んだら、また後で少し質問させていただきます」

アスク殿下はため息をついて言う。

「犯人の目的はやはりよく分からないな……」

「ええ。でも新しい情報はいくつか得られました。特に犯人が王族や貴族のような格好をしていたというのは、重要な手掛かりになります」

支団長さんは、今聞いたことをメモに取ってまとめている。

王様はあごをさすりながら言う。

「王族や貴族か……。どちらであっても他国の人間だろうな。シャロンがまだ会ったことのない国内の貴族はいるが、その中に彼女がこれだけ心酔するほどの美形はいない」

「他国の王族や貴族が犯人なら、犯人がその男女二人だけということはないでしょうね。その二人はかなり目立つ容姿のようですし、実際に子供を連れて行く実行犯など、協力者は多くいそうです」

そう言ったのは王子様だ。

私はローテーブルに前足を乗せて、ソファーに座っているみんなの顔を見る。そしてホッとしながら尋ねた。

「でも、これでご領主のおじいちゃんはけっぱくだよね？　外国のひとが犯人なら」

「いや……」

王子様は言いにくそうに言う。

「今言ったように、犯人には協力者がいるはずだよ。この屋敷への侵入を手伝った者も必ずいるはずだ。それが伯爵だとは僕は思えないけれど、この屋敷で働く騎士の中に裏切り者がいるかもしれないし、使用人が屋敷の見取り図を売ったかもしれない。もしくは、悪気なく屋敷の構造や客室の位置を犯人の一味に話してしまった者がいるかも」

王子様の言葉に反論する人は誰もいない。みんな犯人を手引きした人間がこの屋敷にいると疑っているようだった。

ご領主のおじいちゃんも何も言わずに厳しい顔をしている。自分が手引きしたわけではないのなら、部下や使用人たちを疑わざるを得ないのが辛いのかもしれない。

「そっか……」

私はしょんぼり呟く。ご領主のおじいちゃんはいい人そうだし、何もしていないなら早く疑いが晴れるといいんだけど。おじいちゃんのところの騎士や使用人も悪いことはしていないといいな。

「あら？　そこにいるのはクガルグ？　いつの間に来ていたの？」

「おや、本当だ」

シャロンがソファーの陰にいたクガルグを発見し、アスク殿下も軽く驚く。

クガルグはネコ科の肉食獣らしく優雅に歩いてきて、私の隣に座った。

「クガルグって本当にミルが好きね」

シャロンがグラスの水を飲みながら笑う。クガルグはそんなシャロンをじーっと見ると、こてんと首を傾げた。

「どうかした？」

尋ねたのは私だ。私はクガルグを見たが、クガルグはまだシャロンを見ている。なので私もシャロンを見てみた。

するとシャロンの後ろ、ソファーの背もたれとシャロンの間に、何かうごめくものがある気がした。

でも気のせい？　シャロンの影がシャロンの動きに合わせて動いただけか。

……いや、やっぱり何か、影とは別のものが動いてる？

私もクガルグと同じように首を傾げ、シャロンの後ろをよく見ようとした。

「なぁに？　二人して」

シャロンは不思議そうに言う。

私も不思議だ。何かいる気配がするんだけど、目の錯覚のような気もするし……。

（あれ？　反対側に動いた？）

〝何か〟の動きに合わせて、私とクガルグも反対側にこてんと首を傾げる。

「とんでもなく可愛い。……が、どうしたんだ？」

前半の言葉を小声で呟き、後半を普通の音量で言いながら支団長さんが尋ねてくる。

私とクガルグは同時に答えながら、〝何か〟を捕まえるために駆け出した。

「そこになにかいる！」

謎の妖精と誰も知らない精霊

シャロンの陰に隠れている何かを捕まえるため、クガルグはローテーブルの上に飛び乗り、ティーカップや食器を避けながら駆けていった。

一方、テーブルに乗るのに抵抗があった私は、みんなの足元を走っていく。そして途中でアスク殿下の膝に飛び乗り、その隣にいるシャロンの背後に回り込もうとしたのだが、殿下の膝に乗ろうとしたところで手こずってしまう。クガルグのようにジャンプ力がないので、前足を殿下の膝に乗せても、お尻と後ろ足がついていかないのだ。

私が一生懸命アスク殿下の膝によじ登ろうとしている間に、クガルグはテーブルからシャロンの膝に飛び移った。

「きゃあ！」

びっくりしているシャロンを横目に、クガルグは素早く彼女の背後に回り込む。

すると、〝何か〟は慌てたように空中に飛び出してきた。

「膝に乗りたいのか？」

アスク殿下が膝に乗せてくれたところで、私は飛び出してきた〝何か〟をしっかり目で捉える。

それは小ぶりな大福くらいの大きさの、真っ黒な光の玉だった。

「……妖精？」

妖精とは、精霊が作る便利な使いのようなもの。分け与えた力が多ければ、作り出した精霊に似た動物の姿になるけれど、分け与えられた力が少なければ光の玉になる。

みんなの注目を浴びているのに気づくと、黒い妖精は急いでソファーの下の隙間に隠れてしまった。

王様たちが怪訝《けげん》そうな顔をする。

「何だ？　今のは」

「そっちいったよ！　しだんちょうさんパパの下！」

せっかく登ったアスク殿下の膝から降り、私は黒い妖精を追う。クガルグも私より早くソファーの下に突っ込んでいくが、隙間は狭くて前足ぐらいしか入らない。

「ここにはいない！　またどこかに逃げた！」

クガルグは右の前足をソファーの下に突っ込み、ガサガサしながら悔しげに言う。支団長さんパパは足元で騒がしくされているのに、ほほ笑ましそうにクガルグを見ている。

私はクガルグの隣に並んで、お尻は高く上げたまま頭を下げてソファーの下を覗き込む。妖精はここから出てきていないから、支団長さん一家が座っているこの三人掛けソファーの下にいるのは間違いないと思うんだけど。

でもソファーの下は影ができていて、黒い妖精がよく見えない。

「何がいるんだ？」

「虫じゃないわよね？」

支団長さんのお兄さんも足元を覗き込み、王妃様は不安そうだ。

そして支団長さんは冷静に言う。

「虫ではないと思います。精霊が作り出す妖精のように見えましたが、何にせよミルとクガルグが捕まえてくれるようです」

私はお尻をツンと上げたままソファーの下を覗き、クガルグは隣で獲物を探してお尻としっぽをプリプリ動かしている。

けれどその時、

「……」

何となく視線を感じて振り向くと、支団長さんが立ったままじっとこちらを見ていた。さっきの声は冷静だったけど、顔を見ると何故かハンカチを出して鼻を押さえている。鼻水？　いや、鼻血……？

何？　大丈夫？

支団長さんってたまに突然鼻血を出すから心配だ。鼻の血管が弱いのかな、可哀想に。

「クロムウェル？　大丈夫なの？」

「何でもありません、大丈夫です」

王妃様も心配しているが、支団長さんは鼻を押さえつつ淡々と返す。

一方で支団長さん家族と王子様は、訳知り顔でほほ笑みながら支団長さんを見ている。さすが家族と幼なじみだ。突然の鼻血に慣れてるみたい。

ハンカチを赤く染めていく支団長さんを気にしつつ、私は妖精捜しに戻った。

目を凝らして、ソファーの下の隙間をよーく見る。するとちょうど真ん中辺りに、ぼんやりとした黒い物体があるように思えた。そこだけ周りより一段と黒い。

「クガルグ、いた。あそこ」

私は前足をソファーの下に突っ込んで、妖精のいる位置を指した。クガルグも妖精を見つけたようだが、前足を目一杯伸ばしても妖精には届かない。ソファーの背もたれ側に回っても同じだろう。妖精には届きそうにない。

見えてるのに捕まえられない！　悔しいようなじれったいような気持ちになって、私は思わず「きゃんきゃん！」と吠えていた。何だかよく分からないけど吠えちゃうのだ。

だけど吠えても妖精は出てこないので、私の鳴き声は段々悲しげなものになっていった。妖精、捕まえたいぃ……。

私が憐れっぽく「ひんひん」「きゅんきゅん」鳴いていると、支団長さんと支団長さん一家がいち早く動き出した。

「そんなに妖精を捕まえたいのか？」

支団長さんがそう言い、

「ソファーを動かそうか」

「妖精が出てきたら私が捕まえてあげよう」

「あなた、ミルちゃんのために頑張ってね」

支団長さんのお兄さん、パパ、ママが順番に立ち上がってソファーを動かそうとしてくれた。

この公爵一家、肉体労働とは無縁のはずなのに、駄々をこねる子ギツネのために簡単に動きすぎじゃない？

「伯爵、ソファーを動かしてもいいですか？」

「ええ、構いませんが……少しお待ちください」

ご領主のおじいちゃんはそこで自分の部下の騎士を呼び、支団長さん家族の代わりにソファーを移動させる。

しかしソファーが少し動いた瞬間、黒い妖精は隙間からポンと飛び出してきて、ローテーブルを挟んで向かいにあったソファーの下に再び潜り込んだ。一瞬の出来事だった。

「こんどはアスクでんかたちのソファーの下に行っちゃった……」

アスク殿下と奥さん、シャロンが座っているソファーだ。

「妖精が、下に……」

私がうるうると見つめると、アスク殿下たちも立ち上がってくれた。

「あの目には抗《あらが》えないな」

「私、食事の途中なのに」

シャロンもぶつぶつ言いつつ退《ど》いてくれる。

「ありがと」

そこでまた騎士たちにソファーを動かしてもらったが、妖精は次は王様や王妃様、王子様が座っているソファーの下に隠れたのだった。

「王さま……」

「喜んで退くとも」

王様たち三人は、私がうるうる攻撃を仕掛ける前にサッと立ち上がった。

「陛下たちまで立たせるとはな」

後ろで支団長さんパパが苦笑いしている。確かに王様たちを長い間立たせておくのはまずいと思い、私はここで決着をつけようと思った。

ソファーの前に私とクガルグがスタンバイしてから、騎士たちにソファーを持ち上げてもらう。あとはご領主のおじいちゃんが座っているソファーしか残っていないので、そこに向かって逃げるところを捕まえるのだ。

「いきますよ。せーのっ！」

そしてその予想通り、騎士たちがソファーを持ち上げると同時に妖精は飛び出してきて、ご領主のおじいちゃんのソファーに一直線に飛んでいった。床すれすれの位置をすごい速さで飛ぶ妖精に私は一歩出遅れたが、反射神経のいいクガルグはとっさに前足を出し、妖精を捕まえた。というか、クガルグの爪に妖精が引っかかったのだ。

……妖精って爪に引っかかるの？

「つかまえた！」

クガルグは妖精を両方の前足で押さえ込む。むぎゅっと潰れた妖精は、逃げるのを諦めて大人しくなった。

「ミル、本当にそれは妖精なのか？　真っ黒だが……」

鼻血が無事に止まったらしい支団長さんが尋ねてくる。確かに私の妖精は白いけど、それは私が雪の精霊だからで、妖精は精霊の性質によって色が違うんだと思う。クガルグの妖精は赤いし、父上は水色、ハイリリスは黄緑色だったもんね。

つまりこの黒い妖精を作り出した精霊は……。

（ダフィネさん？）

私が知っている精霊で黒が似合うのは、大地の精霊のダフィネさんぐらいかなと思った。でも大地って真っ黒と言うより茶色のイメージだし、ダフィネさんの髪や目の色も焦げ茶色だったはず。

それにこの妖精からはダフィネさんの気配がしない。

（だとしたら、まだ会ったことのない、私の知らない精霊？）

知らない精霊と相対する可能性が出てきて、私は緊張からごくりとつばを飲み込んだ。

「これは妖精でまちがいないとおもうけど、だれの妖精かわからない。たぶん私のしらない精霊が作り出したんだとおもう」

私は支団長さんたちにそう説明する。そしてちょっと不安になって続けた。

「私とクガルグだけじゃどうしていいかわからないから、母上をよんでくるね」

「そうしてくれるとこちらも助かる。妖精には、我々も下手に手出しはできないからな」

「うん。じゃあ行ってくる。クガルグ、そのままおさえててね」

クガルグに声をかけてから、私は移動術を使って母上のもとまで飛んだ。

大きなキツネ姿の母上は、スノウレア山のパトロール中だったようだ。ここは頂上付近のようで、辺りは一面雪が積もっていた。

「わぁ、やっぱり雪っていいなぁ」

ご領主のおじいちゃんのお屋敷がある辺りはここより暑かったので、私は到着早々雪の上にごろりと転がった。

「おや、ミルフィリア。戻ってきたのか。下は暑かったであろう」

「うん」

雪の上でヘソ天し、ころころと左右に揺れていたところで、私は「あっ」と本題を思い出した。慌てて起き上がって母上を見上げる。

「ちがうちがう、私、母上を呼びにきたの。クガルグが妖精をおさえたまま待ってるんだった」

「何じゃ？　妖精がどうかしたのか？」

「今ね、王さまたちがひしょに来てて、それでしゃろんがさらわれて……とにかく一緒に来て！」

説明するのが面倒になったので、私はクガルグを目標にして移動術を使った。母上を巻き込んで体が吹雪に変わると、次にもふもふの肉体が戻ってきた時には、ご領主のおじいちゃんのお屋敷に帰ってきていた。

「母上つれてきたよ！」

「一体何事じゃ？」

私は意気揚々と言い、母上は訝《いぶか》しげに部屋の中を見回す。母上はキツネの姿だったはずなのに、こちらに着いた時には人形《ひとがた》に変わっていた。

「まぁ！　なんて綺麗なの！　まるで作り物みたいに美しいわ！」

美形好きのシャロンが、うっとりしながら母上を見ている。

母上はシャロンには目を留めず、白銀の長い髪を払うと、王様たちに視線をやってから部屋の内装や窓の外を見た。

「ここは王都の城ではないな？」

「スノウレア。わざわざ来てもらってすまないね」

王様は母上に挨拶し、自分たちがこの地域に避暑に来たことや、シャロンが攫われて戻ってきたこと、何故か妖精がここにいることなどを説明した。

「黒い妖精か……」

母上は説明を聞き終えると、クガルグが捕まえている妖精をつまんで持ち上げた。そんな雑巾みたいな持ち方……。

「おれも父上つれてくる」

そう言うと、クガルグは炎に変わって消えた。

一方、妖精は母上から何とか逃げ出すと、立っているシャロンの後ろにまた隠れる。

「あ、せっかくつかまえたのに」

私はがっかりしながらも、ふと思いついて続ける。

「そういえば、さっきもしゃろんの後ろにいたよね？　たまたまかな？　それともシャロンが好きなのかな？」

「というか、妖精はそもそもいつからここにいたんだ？」

支団長さんはあごに手を当てて思案する。

「偶然ここに迷い込んできたのか、何らかの目的があってこの屋敷にずっといたのか、それとも王都からシャロン様たちについてきていたのか、あるいは……シャロン様がいなくなって戻って来たタイミングで一緒に来たのか」

「分からぬが、妖精が偶然迷い込んできた、という可能性はないであろうな」

そう言ったのは母上だ。

「精霊が妖精を作り出す時は、何らかの役目を与えて作り出すものじゃから、その役目を放ってふらふらと放浪することはあり得ぬ。それにどれだけ遠く離れていても、妖精は迷うことなく本体の精霊のもとへ帰ることができるはずじゃ」

「では、この妖精は一体何の役目があってここに……」

「それも本体の精霊に聞いてみなければ分からぬ」

言いながら、母上は自分も妖精を作り出した。手のひらから白い妖精を五つ生み出したのだ。

母上がその妖精たちに黒い妖精を捕まえてくるよう言いつけると、白い妖精は次々に目標に向かって飛んでいく。

シャロンの後ろにいた黒い妖精は急いで逃げ出すが、どれだけ素早く飛んでも、ソファーの下に潜り込んでも、母上の妖精は見失わずについて行った。

「何がなんだか、よく分かりませんな……」

ご領主のおじいちゃんはあっけに取られている様子で、部屋中をびゅんびゅん飛び回っている妖精たちを眺めていた。

やがて母上の妖精は黒い妖精を捕まえて、五人――というか五匹というか五玉というか――で黒い妖精を囲み、母上のもとに連行してくる。

「ご苦労」

今度は簡単に逃げられないよう、母上はむんずと黒い妖精を掴む。

と、その時。役目を終えた白い妖精が消えると同時に、母上はふと部屋の中央を見て眉をひそめた。

「む……。奴が来おったな」

すると大きな炎が部屋の真ん中に現れて、ヒルグパパとクガルグがよりによってローテーブルの上に着地した。

ヒルグパパは人形《ひとがた》で、上半身裸のアラビアンな格好をしており、鎖骨の辺りには刺青《いれずみ》がある。髪は燃えるような赤色だ。

「大人数で賑やかだな！　スノウレアもいるではないかっ！」

声の大きいヒルグパパの登場で、部屋の中が一気に暑苦しくなる。子供のクガルグより炎の〝気〟も強いし、夏とヒルグパパの組み合わせは危険だなぁ。

「寄るでない」

テーブルから降りてこちらにやって来たヒルグパパに向かって、母上は「しっしっ」と手を払う。しかしそれでもヒルグパパは離れないので、母上は私を抱き上げると、逃げるように部屋の隅に移動した。

「スノウレア！　これは一体何の集まりだ？」

「ヒルグ、あなたまで来てもらって申し訳ない。状況を説明しよう」

王様がまた話し出し、これまでの経緯をヒルグパパにも説明してくれた。

全て聞き終えると、ヒルグパパは腕を組み、母上が捕まえている黒い妖精を見る。

「黒い妖精とはそれのことか。一体誰の妖精だ？」

「わらわの顔見知りの精霊が作り出したものではないようじゃ。ヒルグ、そなたはどうじゃ？心当たりはないか？」

「ない！　俺の知っている精霊でもなさそうだ！」

そこで私はペロッと母上の頬を舐めて注意をこちらに向けると、尋ねた。

「その妖精、まっくろだよね。くろが似合うせいれいって誰だろう？」

「そうじゃな……」

母上は、私を抱いているのとは反対の手で握っている黒い妖精を見下ろした。

「この妖精からは、静かな夜の気配を感じる。おそらく闇の精霊が作り出したものじゃろう」

「闇の精霊……。その精霊は何故、妖精をここに寄越《よこ》したのでしょうか？」

支団長さんが質問したが、母上は首を横に振ってまた「分からぬ」と答える。

「闇の精霊がいるということは知っておるが、わらわは闇の精霊とは知り合いではないからの。そやつがどういう性格をしているかも知らぬし、どういう意図で妖精をここに送り込んだのかも想像がつかぬ」

「俺も闇の精霊とは会ったことがないな」

ヒルグパパも腕を組んだまま言う。すると支団長さんは、国内で子供がいなくなり、その後無事に戻ってくる不思議な事件が起きていることを話し、こう続けた。

「その奇妙な事件に、闇の精霊が関わっているということはないでしょうか？　連れて行かれた子供たちは皆、犯人のことを『綺麗だった』と言っていますし、毎回誰にも目撃されずに、まるで魔法のように子供を攫っているのです」

この世界には魔法なんてないけど、精霊は魔法のような力を使える。例えば移動術もそうだ。移動術を使えば、シャロンの寝室に飛んできて誰にも見られず連れて行くこともできる。私やクガルグのような子供の精霊は親しい人物や精霊を目指してしか飛べないけど、大人の精霊ならそれほど親しくない人物のもとへも飛べるし、人がいなくても場所を目指して飛ぶこともできるはず。

支団長さんの言葉を受けて、シャロンも瞳をきらめかせながら証言する。

「私を攫った綺麗な人は、本当に精霊かもしれないわ。だってここにいる雪の精霊のように人間離れした美しさだったんだもの」

私も、不思議な事件の犯人は精霊なんじゃないかと思えてきた。でも目的は相変わらずさっぱり分からない。

「やみの精霊がはんにんだったら、この妖精はシャロンについてきたのかな？」

一度連れ去ってここに戻すタイミングで、闇の精霊は妖精をシャロンにつけたに違いない。

「そうかもしれぬが、やはり本人に聞かねば、目的も何もかも本当のところは分からぬな」

母上は闇の妖精を握ったまま呟いた。

あの、母上。ぎゅっと握りすぎて、指の間から闇の妖精がお餅みたいにはみ出てるよ……。

「しかし困った。わらわもヒルグも闇の精霊を知らぬから、そやつのもとへは飛べぬし、目的を聞き出すこともできぬ」

「闇の精霊の住処がどこなのかも分からないしな」

母上に続いてヒルグパパも軽く眉根を寄せる。つまり手詰まりってことかと思ったが、そこでヒルグパパが提案した。

「ダフィネなら闇の精霊を知っているかもしれんぞ。彼女は顔が広いからな」

「ふむ、確かにそうじゃな」

「じゃあ私がきいてくるよ！」

言うと同時に母上の腕から抜け出して、床に飛び降りる。着地に失敗してあごを打ってしまったけど、恥ずかしいから何食わぬ顔で起きてさっさと移動術を使う。

「おれも行く！　夏だから！　ミルフィーがとちゅうで倒れるといけないから！」

そんなこと言って、母親であるダフィネさんに会いたいだけじゃないでしょうね？

くっついてきたクガルグも巻き込んで吹雪に変わると、私たちは大地の精霊であるダフィネさんのところへ向かった。

しかし――。

「闇の精霊？　いいえ、私も会ったことがないわ」

赤茶けた大地が延々と広がっている場所で、黒い羊姿のダフィネさんは言う。ダフィネさんは巻き毛だけど、私以上に毛量がすごい。まっふまふだ。まっふまふ。

ここはアリドラ国ではないと思うし、季節も夏なのかは分からないけど、北の砦がある地域より暑かった。時刻も正午頃なのか、太陽は頭上でさんさんと輝いている。

するとクガルグは私の首根っこを噛んでダフィネさんの足元まで引きずっていった。

「クガルグは何をしているの？」

「私をダフィネさんのかげに入れたいんだとおもう」

「ミルフィリアは暑いのが苦手だものね。優しいのね、クガルグは」

「……」

ダフィネさんに褒められてクガルグは黙った。照れているのを隠そうとして、普段よりもっと目つきが悪くなっている。

ダフィネさんの影に隠れつつ、私は話を戻す。

「やみの精霊がどこにいるのかも知らない？」

「ええ。闇の精霊はあまり他の精霊と交流を持ちたがらないタイプなんじゃないかしら。どこに住んでいるとかいう噂も、一度も聞いたことがないわ」

瞬きするたびに長いまつげを揺らしながら、ダフィネさんはこちらを見下ろして言った。

「ダフィネさんもしらないんだ……」

「力になれなくてごめんなさいね」

「気にしないで」

言いながら、私はまた吹雪に変わる。

「またねー！」

「あら、もう帰るの？」

「いそいでるから」と言いながら、ダフィネさんに前足を振ってお別れする。クガルグもほんのちょっとだけバイバイしてた。バイ……くらいの短さだけど。

私はせっかくだから知り合いの精霊みんなに聞いてみようと、次はハイデリンおばあちゃんのもとへ飛ぶ。

海辺の高い崖にあるハイデリンおばあちゃんの住処は相変わらず風が強く、私とクガルグは着いた途端にころころ転がっていく。

「あわわわ」

「ミルフィー！」

転がる私と、そんな私を転がりながら心配してくれるクガルグ。

けれど今回も前回ここに来た時と同じく、洞窟の奥の壁に到達する前に羽毛に包まれたハイデリンおばあちゃんの大きな体にぶつかった。

「あんたたち、また来たのかい」

大きな目で睨まれたかと思ったけど、ハイデリンおばあちゃんは実は歓迎してくれているみたいで、次にはこう言われた。

「久しぶりじゃないか。もっと頻繁に来ても構わないよ」

「うん、ありがと」

子供好きなハイデリンおばあちゃんの住処にも近々また遊びに来るとして、私はさっそく闇の精霊のことを尋ねた。

しかしハイデリンおばあちゃんも闇の精霊のことは知らないと言う。

「私も顔が広い方だが、今の闇の精霊には会ったことないね」

「そうなんだ……。ダフィネさんも知らなかったし、ハイデリンおばあちゃんも知らないなんて」

顔の広い精霊なんてこの二人くらいだと思うので、二人が知らなければもう闇の精霊には辿《たど》り着けないような気がする。

「でも、〝今の〟やみの精霊には会ったことはないって？」

「遠い昔、闇の精霊に会ったことはあるんだよ。私がまだ若い頃、かなり年上の闇の精霊にね。私が世界中を飛び回っていた時にたまたま闇の精霊の住処の近くを通ったようで、その〝気〟を感じて寄ってみたんだよ。けれど向こうは、安心できる住処で一人でいるのが好きなようだったし、特に仲良くならないまま別れてそれっきりさ」

「そのやみの精霊はどこにいたの⁉」

重要な手掛かりになるのではないかと思って質問した。けれどハイデリンおばあちゃんは冷静に言う。

「ニライカという国にいたけれど、その国はもうなくなったよ。戦争で他国に負けたのさ。闇の精霊は人間の戦争とは関係なくしばらくはそこで暮らしていただろうけど、おそらく今はいないと思うよ」

「どこかにすみかを移したのかな？」

「いや、きっともう死んでいるね。私よりずっと年上の精霊だったから」

ハイデリンおばあちゃんは自然に『死』という言葉を出したけど、私はハッと驚いてしまった。精霊はほとんど不老不死というイメージだったけど、やっぱりいつかは死ぬんだ。

父上なんてもう千年以上生きているはずだけど大丈夫だろうか？

急にそんなことを思って、怖くなりつつ尋ねる。

「せ、精霊って、どれくらい生きたらじゅみょうが来るの？」

「はっきりとした寿命はないさ。生きるのに飽きたら死ぬんだよ。跡継ぎを作り、その子が成人した後すぐ、もう役目は全うしたと消えていく精霊もいれば、子供が成人しても千年以上生きる精霊もいる。けれどみんな、跡継ぎだけは作ってから死ぬようだね」

「そうなんだ……。死ぬときは自分でえらぶんだね。じゃあ母上も父上もしばらくだいじょうぶかな」

私はホッとした。母上は私が成人しても私を一人残していくことを心配して長生きしてくれそうだし、父上はまだ跡継ぎがいないもんね。

「スノウレアとウォートラストかい。確かに二人ともまだ死を選んだりはしないだろうね。だけどウォートラストは何にも関心を持っていなかったから、跡継ぎを作らないまま生きるのに飽きて死ぬんじゃないかと、私は最近までそう思っていたんだよ。けれどミルフィリアがいるからもう大丈夫だね。あんたと一緒にいるために生き続けるだろうさ」

「うん、今は私のために、あんたと一緒にいるために生き続けるだろうさ」

私がそう言うと、ハイデリンおばあちゃんは「ウォートラストが苺を？」と怪訝な顔をした。

「精霊も変わるもんだね。住処でただ静かに寝ているだけの、誰の敵にもならなければ誰の役にも立たなかったあのウォートラストがね」

同世代だからか、ハイデリンおばあちゃんは父上にいつもちょっとだけ辛辣な物言いをする。

父上、本当に寝てただけだったんだろうな。

「でも、じゃあ、ハイデリンおばあちゃんの知ってるやみの精霊は死んじゃってて、今アリドラ国でふしぎなじけんを起こしてるかもしれないやみの精霊とはちがうんだね」

私がそう言うと、ハイデリンおばあちゃんは目をつぶって急に黙った。

そして五秒ほど経《た》ったところでまぶたを持ち上げる。

「ああ、やはり死んでいるようだよ。私が会ったことのある闇の精霊のところへ移動術で飛ぼうとしたが、気配が掴めなかった。もうこの世界のどこにもいないのさ」

「そっか……」

その闇の精霊のことは知らないけど、何だか悲しくてしょんぼりしてしまう。

するとハイデリンおばあちゃんは笑って言った。

「どうしてあんたが悲しむんだい。その闇の精霊は十分に生きて、この世に満足したから死を選んだんだよ。何も悲しいことはないよ」

「そうだけど」

大往生だとしても、全く知らない精霊だとしても、誰かが死んだら悲しい気持ちになってしまうのだ。

「繊細な子だね」

しょんぼりして毛のボリュームまでしぼんでしまった私を見て、ハイデリンおばあちゃんが呟く。クガルグは私を励ますように頬を舐めてくれた。

悲しくなってしまったけど、用事は終わったのでハイデリンおばあちゃんとさよならし、私はまた移動術を使う。

「じゃあまたね」

「ああ、ハイリリスも一緒にまた遊びに来るんだよ」

「うん！」

そうして次に向かったのは、そのハイリリスのところだ。

けれどハイリリスも闇の精霊には会ったことはないと言った。

「闇の精霊？　私は世界中を飛び回ってるけど会ったことないわ」

「そうなんだ。じゃあまたねー」

「ちょっと！　もう帰るの!?」

ハイリリスは出窓からこちらに飛んできて私の頭に乗る。

だって闇の精霊を知らないならもう聞くことはないからさ。

「もう少しゆっくりして行ってはどうだ？」

そう言ってくれたのはサーレル隊長さん……じゃなくて今はサーレル副長さんだ。

そう、ここはアリドラ国の北西部にあるコルドの砦の執務室だった。ハイリリスがこの部屋の出窓で日向ぼっこしていた時に、私とクガルグが移動してきたのだ。

久しぶりに会うけど、サーレル副長さんはとても元気そうだ。ピシッと騎士服を着こなし、眼鏡の奥からハイリリスを見ては嬉しそうにしている。一度は騎士団内での地位を失いかけたサーレル副長さんだけど、ハイリリスがここにいてくれているおかげで、その地位も回復してきたらしい。

自分をいじめてきたお兄さんを見返すことができているようで、何だか生き生きしている。

とはいえ、ただ自分の野望のためだけにハイリリスを歓迎しているわけでもないようだ。だって支団長さん宛てに時々サーレル副長さんから手紙が届くもんね。『鳥の姿のハイリリスを見ていると純粋に可愛らしいと思うのだが、どうしたらいいだろうか？』とか『お前の言うもふもふの魅力とやらが分かってきた』とか書いてあるようだ。

というか、支団長さんはいつの間にもふもふの魅力なんてものをサーレル副長さんに語っていたのだろうか。

「部屋が散らかるのが心配だが……ほら、おもちゃもたくさん買ってあるぞ」

サーレル副長さんはもふもふの私やクガルグのことも歓迎してくれて、棚の引き出しからおもちゃやぬいぐるみを取り出した。

ハイリリスはおもちゃで遊ばないからか、綺麗好きのサーレル副長さんがちゃんと手入れしているからか、おもちゃやぬいぐるみはピカピカで汚れ一つついていない。

「うーん、遊びたいけど、ちょっといそいでて」

私はおもちゃをじっと見つめながら言った。あのピエロのおもちゃ、いいなぁ。顔や胴体は木でできているようだけど、手足は太い紐《ひも》で、噛んで引っ張ったら面白そう。それに色がカラフルなのもいい。ティーナさんがカラフルなぬいぐるみを作ると目がチカチカするんだけど、このピエロはカラフルなのにまとまった色使いなのだ。

でも、みんながご領主のおじいちゃんのお屋敷で待ってるから遊んでいられない。

そう、遊んでられないんだよ。……聞いてる、子ギツネの私？

駄目駄目、遊ばないの！　しっぽ振らないの！

人間の私が、しっぽを振りながらおもちゃの方へ走って行こうとする子ギツネの私を心の中で叱る。

「まぁ、急いでいるなら仕方がないが、ハイリリスのためにもまた遊びに来てくれ」

「ちょっとサーレル！　変なこと言わないで！　私が寂しがり屋みたいに聞こえるじゃない」

意地っ張りなハイリリスに「また遊びに来るよ！」と言ってから、私はクガルグと一緒に移動術を使った。

あ、ピエロのおもちゃは、私があまりに物欲しそうに見つめていたからか、サーレル副長さんがくれた。

何だか、ねだったみたいで悪いね！　どうもありがとう！


そして次に飛んで行ったのは、木の精霊のウッドバウムのところだ。

とはいえ、ウッドバウムにはあまり期待していない。精霊の中では若い方だし、ハイデリンおばあちゃんやハイリリスみたいに世界中を飛び回るのが好きというわけでもなさそうだから、知り合いは少ないだろうと思うのだ。

そしてその予想通り、どこかの森の中にいたウッドバウムは、私の質問に申し訳なさそうに答えた。

「ごめんね。せっかく来てくれたけど、闇の精霊とは会ったことないよ」

ちなみにウッドバウムは今は鹿の姿で、木でできた角には、濃い緑色の葉がわさわさと生い茂っていた。ということは、この地域も今は夏なのかな。春ならみずみずしい若葉が茂り、秋なら紅葉して、冬なら葉は落ちてしまっているはずだもんね。

「僕、知り合い少ないから」

「ほうらろーな（そうだろうな）」と思った。じゃー、はえるね（帰るね）」

ピエロのおもちゃを咥えたまま言い、すぐに帰ろうとすると、ウッドバウムは慌てて人間の姿になった。木こりのような人間の姿になっても、ウッドバウムは優しく温厚な雰囲気だ。

そして彼は私とクガルグをまとめて抱き上げ、ぎゅっとする。

「まだ帰らないでよ。僕のところに遊びに来てくれる精霊なんて、ミルフィリアとミルフィリアにくっついて来るクガルグくらいしかいないんだから」

「でも、今はまだお父さんといっしょにくらしてるんでしょ？」

私はピエロのおもちゃを前足で上手く抱えて尋ねる。ウッドバウムは以前、体調を崩して北の砦で療養していたけど、その後は自分の父親のもとで暮らしているのだ。

「そうだよ。父さんもこの森にいる。でも、もう僕も成人してるから、子供の頃のようにずっと一緒にいるわけじゃないんだ。定期的に会って話すけど、普段は別々に行動して別々に寝ているよ。体調ももう戻ったし、そろそろ僕は新しい住処を探しに行こうかと思っているところ」

「そうなんだ。いいところが見つかるといいね」

「うん。ミルフィリアが住んでるところの近くにしようかなぁ」

いいけど、ウッドバウムまでアリドラ国に来たら、アリドラ国の精霊密度がさらに高まってしまう。

私がそんな心配をしていると、ウッドバウムは私とクガルグの背中に顔をうずめて左右に顔を振った。

「あー、ミルフィリアたちは相変わらず可愛いなぁ」

「やめろっ」

クガルグは嫌がって逃げたので、私一人が捕まったまま、ウッドバウムに背中のもふもふを堪能される。

そして満足したウッドバウムは顔を上げると、私が抱えているピエロのおもちゃを見て言った。

「それ何？　ミルフィリアのおもちゃ？　それで一緒に遊ぼうか。ミルフィリアの好きそうな〝いい感じの木の棒〟もあるよ。こっちにおいで。美味しい木の実も生ってるんだ。さぁ、こっちだよ。クガルグもおいで」

ウッドバウムは私を抱っこしたまま森の奥へ歩いて行く。誘い方が何か人攫いっぽいんだけど、不思議な事件の犯人は実はウッドバウムじゃないよね？　ウッドバウムも子供好きだし、森の中で一人でいるのが寂しくなって人間の子を攫っちゃった？

一瞬そんなふうに考えたけど、まぁ、優しいウッドバウムに限ってそれはないだろう。一応、「にんげんの子供をさらったりしてないよね？」と尋ねてみたけど、「そんなことしてないよ！」とちゃんと否定してくれた。よかった。

「わたしもウッドバームとあそびたいけど、今はいそいでるの。またあそびに来るからね。砦にもあそびに来て」

「分かったよ。じゃあ明日遊びに行くね」

明日か。まぁいいけど。

ウッドバウムに地面に降ろしてもらうと、私は次にどこへ行こうか悩んだ。

（父上にも聞いてみようかな。でも父上は今、苺探しに真剣に取り組んでてくれてるから……）

邪魔をしないように、もうご領主のおじいちゃんのお屋敷に帰ろうかと思った時だ。

「あれ？　水の精霊が来たみたいだ」

ウッドバウムが、私の背後に白い霧が発生したのを見て言った。漂っていた白い霧は、粒の一つ一つが集まって人の形になっていく。

そしてほんの二、三秒後には、そこに父上が立っていた。父上はちょっと虚《うつ》ろな目をしている。

「父上！」

私はピエロのおもちゃを置いて父上に駆け寄った。

「ミルフィリア……」

いつも無表情な父上も、少し口角を上げて再会を喜んでくれている。

「会いたかった……」

父上はその場でしゃがむと、私を持ち上げ、強く抱きしめた。

ウッドバウムは不思議そうに言う。

「しばらく会ってなかったのかい？」

「うん、父上はあまいいちごを探すたびに出てて」

と、そこで父上はやっとウッドバウムやクガルグの存在に気づいたようだった。まずはウッドバウムのことをじっと見て言う。

「木の精霊……。またか……。父親ではない木の精霊が、私が居ぬ間に……ミルフィリアと……一緒に……」

「い、いや、ぼぼぼ僕、そんな……」

ウッドバウムは父上に怯え始めた。

一方、父上は今度はクガルグを見る。

「それに……炎の精霊の子供も……」

クガルグもビクッと肩を揺らす。炎の精霊であるクガルグは、水の精霊の父上がちょっと苦手な様子だ。

「……知っているぞ。私は、覚えている……。ミルフィリアと、仲のいい人間たちが……言っていたのだ……。炎の精霊の子供が……いつもミルフィリアに、くっついていると……」

それはたぶん、ウッドバウムが療養のために北の砦に滞在していた頃の話だ。私の近くにいたいと父上まで北の砦の池に出現した時に、騎士たちが父上に吹き込んでいたのだ。

『それでですね、クガルグのやつは遊びに来るといつも娘さんにベタベタひっつきやがってですね』

『ミルにはまだ彼氏なんて早いと思うんですよね』

『そこんところ、お父様からもクガルグにビシっと言ってやってくださいよ』

とか何とか言ってたはず。

父上はあまり他の精霊に興味がなく、何度か会っているはずのダフィネさんのことは忘れていたりもしたのに、ウッドバウムとクガルグのことはよく覚えているみたい。

だけど父上もさすがに本気で子供を牽制《けんせい》したりはしないようだ。

「子供のうちは……許すが……」

最後にそう付け加えた。子供のうちはクガルグが私にくっついていても許してくれるらしい。

でもそれって成長したら許さないと言っているようなものじゃないか。

「父上」

私は父上のあごをペロッと舐めてから言う。

「ウッドバームとはずっと一緒にいたわけじゃないよ。ちょっと聞きたいことがあって、たまたま来ただけ。それより父上、もうあまいいちごを探すたびはおわったの？」

私はしっぽを振ったけど、父上は残念そうに言う。

「いや……。まだ途中だ……。私はもっとたくさんの、甘い苺を……集める……。ミルフィリアが……喜ぶように……」

そしてのんびりとした口調で続ける。

「ただ、そろそろ……ミルフィリアに会わないと……限界が……来そうだったのでな……。一旦、補充しなければ……」

父上はそう言って私をぎゅうううと抱きしめる。何の限界が来て何を補充してるのかよく分からないけど、私はパタパタとしっぽを振りつつ大人しく抱きしめられておいた。

ウッドバウムはこの時間を邪魔したら殺されるとでも思っているのか、立ったまま微動だにせず息を殺している。クガルグはそんなふうに緊張はしていないけど、さすがに私と父上の間に割り込んできたりはしない。

父上はまだぎゅうううう……としている。結構長い。

私のしっぽが揺れる音だけが、静かな森の中に響く。


長い。ぎゅうううが長い。

と、クガルグがその場で眠り始めたところで、やっと父上は何らかの補充を終えたようだった。

「……あ、おわった？」

私も寝かけていたので、半眼で父上を見上げる。

「ああ……。これでまた……しばらく……頑張れる」

「むりしないで。あまいいちごはもう探さなくていいよ」

「いや……探す……」

父上は私を地面にそっと降ろして立ち上がった。

「甘い苺を食べたいと……ミルフィリアが、言った時……。その顔が……とても……」

父上はそこで言葉を切った。私は小首を傾げて尋ねる。

「とても、何？」

「……言葉にするのは、難しいが……本当に苺を……食べたそうだった……」

私はその時のことを思い返した。

『あまいいちご、食べたいなー……』

そう言った時、私はどんな顔をしていたっけ？　日本の甘い苺を思い浮かべていたから、前世を懐かしんでいたのは確かだけど。

もしかしたら父上にはちょっと寂しそうに見えたのかもしれない。

「ありがとう、父上」

「礼を言うのは、早い……。野苺はたくさん集めたが……ミルフィリアが求めている苺かどうか分からない、からな……。もっと集めなくては……。では……またな……」

父上はちょっぴり笑うと、移動術を使うため霧に変わっていく。

また旅に出てしまうのを寂しく思いながらも、私は父上に前足を振る。

「はやく帰ってきてねー！」

そうして父上が完全に姿を消すと、ウッドバウムは「ふぅ」と息を吐いてこう言ったのだった。

「新しい住処はミルフィリアの住処の近くで探そうと思ってたけど、やっぱりやめるよ。ウォートラストに嫉妬されちゃう」

ウッドバウムと別れて、私とクガルグはご領主のおじいちゃんのお屋敷に戻った。

母上とヒルグパパも含め、みんな迎賓室で待っていてくれたみたい。それにシャロンの捜索に出ていたらしい団長さんも、シャロンが見つかったという報告を受けたのか帰ってきていた。

ヒルグパパから離れたところでソファーに座っていた母上は、私を見て言う。

「遅かったな、ミルフィリア。ん？　何を咥えておるのじゃ」

「おもひゃ（おもちゃ）！」

私はピエロのおもちゃをローテーブルに一旦置いて、みんなに結果を報告した。ダフィネさんもハイデリンおばあちゃんも、ハイリリスもウッドバウムも、誰も闇の精霊のことは知らなかったと。

「あ！　父上にもきこうと思ってたのに忘れてた」

「知り合いの少ないあやつが知っておるわけがないから、よい。もし会ったことがあったとしても忘れておるじゃろうしな」

まぁそうか。ダフィネさんのことも忘れてた父上だもんね。

私からの結果を聞き、支団長さんは困ったように言う。

「しかし誰も闇の精霊を知らないとなると、この妖精をどうすればいいのか。ずっとシャロン様について回っているが、そのままにしておいて害はないのか……」

黒い闇の妖精は、一見するとどこにいるのか分かりづらいが、よく見ればシャロンの影に潜むようにくっついている。でも、シャロンは妖精にくっつかれても特に嫌ではないようだった。

「妖精に懐かれているようで、悪い気はしないわ」

シャロンは妖精にクッキーを分け与えようとして拒否されている。そのうちリボンをつけられたり、おままごとに参加させられたりしそうだ。

団長さんも太い腕を組んで、支団長さんに言う。

「最近の不思議な事件にも闇の精霊が絡んでいるとすると、解決するのは難しいかもしれん。一体何が目的なのかも分からんし、無事に戻ってくるとはいえ子供を連れて行くのもやめてほしいが、言っても聞いてくれるか。そもそもどこにいるのかも分からない。精霊の居場所を我々人間が突き止めることは難しい」

「事件は暗礁に乗り上げたようなものだな」

アスク殿下も難しい顔をして呟いたのだった。

結局、王族たちは予定より早く避暑を切り上げ、明日、王都に戻ることになった。

「もう少し一緒にいたかったけど、仕方がないね」

王子様は名残惜しそうに私に言った。幼なじみの支団長さんと別れるのもちょっと寂しそうだ。

シャロンにくっついている闇の妖精の目的が不明だし、もしかしたら何か悪さをするかもしれないので、騎士がたくさんいる王都に戻った方が安心だと考えたみたい。

それにご領主のおじいちゃんに対する疑いもはっきりと晴れたわけではないようだから、この屋敷に居続けるのは避けたいのだろう。

「しかしこの妖精がシャロンに危害を加えようとしたら、騎士たちでもシャロンを守れるだろうか？　まして闇の精霊も現れたら……」

アスク殿下は愛娘を見ながら不安そうに言い、母上やヒルグパパを見ておずおずと続けた。

「精霊様、どうか一緒に王都に来てはくださらないでしょうか？　私たち夫婦にとって、この子は自分の命よりも大事な一人娘なのです。美味しいお酒でも何でも、精霊様が望むものは用意致しますから、どうか……」

アスク殿下は一人の父親として懇願した。本当にシャロンが大事なのだ。

そして母上はそんなアスク殿下に共感したようだった。

「わらわも大切な一人娘がおるからの。気持ちは分かる。王弟の娘が闇の精霊に攫われたりすれば、この国にとっても一大事であろうし、協力してやってもよい」

母上がそう言うと、ヒルグパパも頷く。

「精霊が出てきたなら、こちらも精霊が出て行くべきだ。私も協力しよう」

元々母上とヒルグパパは王族に協力的だったこともあって、二人とも引き受けることにしたようだ。

「あ、ありがとうございます……！」

「感謝致します、精霊様方」

アスク殿下と奥さんは頭を下げて感謝する。

というわけで、母上とヒルグパパは一日交替でシャロンの側《そば》につくことになった。面食いなシャロンは人間離れした美貌を持つ母上と、ワイルド系イケメンのヒルグパパが側にいてくれることになってすごく喜んでいた。その場でぴょんぴょん跳んで、公爵令嬢らしからぬはしゃぎっぷりを見せていたのだ。どんだけ美形が好きなんだ。

そしてこの日はヒルグパパに護衛を任せ、私と母上はスノウレア山に帰ったのだった。

翌日。母上は早朝からシャロンのところに向かい、ヒルグパパと護衛を交代することにしたようだ。シャロンたちはまだご領主のおじいちゃんのお屋敷にいるけど、午前のうちに王都に向かって出発するだろう。

「では、行ってくる。ミルフィリアもすぐに砦に移動するのじゃぞ」

「はーい」

「犯人は人間か闇の精霊かは分からぬが、子供がいなくなる事件も相次いでおるようじゃから、一人でふらふら出歩いてはならぬぞ」

「はーい」

私は右前足を挙げてちゃんと返事をしていたが、母上にはのんきな返事に聞こえたらしく、もう一度念を押された。

「分かったな？」

「はーい！」

「……不安じゃ。わらわが砦まで連れて行《ゆ》くか」

母上は私を抱っこして移動術を使い、北の砦に飛んだ。そして直接、隻眼の騎士に私を手渡す。

「よいか？　ミルフィリアを一人にさせるでないぞ」

「分かりました」

隻眼の騎士に私を任せると、母上はシャロンのところへ行ってしまう。

「きたえてたの？」

私は隻眼の騎士を見て言う。隻眼の騎士は毎朝一人で体を鍛えているのだが、ちょうどその鍛錬を終えたところのようだ。ここは外の訓練場だし、隻眼の騎士は上半身裸でちょっと汗をかいているから。

「あれ？　レッカさんもいる」

「ミル様、おはようございます」

訓練場にはレッカさんもいて、こちらも爽やかに汗をかいていた。

隻眼の騎士はレッカさんに言う。

「レッカ、そろそろ切り上げないと朝食を食いっぱぐれるぞ」

「はい、もう終わりにします」

「レッカさんもいっしょに朝のたんれんしてたの？」

私が尋ねると、レッカさんはにっこり笑って言う。

「最近はそうなんです。と言っても、副長と同じメニューをこなすのはまだ大変なので、私は私で鍛錬しているだけなのですが」

レッカさんは暗所恐怖症ということもあって、夜に十分体を休められなかったので、以前は朝が苦手だったはずだ。でも今は恐怖症も克服して、朝に鍛錬する余裕もあるみたい。

「そうなんだ。朝起きられるようになってよかったねぇ」

「はい、ミル様のおかげです」

私がしみじみ言うと、レッカさんは輝く笑顔で答えた。でもこれ以上鍛えたら〝女版鉄人〟っぷりがさらに加速するんじゃない？　大丈夫？　マッチョはこの砦にはもう十分だよ。

その後、汗を拭いて着替えた隻眼の騎士と一緒に食堂に行き、レッカさんと再び合流した。食堂にはすでにキックスとティーナさんもいたので、二人が座っているテーブルにつく。

「お、ミルだ」

「おはよう、ミルちゃん」

支団長さんが経緯を話し、母上がスノウレア山を留守にすることも説明したのか、いつもとは違う時間に呰に来ている私を見ても、二人は驚かなかった。

「誰も知らない闇の精霊か……」

自分の朝食を取ってテーブルにつくと、隻眼の騎士は呟いた。私は隻眼の騎士の膝に乗り、朝食のスープの匂いに鼻をスンスンと動かす。私はいつもお昼にごはんを貰っているし、朝はまだお腹は空いていないんだけど、いい匂いがするとつい嗅《か》いでしまう。

「例の不思議な事件に精霊が関わってるんなら、確かに厄介ですね」

「キックスの妹さんを一時的に連れて行ったのも闇の精霊なのかしら？」

キックスとティーナさんも朝食を食べながら言い、レッカさんは少し怯えた表情を見せる。

「闇の精霊は……何となく恐ろしい精霊なんじゃないかというイメージがあります。だって闇を操るんですから」

レッカさんは暗所恐怖症で夜が怖かったから、余計にそういうイメージを抱くんだろう。

でも確かに、私も『闇』って聞くと『悪』を連想しちゃう。闇の精霊が世界征服とか目論《もくろ》んでても驚かない。

そんなことを考えながら、私は隻眼の騎士が朝食を食べるところを下からじっと見ていた。

別にそんなにお腹は空いてないんだけど、人が食べているところを見ていると何故だかよだれが出てきちゃう。

自分の鼻をペロペロ舐めながら溢れ出るよだれを飲み込んでいると、私の視線に耐えかねた隻眼の騎士がパンを分けてくれたのだった。

（あー、暇だなぁ）

朝食を食べ終えたみんなが仕事を始めると、私はとても暇になった。母上から『ミルフィリアを一人にさせるでないぞ』と言われていることもあって、隻眼の騎士は私を執務室まで連れてきてくれたんだけど、隻眼の騎士は書類仕事に集中し始めてしまって非常につまらない。

ティーナさんに作ってもらった、父上とは似ても似つかない〝父上ぬいぐるみ〟をハムハムと噛んでみるが、楽しくはなかった。サーレル副長さんに貰ったピエロのおもちゃにも飽きつつある。

「せきがんのきし……」

椅子に座っている隻眼の騎士の足元に近づき、構ってほしいなと思いながら相手を見上げる。だけど隻眼の騎士は書類から目を離さずに手だけをこちらに伸ばし、私の頭を撫でるだけだ。

前足でブーツをカリカリと引っ掻いてみても、きゅんきゅん鳴いても、申し訳なさそうに「後で遊ぼうな」と言われてしまう。

「しかたない」

私は諦めて呟いた。

「しだんちょうさんのところへ行ってくるね」

しかし離れようとすると、即座に隻眼の騎士に捕まって膝に乗せられる。

「駄目だ。その調子で支団長を誘ったら、あの人は溜まっている仕事を後回しにしてミルを優先させてしまいそうだからな。仕事はしっかりしてもらわないと」

隻眼の騎士は副長らしい態度で言った。支団長さんが私のおねだりに弱いこと、隻眼の騎士にもバレてるみたい。

と、その時。

「ミルフィー！」

移動術を使って現れたクガルグが、隻眼の騎士の膝に乗っている私の上に現れた。

「うべっ」

私の上に落ちてきたクガルグに潰され、変な声が出る。

「ミルフィー、おはよう。寝ぐせついてる」

クガルグは挨拶もそこそこに私の毛づくろいを始めたが、あまりに遠慮なく舐めるからか、隻眼の騎士がクガルグの首根っこをつまんで引き剥がした。

「おはよう、クガルグ。幸せそうだな」

「あ、いたのか」

隻眼の騎士がやや低い声で挨拶すると、クガルグはやっと私と二人きりではないことに気づいたようだった。

隻眼の騎士はクガルグに「もうミルの寝癖は直ってるだろう」と言ってから、今度は私に声をかけてくる。

「ミル。ちょうどよかったじゃないか。クガルグと遊んでいてくれ」

「んー、わかった。じゃあ外へいってくる」

クガルグと追いかけっこでもしようかなと思ったのだが、隻眼の騎士には再び「駄目だ」と言われてしまう。

「外は暑いし、この執務室で遊んでくれないか？　クガルグと子供二人だけで遊ばせるのも、今は少し心配だしな」

「えー」

隻眼の騎士は私とクガルグの子供二人だけで遊ばせて、不思議な事件に巻き込まれるのを心配してるらしい。

「外にいきたいなー」

「ミル」

私がわがままを言うと、隻眼の騎士は机の引き出しを静かに開けた。そしてそこからジャーキーを取り出す。

「執務室で遊ぶなら、このジャーキーはミルとクガルグのものだ。だが外で遊ぶと言うのなら、これはあげられない」

だった。

「しつむしつで遊ぶ」

私は即答した。そして貰ったジャーキーをクガルグと半分こしつつ、室内での遊びに興じたのだった。


隻眼の騎士が仕事をしている間、クガルグと二人で遊んで待っていた私だが、正午が近づいてくる頃には、さすがに室内遊びにも飽きてきた。

「せきがんのきしー、外いきたいー」

「ん？　ああ、もうこんな時間か」

私が声をかけると、隻眼の騎士は机の上に置いていた懐中時計を確認して書類やペンを片付け始める。

そして私を抱き上げてほほ笑んだ。

「いい子で遊んでいたな。おかげで仕事が捗《はかど》った。偉いぞ、いい子だ」

「えへへ」

舌を出しながら笑う私。でも実は、静かに遊んでいると見せかけて後半ほとんど寝てたんだよね。だってクガルグが大きなあくびをして、気持ちよさそうに眠り始めるからさ。私も眠くなっちゃって。

「そろそろお腹が空いたか？　食堂へ行こうか」

「ううん。朝にパンもらったし、ジャーキーもたべたし、そんなにすいてない。それよりも外にいきたい！」

暑いけど、外の空気を吸いたい気分だった。

「そうか。じゃあクガルグと三人で外に行くか」

「あ！　ねぇ、村のじゅぎょうを見にいこうよ」

私はしっぽを振って提案する。授業を聞いていると勉強になるし、結構楽しいのだ。私はいつも広場の後方の茂みに隠れてるから、隻眼の騎士はそこに隠れられるか微妙ではあるけれど……。

「村か……。分かった。ミルはいい子で待っていてくれたしな。それに一度その〝先生〟にも挨拶しておきたい」

「せんせーは〝ぶんかけい〟だから、そっと声をかけてあげてね」

「ブンカケイ？」

文化系の先生は体育会系の隻眼の騎士を怖がりそうだなと思って、先に注意しておいたのだった。


そうして私と隻眼の騎士とクガルグは、砦を出て近くの村へ向かう。

「コルビ村まで行ってくるが、すぐに戻る」

隻眼の騎士は砦を出る時に、門番をしていた門番のアニキにそう伝えた。あの村の名前、コルビ村って言うのか。

クガルグは村に着くまで、寄り添うように私の隣を歩いていた。どうやら、暑さに弱い私をクガルグの影に入れるようにしてくれているみたい。

でもクガルグは私と同じくらいの大きさだから影も小さくて、日陰になっているのが脚くらいなんだけど。

有り難いし、こんなこと言うの申し訳ないけど、クガルグが寄り添ってくる分、余計に暑いんだよね。

するとクガルグの行動の意図と私が暑がっていることに気づいた隼眼の騎士が、位置を移動して、私とクガルグのことを自分の影に入れながら歩いてくれたのだった。ありがとう。

そしてコルビ村へ着くと、今度は私が隼眼の騎士より前に出て、先生がいつも授業をしている広場へ案内した。とはいえ隼眼の騎士も見回りや雪かきの手伝いでよく村に来ているはずなので、広場の場所も知っているだろうけど。

しかし広場に着くと、もう授業は終わった後だった。子供たちは帰ってしまっていて、先生が一人残っていただけだった。

しかも先生は私がいつも隠れている茂みの前でしゃがみ、優しい声で何やら言っている。

「ミルちゃーん、いるかいー？　出ておいでー。子供たちはもう帰ったよー。ミルちゃーん」

私は先生の背後にとっとこ近づいて行って声をかける。

「せんせー。わたし、ここ」

「はっ！　ミルちゃん！」

先生はこちらを見て立ち上がり、ずれた眼鏡を直した。

「今日は授業を見ていなかったんだね。でも会えて嬉しいよ」

先生は頬を染めて喜んでいた。私が授業を見学しに来るのは気まぐれなんだけど、先生は一応毎回茂みに向かって声をかけているのだろうか。

「だ、抱っこしてもいいかな……？　嫌かな？」

先生が私に恐る恐るそう言ったところで、隻眼の騎士が挨拶するため前に出た。

「こんにちは」

「わっ！　こ、こんにちは。砦の副長さんもいらしたんですね……！」

先生は隻眼の騎士を知っているようだったけど、鋭い雰囲気の隻眼の騎士にやっぱりちょっと萎縮している。

そして先生はクガルグにも気づくと、しっぽの先に灯っている炎を見て、みるみる目をまん丸にした。

「え？　ええ⁉　そ、そそそ、その子、ほの、ほ、炎の、ほ……」

「落ち着いてください」

隻眼の騎士が冷静に言って、クガルグのことを炎の精霊の子だと紹介する。

先生はパァァと顔を輝かせて興奮していた。

「や、やっぱりそうなんですね！　炎の精霊もこの国にいることは知っていました！　でも子供もいたなんて！　なんて可愛い！　ミルちゃんと並ぶともっと可愛い！」

可愛いと言われてクガルグは不満そうだ。一方、先生ははぁはぁと息を乱して鼻を押さえ始める。

……え？　鼻血？　先生も支団長さんと同じで鼻が弱いの？

ハンカチを出して鼻に当て始めた先生を可哀想に思いながら、「きゅん」と鳴いて先生の靴の上に前足をちょこんと乗せる。大丈夫？

「ぐっ……」

「!?　せんせー！」

「やめなさい、ミル」

隻眼の騎士は私を抱き上げ、強く鼻を押さえる先生から引き離す。

「もう行こう。触っては逆効果だ。そっとしておいてあげた方がいい」

支団長さんで慣れているのか、隻眼の騎士は落ち着いた様子で先生に「それでは」と挨拶して広場を出て行く。

「ま、また来てねー！」

鼻を押さえてない方の手でこちらに手を振る先生に、私も前足を振り返す。クガルグは不審者を見る目で先生を見ていた。

「授業は終わってしまったようだし、砦に帰るか」

「うん。……あ！　ほかにも行きたいところがあるの」

この村に神殿があることを思い出し、そこに行ってみたいと隻眼の騎士に伝える。

「神殿か。確かにあるが、よく知っていたな」

「前にせんせーがじゅぎょうで言ってたの」

「じゃあ寄って行こうか」

隻眼の騎士はそう言うと、クガルグのことも抱き上げて、炎の灯ったしっぽの先を上手く隠した。

「村の人間なら身元も分かっていて信用できるし、ミルたちの正体を話してもいいが、神殿には他の地域から人が来ていることもあるからな。一応精霊だとは分からないようにしておこう」

精霊の子供がこの村に遊びに来ると知って、何か企むような人間もいるのだろう。

でも神殿にいるような人って悪いことはしなそうだけどな。

小さい村なので、広場から神殿まで五分も歩かないうちに着いた。

「ここだ」

「わぁ、何だかあったかいふんいきだね」

神殿はこぢんまりしていたけれど、温かくもあり神聖な雰囲気もある建物だった。前庭も狭く、花壇もないが、神殿を囲む柵に沿って花が植えられている。きっちり整えられているわけではなく、自然に咲いている感じで素敵だ。

鍵のかかっていない簡素な門を開け、隻眼の騎士は私たちを抱いて神殿の庭に入った。

「だれもいないね」

「今は昼だからな。村人は朝に祈りを捧げに来ていると聞く。だが、管理人兼聖職者の村人がここに住んでいるはずだ」

「そうなんだ。そういえば、せきがんのきしは祈りをささげたりするの？」

そういう場面、全く見たことがないなと思って尋ねる。

すると隻眼の騎士は少し寂しげに笑って答えた。

「神殿で言うのも何だが、神は信じていないんだ」

「そうなの？」

「神に祈ったところで、望みは叶《かな》えてもらえないと知っているからな。どんなに祈ったって駄目なものは駄目だし、自分を鍛えて、自分の力で何とかした方が早い場合もある」

「ふーん」

その考えが根底にあるから、隻眼の騎士は鍛錬を欠かさないのかな。

「その点、精霊の方が信じられるな。俺は神を見たことはないが、精霊は現実にいるわけだから」

「うん」

私も神様がいるのかどうかはよく分からない。ハイデリンおばあちゃんは存在を感じるって言うけど、私は特に感じないし。

隻眼の騎士とそんなことを話しながら、神殿の建物の中に入ろうとした時だ。

「あっちに人がいるけはいがする」

私は神殿の裏の方を見て言った。今いるところとは反対側だ。

「そうか？　足音でも聞こえたか？」

「うーん、そうじゃないんだけど、何かけはいが……」

気配を感じる、としか言えないのだ。だけどクガルグも私に同意してくれた。

「うん。おれも、あっちに誰かいるとおもう」

「なら、行ってみようか」

隻眼の騎士は私たちの言葉を信じて神殿の裏へ回ってくれた。裏庭は前庭よりさらに狭かったが、そこにもたくさんの草花が植えられている。

そしてやはり、そこには人がいた。

神殿を見上げていたその人はまだ若い青年で、飾り気のない素朴な服を着ている。だから私は最初コルビ村の人かと思ったけど、村人とは少し雰囲気が違う気もした。

髪は淡い金色で、頭には白いターバンを巻いている。インドや中東の人たちがしているような頭をしっかり覆うやつじゃなく、おでこの辺りにおしゃれな感じで巻くやつだ。

（この辺りの人でターバン巻いてるの、珍しい）

寒い時期は毛皮の帽子をかぶったり、ストールを頭からかぶっている人はいるけど。

この青年はさっき隻眼の騎士が言っていた管理人兼聖職者の村人だろうか？　それとも他の地域からやって来た人かな？

「やぁ、こんにちは。来るんじゃないかと思っていました」

青年はこちらを見て、にこやかに言った。

「向こうの方から近づいてくるのが分かりましたから」

金髪でおしゃれターバンを巻いていることもあって、チャラい若者のようにも見えるけど、喋り方は礼儀正しい。

声も若いのに、何故だか風格や威厳を感じた。少女のようでもあり老婆のようでもある声をしたハイデリンおばあちゃんと似てる。

(不思議な感じ……)

私がこてんと首を傾げると、青年は一層にっこりと笑った。

それにしても、『向こうの方から近づいてくるのが分かりましたから』って、ここから広場にいた私たちの姿が見えていたんだろうか?

そう思ってきょろきょろ辺りを見回すが、密集して建っている家々や神殿が邪魔になって、見通しはあまりよくない。

「あなたは? 村人ではないですね? 神殿の関係者ですか?」

どうやら隻眼の騎士もこのターバンの青年を見たことはなかったようで、訝しげにそう尋ねた。

しかし青年は柔らかくほほ笑むだけで何も答えない。

そして私とクガルグに向かって言う。

「君たちは雪の精霊と、炎の精霊ですね。まだまだ小さいですね」

正体を言い当てられて私たちはぎょっとした。一方で青年は、私たちが精霊だと分かっているのに全くびっくりしている様子はない。

この人、本当に何なんだろう。

青年を凝視していて、私はあることに気づいた。彼の目の色は、彼が瞬きするたびに変化しているのだ。

(あれ……?)

青や赤、金や銀、黒、緑、ピンク、茶色、紫……。本当に様々な色に変わっていっている。

「人間ではない……?」

隻眼の騎士も青年の瞳の変化に気づいたのか、私とクガルグを片腕で抱くと、腰に携えている剣にもう片方の手をかけながら一歩後ろに下がった。

(精霊なのかな?)

私もこの青年が普通の人間だとは思えない。浮世離れした空気をまとっているし。

だけど……精霊とも違うような気がした。何だか不思議な人だ。

隻眼の騎士に警戒されていることに気づいていないのか、それとも気にしていないのか、青年は水色の優しげな目で私を見て話しかけてくる。

「君は精霊にしては随分人懐っこいですね。人間とも仲良くやっているようですし、その歳にして他の精霊とも親しくしています。しかも本能的に苦手なはずの炎の精霊と」

「うん……」

私は一応小さく返事をした。クガルグは隣でちょっとだけ唸《うな》っているけど、警戒すべき相手なのか迷っている様子で、唸り声は弱々しい。確かにこの青年は優しくて温かい感じがして、悪い人ではない気がする。

さっき水色の目をしていた青年は、今は綺麗な金色の目になって、私に話し続ける。

「今、僕が少し気にしている二人がいるんですけど、君なら仲を取り持ってくれるかな？　最初に命を与えた精霊の末裔《まつえい》だから、二人には仲良くしてほしいんです」

「……どーいうこと？」

混乱している私の疑問には答えずに、ターバンを巻いた青年はふんわり笑ってこちらに手を振ってきた。

「頼みましたよ」

「え？　なに……？」

移動術を使う時と似た、体がふわっと浮く感覚がする。というか、現実に私の体が宙に浮いている。

「あわわ」

「ミル！」

ふわふわと上がっていく私を捕まえようと隻眼の騎士が手を伸ばし、後ろ足を掴んでくれた。

するとそれを見た青年が困ったように笑って言う。

「では、仕方がない。三人まとめて行ってきてください」

「何だ……!?」

今度は私とクガルグを抱いている隻眼の騎士の体がふわりと宙に浮かぶ。青年はまだこちらにバイバイと手を振っている。

そして次の瞬間、ぐるりと景色が回り、私たちの体も回転したように思えた。頭が地面の方に下がって激しくぶつけると思ったのだが、気づいた時には、私はクガルグと一緒に隻眼の騎士に抱かれたまま見知らぬ森にいた。

「……え？」

しかも目の前にはターバンの青年ではなく、金髪美形の男の人がいる。

「……は？」

その人も驚きの声を漏らしてこちらをぽかんと見下ろしていた。相手が見下ろす形になったのは、隻眼の騎士が地面に座り込んでいたからだ。

光の精霊

「……何が何だか」

混乱しつつも隻眼の騎士は素早く立ち上がり、誰だか分からない金髪の男性と少し距離を取った。

「なにがおきたの？」

「わからない」

私とクガルグも戸惑うばかりだ。今のは移動術だったのだろうか？　ここは森だけど、スノウレア山の麓の針葉樹林ではない。生えている木の種類からして、もう少し温暖な地域だろう。

森は私たちの前で途切れていて、近くには小さな町が見える。

一体ここはどこなんだろう？　そしてこの金髪の美形は一体誰なのか。

私はじーっと相手を観察した。

「何だ、貴様らは」

彼は偉そうな口調で言う。明るい金色の髪は短くて、整髪料でおしゃれに整えているみたいに髪形が決まっていた。片方の耳にはピアスをしていて、濃い紫色の小さな石がついている。

服装は、まるで王族みたいに立派で豪華だ。上等な白い布地を使っていて、襟元や袖、胸元なんかに金糸で刺繍《ししゅう》がされている。ボタンも金色で、まとっているマントも落ち着いた黄金色だ。

下手をすれば馬鹿な成金みたいに見えるけど、スタイルも顔もいいからか豪華すぎる服も似合っている。

服装だけでなく容姿も人目を惹く感じで、この人が街を歩けばきっとみんなが振り返るだろうと思う。女の人たちは一目で心を奪われてしまうかもしれない。

だけど彼の真っすぐの眉と金色の目は、良く言えば意志が強い、悪く言えば傲慢そうな雰囲気を醸し出している。

「おい、何とか言え」

本当に王族だから、こんな偉そうな物言いをするのだろうかと私は思った。

(でも、この人も人間じゃないと思うんだよね……。精霊の〝気〟を感じる)

さっきのターバンの青年は人間とも精霊とも違うような気がしたけれど、この偉そうな美形は精霊だと思う。

暖かくて強烈。そして眩《まぶ》しい。

「このひと、精霊だよね?」

「おれもそう思う。たぶん……光?」

私とクガルグがひそひそと話す。隻眼の騎士もその話を聞いていた。

金髪の美形は腕を組み、こちらを睨みつけて言う。

「おい。こそこそと何を話している。お前たち、精霊の子供だな。一体何をしに来た。私に用でもあるのか?」

私たちが相手の正体に気づいたように、向こうもこちらの正体に気づいたようだ。

「雪と炎か……。正反対の性質の二人だが、仲がよさそうだな」

金髪の美形はそこでちょっと口調を和らげた。何故か私たちが仲良くしていることが嬉しいように見える。

「あなたは、ひかりの精霊？」

「そうだ」

私が尋ねると、相手はすぐに答えた。そしてこう続ける。

「私は光の精霊のサンナルシス。精霊の中で最も強く、高貴で、美しい」

「ふーん」

サンナルシスは傲慢でナルシストらしい。今のところ最悪な精霊だ。

とはいえ名前を教えてもらったので、私も一応自己紹介をする。

「わたしはミルフィリアだよ。母上のなまえはスノウレア。こっちはクガルグで、お父さんのなまえはヒルグ」

「全員知らんな。だが、炎の精霊がヒルグという名を受け継ぐことは知っている。炎の精霊は光ほどではないが、そこそこ強いだろう」

サンナルシスはクガルグを見てそう言うと、今度は私に視線を移して続ける。

「雪の精霊のことはよく知らんな。水ならともかく、雪のような弱い精霊のことは」

「なんだと！」

怒ったのは私ではなくクガルグだ。クガルグは「偉そうなやつ！」と憤慨しながら、しっぽをブン！　ブン！　と勢いよく振っている。

「まぁ、いいよ、いいよ」

一方、私は威勢のいい若者を窘《たしな》めるご隠居みたいな感じでのんびり言う。強いとか弱いとかはどうでもいいし、その辺のプライドとか皆無なのだ。

そしてサンナルシスは腕を組んだまま、最後に隻眼の騎士を睨みつけた。

「それで貴様は？　ただの人間が珍しい精霊の子供を二人も連れて何をしている。まさかよからぬことを考えているわけではあるまいな？　例えば誘拐をしようとしていたとか」

「違います」

「わたしたちもわけが分からないの」

隻眼の騎士が控えめに否定し、私も説明を付け加える。

「ふしぎな男の人に会って、きづいたらここに飛ばされてたの」

「……？　子供の説明ではよく分からんな」

サンナルシスはそう言ったけど、たぶん大人でもこれ以上の説明はできないと思うよ。だってあのターバンの青年のことも、ここに移動してきたことも、謎だらけだもん。

「どうせ知らぬ間に移動術を発動して見当違いのところに飛んできてしまったんだろう。子供のうちはよくあることだ」

「ちがうのに」

私はちょっと拗ねて言いながら、サンナルシスに聞いた。

「それで、サンナルシスはここで何してるの？」

「私はサンナルシスだ」

「しってる」

ただ、上手く言えなかっただけ。

サンナルシスはため息をついてから答える。

「金髪や黒髪の美しい子供がいないか、今度はあの町で探すつもりだった」

サンナルシスが指さす先には、森の前に広がる小さな町があった。どこかで子供たちが駆け回っているのか、楽しげな笑い声がここまで響いてきている。

私は眉をひそめて首を傾げる。

「どうしてこどもを探しているの？」

「連れて行くため」

サンナルシスはこちらを見て端的に言う。

そして私やクガルグをじっと見つめながら続けた。

「今まで連れて行ったのは人間の子だったから、ルナベラは気に入らなかったのかもしれない。精霊の子ならきっと喜ぶだろう。お前たちは黒と白銀で被毛の色も悪くない。ミルフィリアは金色に染めればいい。それで完璧だ」

「なに言ってるの……？」

サンナルシスが無言でこちらに手を伸ばしてくる。私は少し怯えてしっぽを丸めた。

「――どういうつもりです」

しかしそう言ってサンナルシスを止めたのは、隻眼の騎士だった。

「一体何の目的で」

隻眼の騎士は私とクガルグを片腕で抱えて、もう片方の手で、こちらに伸ばされていたサンナルシスの手首を掴んだ。

相手はただの人間じゃなく精霊だから、ただ手首を掴むと言っても相当な度胸が必要なはず。実際、隻眼の騎士は緊張気味だった。でも怯《ひる》んではいなかった。さすが鉄人。

けれどサンナルシスは、人間に手を掴まれて眉間に皺を寄せた。

「人間がこの私の邪魔をするとは。無礼者め、この手を放せ」

「ミルたちを連れて行かないと約束してくれなければ、それはできません」

まさに一触即発。隻眼の騎士は、サンナルシスが移動術を使って私たちを攫ってしまうことを心配しているようだった。移動術を使えば一瞬でここからいなくなってしまうし、隻眼の騎士は私たちを追えなくなるから。

この場が一気に緊迫し、私の鼻は緊張で乾き、反対に肉球は汗で湿る。

サンナルシスは隻眼の騎士を睨んでいて、隻眼の騎士はサンナルシスの手首を強い力で掴んだまま、相手を真っすぐ見据えている。

鉄人……怖いもの知らずすぎる。でも隻眼の騎士なら精霊にも勝てそうな気がしちゃう。

けど、やっぱり隻眼の騎士を精霊と戦わせちゃ駄目だ。

サンナルシスが何か攻撃を仕掛けようとしているのか、隻眼の騎士に掴まれていない方の手を持ち上げたところで、私はきゃんきゃん吠えた。

「せきがんのきしに何かしたら、かむからね！　こうやって、かんじゃうから！」

私は目をぎゅっとつぶりながら、サンナルシスに噛みつく振り――エアガブガブをした。目をつぶるのは、たとえ〝振り〟でも人に噛みつくのはちょっと怖いからだ。

クガルグも隣でグルルルと唸り声を上げ、サンナルシスを威嚇している。

「ほう。私と戦おうと言うのか？　お前たちのような幼子が、精霊の中で最も強いこの光の精霊と」

「せきがんのきしに手を出したらたたかうもん！　わたし、吹雪も出せるんだから！　サンナルシス、こおっちゃうから！」

今度は「ふーっ！」と息を吹き出す。すると口から小さな吹雪が出て、サンナルシスの手を掴んでいる隻眼の騎士の手に雪が軽く積もった。

「あ、せきがんのきしの方についちゃった。ごめん」

首と舌を伸ばして隻眼の騎士の手についた雪を舐めとろうとするが、隻眼の騎士に「ミル、いいから。ちょっとじっとしててくれ」と言われてしまった。

しかしサンナルシスの戦意を削《そ》ぐことはできたらしい。

「真面目に戦う気が失《う》せた」

サンナルシスが呆れたようにそう言ったところで、隻眼の騎士は手を放した。

サンナルシスは光を詰め込んだような濃い金色の目でこっちを見て、尋ねてくる。

「お前たち、何故人間と一緒にいる。この人間を随分信頼しているようだが」

「せきがんのきしは、わたしの保護者みたいな人だよ。だい好きなの」

大好き、と言った後に照れて「うふふ」と笑ってしまう。隻眼の騎士もそんな私を見て嬉しそうに笑い、クガルグは隻眼の騎士にやきもちを焼いてグルグル唸る。

「おい！　私を無視してほのぼのするな」

サンナルシスはそんなふうに憤慨した後、私を指さして言う。

「クガルグも普通に人間に抱かれている辺りおかしいが、ミルフィリアの方は大分変わっているぞ。お前は本当に精霊なのか？」

「もちろんそうだよ」

のんきな顔をした私を、サンナルシスが不可解そうに見てくる。まるで謎の生命体を見る目だ。

「まぁ……だが、これくらい平和な性格の方がルナベラには合うかもしれないな」

そして独り言のようにそう呟くと、こちらに一歩近づいてきた。と同時にサンナルシスの体が明るく輝き、私たちは目がくらんでまぶたを開けていられなくなる。

「一緒に来てもらおう」

サンナルシスの光に呑《の》み込まれたかと思うと、抵抗する間もなく、私たちはこの場から消えていたのだった。

サンナルシスはどうやら私とクガルグ、隻眼の騎士を連れて移動術を使ったらしい。眩しい光に包まれた数秒後には、私たちはまたもや見知らぬ場所に移動していた。今度は豪華な内装の建物の中だ。

ここは、どこかのお城……？

「ここはどこ？」

「ジーラントの王城だ」

「じーらんと？」

サンナルシスの答えに小首を傾げる。すると隻眼の騎士がこう教えてくれた。

「ジーラントはアリドラ国の南の隣国だ」

「そうなんだ……」

アリドラ国からそこまで離れていないと分かって、何となくホッとする。移動術を使って母上のもとに逃げるとしても、あまり距離があるとちゃんと飛べるか不安だから。

窓からジーラントの大きなお城が見えるので、ここは離宮の一室らしいが、随分広くて豪華だ。と言うか、装飾が派手で目が痛い。白を基調にしているし、金がそこかしこに使われているのでキラキラしすぎているのだ。それに鏡も多い。

でもこの部屋だけが派手なようで、窓から見える庭やお城の雰囲気はアリドラ国とそう変わらない。隣国だけあって文化は似ているのだろう。

「このへやは？」

私はクガルグと一緒に目をパチパチさせながら言う。あそこの金の壺と、その隣の大きな鏡が日光を反射していてめちゃめちゃ眩しい。

しかしサンナルシスは全然眩しくなさそうな様子で答える。

「私の部屋だ。私の今の住処は、この城なのだ」

「でもここはジーラントの王さまのお城なんでしょ？　つまり人間のお城だよね？」

「そうだが、この離宮は私の住処でもある。人間の造った城の美しさを気に入っているし、贅沢《ぜいたく》な暮らしができるから、自然の中に住処を構えずここにいるのだ。ここには人間の使用人たちもいるし、私の世話を進んでしてくれるしな。それにジーラントの王も喜んで私を受け入れている。まぁ、高貴で美しい光の精霊が自分の城にいてくれるなんて光栄だろうから、当たり前だが」

「つまり、サンナルシスは居候ってことかぁ」

「そういう言い方はやめろ」

サンナルシスは居候なのにプライドが高いらしく、怒った。居候なのに。

「それで、わたしたちをここにつれてきてどうするつもり？」

隻眼の騎士に抱かれたまま、私はサンナルシスを見つめる。頭の中に浮かんでいた彼に対する疑惑も一緒にぶつけてみる。

「さっき、サンナルシスは金ぱつや黒かみの子どもをさがしているみたいだったけど、まさか……さいきん起こってた〝ふしぎなじけん〟の犯人は、サンナルシスだったの？」

このところアリドラ国で頻発していた、子供がいなくなってすぐに戻ってくる事件――。

その犯人は闇の精霊かと思っていたが、サンナルシスの発言からして、彼が関わっているのかもしれない。

「にんげんの子どもを連れていって、すぐに帰したりしてたでしょ？」

「よく知っているな」

サンナルシスは偉そうな態度のまま、自分が犯人だと認めた。

「確かに何人も子供を連れて行ったが、結局帰した。気に入る子供がいなかったのでな」

「何故そんなことを？」

隻眼の騎士が聞いたけど、サンナルシスは人間と対等に話をするのが嫌なのか、一瞥だけして答えなかった。

「どうしてアリドラ国で？　さっきのばしょもアリドラ国だったの？」

今度は私が尋ねる。サンナルシスはジーラントに住んでいるのに、どうしてわざわざアリドラ国までやって来て子供を連れて行ったのかと思ったのだ。

するとサンナルシスはこう答えた。

「ああ、さっきの場所もアリドラ国だ。他国よりもアリドラ国の方が、美しい金髪の人間が多いと感じたからだ。黒髪の綺麗な人間は、他の国にもたくさんいるのだが」

どうして髪の色にこだわっているんだろう？　と私が疑問に思っていると、サンナルシスは私とクガルグを改めて見て続けた。

「だが、もう人間の子供はいい。お前たちを見つけたからな。——ミルフィリアとクガルグは、私の子供になるのだ」

「え？」

私はびっくりして耳をピンと立てた。クガルグも困惑して眉根を寄せている。

そんな私たちの反応を気にしていない様子で、サンナルシスは豪華なソファーに座って足を組み、ふんぞり返った。

そして続ける。

「精霊の中でも一番強く、高貴で、そして美しい光の精霊の子供になれるのだ。嬉しいだろう」

「……」

「遠慮なく喜べ。感動して泣いても構わないぞ」

「……」

サンナルシスは胸を張って尊大に言ったが、私とクガルグはお互いに顔を見合わせた後でシンクロして首を傾げた。何言ってるの？　って感じだ。

「わたし、母上も父上もいるし、サンナルシスの子供になりたくない」

「おれもいやだ」

私たちが断ると、サンナルシスは不機嫌そうな顔をした。

「光栄に思いこそすれ、拒否するなど」

「だってサンナルシス、居候だし」

「居候ではないと言っているだろう！」

サンナルシスはソファーから立ち上がると、イライラしながら言う。

「とにかくお前たちは私の子供になるのだ。そののんきな顔を引き締めて、もっと高貴な顔をしろ」

そんな無茶な。高貴な顔ってどんなだ。というか、サンナルシスの子供になんてならないってば。

私は一応顔をきりっとさせてみた後で、プルプルと首を横に振った。

一方、サンナルシスはソファーの隣のサイドテーブルに置いてあったベルを手にし、それを鳴らす。するとすぐに部屋の扉がノックされた。

「精霊様、お呼びでしょうか」

「入れ」

使用人の格好をした人間の女の人が、静かに部屋に入ってくる。きっとサンナルシスの世話係だろう。でも、いつベルで呼び出されてもいいように、サンナルシスがいない時もずっと部屋の外で待機しているのかな？

「何のご用でしょう？」

使用人の女性は、私とクガルグ、隻眼の騎士が部屋にいるのに気づくとちょっとびっくりしていたけれど、あまり表情には出さずにサンナルシスに尋ねた。身分の低い使用人が王族にするのと同じように、女性はサンナルシスの顔を真っすぐ見ることなく、失礼のないよう少し視線を下げている。サンナルシスはこのお城に住んでいるわけだけど、私と砦の騎士たちほど人間と親しくしてはいないみたい。

サンナルシスは使用人の女性を見ながら、私を指さして言う。

「この子犬の毛を金色に染めたい」

「わたし、子ギツネ」

「キツネ？　そうだったのか。随分丸いキツネだ」

「毛が、ふわふわだから」

決して太っているわけではないと伝えておく。誤解されたら嫌だから。

サンナルシスは私がキツネだったことに驚きつつも、使用人の女性への指示を続けた。

「私の髪と同じ色に染めろ」

そう言って自分の髪を触った後、「人の姿の時は髪が短いからな、こちらの姿の方が分かりやすいか」と言って、動物の姿に変化した。

サンナルシスの動物の姿は、とても美しい金色の馬だった。たてがみも綺麗な金色で、揺れるたびにキラキラと輝く。

「わぁ、きれい」

私が思わずそう呟くと、サンナルシスは得意そうな顔をする。

「そうだろう」

「うん。でも、わたしの毛をそめるのはやめて」

「そういうわけにはいかない。やはり私の子供は金色の毛でないと」

毛の色がどうとか言う前に馬とキツネじゃ親子に見えないと思うんだけど、それはいいのか。というか、私の毛を染めようとするサンナルシスに、隻眼の騎士が殺気を出しているような気がするんですけど。私の意思に反して染めるなんて、そんなこと隻眼の騎士が許さないと思うんですけど。

サンナルシスもただならぬ気配を感じたのか、隻眼の騎士を見てちょっとビクッとした。きっと怖い顔をしてたんだろう。精霊をビビらすなんて、さすがだ。

使用人の女性も隻眼の騎士の威圧感に怯えていたが、それ以上に『精霊の毛を染める』という行為に恐縮してしまっているようだった。

「そ、そちらの子ギツネ様も精霊様でございましょう？　精霊様の毛を染めるなんて、そんな恐れ多いこと……私にはとてもできそうにありません。それに毛染め薬では、どうしても違和感のある金色になってしまいます。綺麗な色に染めるのは難しいですし、しかも毛を痛めるのです」

馬の姿のサンナルシスは、「できない」と言う女性に不満そうな顔をした。

女性は頭を下げて続ける。

「申し訳ありません、精霊様。私、そんなにつやつやでふわふわでもふもふの毛を染めてしまうなんてもったいないこと、とても……」

使用人の女性は最後にポロッと本音を漏らしつつ、サンナルシスに向かってさらに低く頭《こうべ》を垂れたのだった。

「フン。まぁ、ミルフィリアの毛は確かに謎の魅力があるしな……」

サンナルシスは意外と素直に女性の言い分を聞き入れる。

「しかし困ったな。クガルグは黒のままでいいとして、ミルフィリアは金色にしたかったのだが……仕方がない。白のままでいいか。白は金に近い色だし、光の色のイメージとしてずれてはいないからな」

どうやらサンナルシスは諦めたみたい。私も金ぴかの子ギツネにならずに済んでホッとした。

使用人の女性も安心したように息をつき、顔を上げてサンナルシスにこう言う。

「精霊様、国王陛下を呼んで参ります。他の精霊様もここにいらしていると分かったら、陛下は是非会いたいとおっしゃるでしょうから」

「国王か……。我々はすぐにまた移動するのだが」

「急いで呼んで参ります。陛下は今日はこの城におられますから、決して長い時間お待たせすることはございません」

「分かった。三分だけ待ってやろう」

「さっ……かしこまりました」

使用人の女性は一瞬『三分じゃ短すぎます』という顔をしたけど、結局深く頭を下げた後、部屋を出て行った。三分しかないので、きっと廊下を走っているだろう。

サンナルシスは人の姿に戻ると、部屋に置いてあった調度品――金色の砂時計をひっくり返して時間を計っている。三分ちゃんと待つらしい。律儀だ。

「その砂どけい、いいね」

私は隻眼の騎士の腕から床に降ろしてもらいながら言う。隻眼の騎士はよく知らない場所で私やクガルグを降ろしたくないようだったけど、私たちは抱っこされていることに飽きたのだ。

私はぐーっと伸びをしてから体をブルルッと振って、こわばりを解いた。

「そうだろう。中の砂も金なのだ」

サンナルシスが自慢してくるが、私はその時にはすでに砂時計への興味を失っていた。そしてクガルグの「ミルフィー、追いかけっこしようぜ！」という誘いに乗って、部屋の中で走り出す。

部屋が広いから走りがいがあるぅー！

「お、おい、やめろお前たち。何故急に走り出すのだ。ここは室内だぞ」

サンナルシスの足元を駆け抜け、ソファーに飛び乗り、サイドテーブルにぶつかりそうになりながらクガルグを追いかける。

するとクガルグが出窓に飛び乗ったので、ジャンプ力のない私も床の上でぴょんぴょん跳びながら何とか出窓に上がろうとする。

と、サンナルシスはそんな私の姿を見て言う。

「どう考えてもお前には無理だ、ミルフィリア。やめておけ。それからクガルグ、あまりそこでうろちょろと動くんじゃない。そこには花瓶が三つも置いてあるんだぞ。どれも高級なものだ。もしぶつかったら……」

「おれ、そんなドジじゃない」

「おい、前を見ろ前を！」

サンナルシスの方を振り返った瞬間、クガルグは花が生けられた花瓶にぶつかってしまった。しかも三つ並んでいたうちの一番端の花瓶にぶつかり、倒してしまったので、ドミノみたいに順番に全部倒れていく。

がしゃん、がしゃん、と音を立てて倒れていく花瓶を見ながら、サンナルシスは「ああ……」と頭を抱えた。

そして最後の花瓶は倒れる時に出窓から床へ落ちてきた。つまり私の側に。

「あ、ミルフィー！」

クガルグが焦ったように声を上げたけど、次の瞬間には私は隻眼の騎士に抱き上げられていた。間一髪、私は落ちて割れた花瓶の破片に当たることも、花瓶の水を被《かぶ》ることもなかった。代わりに床は水浸しになったし、花瓶の欠片《かけら》や花は散乱しているけれど。

「ミル、大丈夫か？」

「うん。ありがと、せきがんのきし」

「お前たち……」

サンナルシスは片手で頭を抱えている。私たちのこと、のんびりした大人しい子供だとでも思ってたのかな？

「いっておくけど、わたしたち、まだ本気出してないよ」

私は隻眼の騎士に抱っこされたままキメ顔をして、サンナルシスを脅した。

「まだまだこんなものじゃないよ。私たちをじぶんの子にするっていうなら、かくごしてね。このへや、ぐちゃぐちゃになるよ」

花瓶や壺は全部割る自信があるし、カーテンやソファーといった布製品はクガルグが爪とぎしてボロボロにするし、テーブルや椅子の脚は私がガジガジ噛んじゃうし、毎日掃除しても部屋中抜け毛だらけになるし、取っても取ってもいつの間にか服にも毛が張り付いているからね？

私の毛量を舐めるなよ。

「恐ろしい……」

私の脅しに、サンナルシスはちょっと青い顔をしてそう呟いた。

でも、サンナルシスってどうして子供が欲しいんだろう？　子供好きで父性がありそうな感じには見えないのに。

しかも実は子供好きだったとしても、人間の子供を攫ったり私たちを自分の子にしたりしないで、普通に他の精霊と番《つが》えばいいのに。

(どうしてそうしないんだろう？)

私はふと疑問に思った。

そしてその疑問を口にしようとした時、部屋の扉がノックされる。

「精霊様、まだいらっしゃいますか？　国王陛下をお連れしました」

気づけば砂時計の砂は全て下に落ちていて、すでに三分を越えていた。

「ああ、いるぞ。入れ」

「失礼致します」

息を切らせた使用人の女性が扉を開けると、同じくぜぇぜぇと息を切らせたジーラントの国王が部屋に入ってきた。

ジーラントの国王は黒髪のオールバックで、おでこの辺りはちょっと寂しい感じ。つまりまぁ、軽くハゲている。

歳は六十歳前後といったところで、目は少しぎょろっとしている。体は細そうだけど、夏だというのに豪華な毛皮のマントを羽織っていて、私と同じくらいもふもふだ。それに装飾品をたくさんつけているので、サンナルシス並みに派手だった。しかしサンナルシスと違って美形ではないので、その派手な衣装を着こなすことはできていない。

「はぁ、はぁ……。お、お待たせしましたかな？」

ジーラント王は広い額に汗をかきながら言う。

そして私やクガルグを見つけるとハッと息をのみ、嬉しそうに声を弾ませる。

「なんと！　光の精霊様の他に、さらに二人も精霊様が！　その子豹と子犬は精霊様でしょう？」

「子ギツネ」

「こいつは子犬ではなく子ギツネだ。そしてそう、精霊だ」

私が小声でサンナルシスに訂正を促すと、サンナルシスはジーラント王の勘違いを正してくれた。

そしてジーラント王はこちらに近づいてきながら続ける。

「そうですか！　ようこそ、ジーラントへ。お二人にもこの城に部屋と使用人を用意しましょう。是非、光の精霊様のようにここを住処になさってください。我が城に住まう精霊様が増えれば、国民たちも喜びます」

ジーラント王は王様なのに商人みたいに手を揉《も》み、にこにこと営業スマイルを浮かべながら言う。

そりゃあ精霊が自分の城に住んでくれれば、王としてはいいことずくめだよね。精霊がいるというだけで、黙っていても国内外の敵を威圧できるし、国民からは精霊に気に入られていると思われて尊敬されるし、権力は増す。

でも、私とクガルグはもちろんここに住むつもりはない。

すると隻眼の騎士が、私を抱いたままジーラント王に騎士の礼を取って言う。

「申し訳ありませんが、この二人はアリドラ国に帰ります」

「ん？　何だ、貴様は」

ジーラント王が片眉を上げる。隻眼の騎士が自分はアリドラ国の騎士だと説明すると、ジーラント王は眉間にわずかに皺を寄せる。

「フン。アリドラ国の騎士か。その紋章は確かにそうだな。するとそうか……。そのまだ幼い精霊様方は……雪と炎の精霊か」

ジーラント王が私たちの正体を言い当てると、隻眼の騎士はただこう聞き返した。

「どうしてそう思われるのです？」

「アリドラに昔から雪と炎の精霊がいるのは知っているからな。そしてここ数年で二人に子供ができたことも知っている。ちょっと調べれば分かることだ。情報は大事だろう？」

ジーラント王はニヤリと笑って言った。ちょっと調べればって、アリドラ国にスパイでも送っているのだろうか？

こうやって他国の権力者から狙われないようにと、アリドラ国の王様たちは私やクガルグの存在を公にはしていない。

とはいえ、それは「精霊の子が生まれたよー！」と大々的に発表したりはしていないという程度で、私たちの存在を徹底的に隠しているわけではない。何か起きた時にスムーズに私たちを守れるよう、アリドラ国のほぼ全ての騎士たちには存在を知らせているだろうし、他にも、王城で働いている人たちなんかは時折遊びに来る私たちの姿を見かけていたりするだろう。それに、北の砦の近くのコルビ村の人たちが、私のことを他の町で喋っている可能性もある。

ジーラントのスパイがアリドラに入り込んでいたとすれば、私やクガルグの情報を得るのはそれほど難しくないだろう。

隻眼の騎士もそう考えたのか、それ以上ジーラント王を追及することはなかった。

「それにしても精霊様……」

ジーラント王はサンナルシスに視線を向けて言う。

「何故ここにアリドラの騎士がいるのです？　精霊様がお連れになったのですか？」

「まぁ、そうだな」

「困ります、精霊様。他国の人間をこのように簡単に城に入れてもらっては」

ジーラント王に苦言を呈されると、サンナルシスは少し不機嫌になった。人から怒られたり注意されたりするのには慣れていないみたい。

「どうせすぐにここから移動するつもりだった。それにこの部屋に誰を連れてこようが私の勝手だ。この国の王であるお前が、他国の見知らぬ人間を警戒する気持ちも分からないではないが、それは私には関係のないことだ。国と国との関係や諍《いさか》いにも興味はない」

「ええ、分かっております。ですが少しは興味を持っていただけると嬉しいのですが……」

ジーラント王は作り笑いを浮かべて控えめに言う。

しかしサンナルシスは冷たく続けた。

「お前は私にもっと能動的に動いてほしいのだろう。このような一室で満足しているのではなく、領土を広げることに興味を持って、お前と組んで他国を侵略してほしいと」

「そ、そんなことは考えておりません。国内を治めるだけでも大変ですから、他国を侵略するなど」

ジーラント王は他国の人間である隻眼の騎士を気にして、少し慌てている。

「まぁ、お前が何を考えていようと構わないがな。私は私で自由に生きるだけだ」

「ええ、どうぞ精霊様のお好きなようになさってください。私は、精霊様がこの城にいてくださるだけで十分です」

ジーラント王は、またそこで作ったような笑顔を浮かべた。その顔はどうも胡散臭《うさんくさ》いけど、さっきの『国内を治めるだけでも大変ですから、他国を侵略するなど（考えていない）』という言葉は本気のようにも聞こえた。

「ところで、そちらの雪と炎の精霊様をおもてなししたいのですが、精霊様は食事はされないのでしたね？」

「もてなしはいらない。私たちはもう行く」

「ああ、そんなことをおっしゃらず、もう少し――」

ジーラント王は引き留めてきたけど、サンナルシスは「ではな」と言って移動術を使った。私と私を抱いている隻眼の騎士、クガルグも一緒に光に包まれる。

一体今度はどこに移動するのか、と思っていると、また森の中に戻ってきた。

「あれ？　さっきの森？」

私は周囲を見渡して言う。でも、さっきは見えていた町は見えず、周りにあるのは木々ばかりだ。

ここは森の深いところなのだろうか？　木はどれも大きく、葉をたくさん生い茂らせているので、日光を遮って少し薄暗い。でも不気味な雰囲気はなく、静かで落ち着く場所だった。そこかしこに苔《こけ》も生えているけど、どれもみずみずしい緑が美しい。遠くで小鳥の鳴き声が聞こえる以外は、ほとんど何の音もしない静かな森だ。

サンナルシスは私の疑問に答えて言う。

「ここはさっきいたアリドラ国の森とは違う。ジーラントでもない。その二つの国からずっと離れたところにある、また別の国の森だ。人間が分け入ったことのない、大きな森の中心部」

「しずかでいい森だね」

優しい雰囲気の場所だ。だけどサンナルシスはこう言う。

「だが、地味すぎる。ずっとここに住むにしても、私は時折森の外に出て、さっきのジーラントの城の一室のような華美な場所に滞在しなくては、何となく物足りない。それに森の木々が光を遮るから日光も足りない。光を浴びたい」

光合成する植物みたいな望みだな、と私は思った。

でもこの森が気に入らないなら、『ずっとここに住むにしても』という仮定はしなくていいのに。サンナルシスはジーラントのお城で暮らし続ければいいんだし、自由にどこへでも行けばいい。

「少し歩くぞ」

と、サンナルシスは私たちに声をかけて歩き出した。どこへ行くんだろう?

深い森の中

「どこへ行くの?」

「警戒しなくていい。これから私の娘と息子にしようというお前たちを、悪いようにはしない」

「だからサンナルシスの子どもにはならないってば」

私がそう言っても、サンナルシスは話を聞かずにどんどん森の中を進んでいく。

「仕方がない、ついて行くか。ここに置いて行かれても困るしな」

隻眼の騎士はクガルグのことも抱っこして、サンナルシスについて行く。そして歩きながら小声で私に尋ねてきた。

「ミル、ここからでもスノウレアのところには帰れそうか?」

「うーん……」

目をつぶって母上の気配を探ってみる。

かなり遠いところにいる感じがする。でもかすかに存在を感じることはできる。一度で成功はしないかもしれないけど、何度か移動術を試せば母上のところまで飛べるんじゃないだろうか。

「たぶん、かえれる」

「クガルグはどうだ? ヒルグのところへ戻れそうか?」

「んー、たぶん」

「サンナルシスがどこに向かっているのかは分からないが、もしもここで何か危険が迫ったら、ミルとクガルグはすぐにスノウレアとヒルグのところへ帰るんだ。分かったな？」

「でも、それじゃせきがんのきしは？」

「俺のことは気にしなくていい。自分で何とかする」

隻眼の騎士はそう言ったけど、もし移動術を使わなくてはならない場面が来たら、私は隻眼の騎士も一緒に連れて行く。だっていくら隻眼の騎士が鉄人でも、こんなどこの国かも分からない、サンナルシスしかいない森に置いていけないよ。

人間を連れて移動術を使えるのかどうかは、今まで分からなかったけど、サンナルシスは隻眼の騎士を連れて移動していたし、可能なのだろう。それにサンナルシスはきっと人間の子供を連れ去ったり家に帰したりする時にも、子供を連れて移動術を使っていたに違いないから。

「何をこそこそ話している」

前を歩いていたサンナルシスが振り返って言う。

隻眼の騎士は「いえ、何でも」と答えた後、すぐに話題を変えた。

「しかし本当にあなたが……光の精霊がジーラントにいたとは思いませんでした。そういう噂は聞いていた、というかジーラント王が自ら喧伝《けんでん》していたのは知っていたのですが、我々アリドラ国の人間は、それは他国を威圧するための嘘《うそ》だろうと思っていたので」

サンナルシスは「フン」と鼻を鳴らしてから答える。

「実はジーラント王からは、他国との会談の場に一緒に来てほしいと頼まれたこともあるのだが、私は別に行きたくなかったから断ったこともある。だが、他国の人間に私を見せびらかしたかったのなら、行ってやってもよかったな。人間たちが高貴で美しい私を見て、驚きと感嘆の声を上げるのを見るのは嫌いじゃない」

サンナルシスはみんなに見られるのが好きらしい。本当にナルシストだ。

隻眼の騎士はさらに質問する。

「けれどそもそも何故ジーラントを住処に選んだのですか？　優雅な生活がお好みなら、他の国の城でもよかったのでは？　精霊であるあなたが訪れれば、どの国の王族も喜んであなたのために城を貸すでしょう」

「まぁ、それはそうだろうな。実際、私がジーラントに来たのは最近――ほんの十年ほど前のことで、それ以前は別の国の城にいたのだ。だが、その国の王族は昔は金持ちだったのだが、近年はそれほどでもなくなってな。あまり優雅な暮らしができなくなってきたから、他の国へ移ろうと思った」

サンナルシスは歩き方も綺麗で、彼が足を動かすたびにマントがひらひらと美しく揺れる。

「ねぇ、おろして」

私は隻眼の騎士にそう頼んで、クガルグと一緒に地面に降ろしてもらう。少し湿ったふかふかの土が肉球に触れた。

一方、サンナルシスは前を向いて話し続けていた。

「次の住処としてジーラントを選んだことに深い意味はない。世界中を探せばジーラントより金を持っていて住みやすい国はいくつもあるだろうが、今は世界を巡る気分でもないからな。他の精霊もいないし、まぁここでいいかとジーラントで落ち着くことにしたのだ。だが、ジーラントの気候は気に入っている。暑すぎず、寒すぎないし、雨が少なく晴れの日が多いところがいい。それにジーラント王は私によく物を貢いできて、気前がいいのだ。私は美しいものが好きだから、衣服も装飾品も調度品も美しいものに囲まれて暮らしたいが、ジーラント王は私の望むものを揃えようとしてくれる」

私はひらひら揺れるサンナルシスのマントをじっと見つめながら、小走りで後をついて行く。

「あとは、私の言うことをよく聞くところや、基本的には歯向かわないところは気に入っている」

つまり、自分の言いなりになってくれるお金持ちが好きなのか。そんな人……確かに最高だけど。

いや、でもやっぱり私はジーラント王とは一緒のお城に住めないな。どんなにお金持ちの権力者でも、私の望みを叶えてくれても、それだけでは好きにはなれないから。

そんなことを考えつつ、私の視線はずっとサンナルシスの揺れるマントに釘付《くぎづ》けだった。クガルグもさっきからサンナルシスのマントを狙っている。なので私はクガルグに後れを取らないように走り出し、金色のマントに飛びついた。

「……なんだっ？」

しかしサンナルシスがびっくりして振り返ったので、その勢いでマントも離れていく。だから私はとっさにマントの端に噛みついた。隣ではクガルグもマントに飛びかかっていて、上手に爪を立てて上に登っていく。

「何なんだ、お前たち。私のマントに何をしている」

サンナルシスは首を捻って後ろを覗き込もうとしていた。そしてサンナルシスの背中辺りに爪を立ててへばりついているクガルグと、足元でマントの裾に噛みついている私を見て怒り出す。

「おい、やめろ。噛むんじゃない、爪を立てるな」

サンナルシスは私たちを捕まえようと手を伸ばすが、背中側にいる私たちに届かずにその場でぐるぐる回っている。遠心力で私の足は地面から離れて少し浮いていたので、何かこういう遊具みたいで楽しい。

けれどサンナルシスは、私たちをマントから放すことを早々に諦めて動きを止めた。

「子供の相手をするのは疲れるんだな」

すると隻眼の騎士は軽く笑ってこう言う。

「いたずらをしても、可愛いから許してしまうのです」

「可愛い、か……」

サンナルシスは呟くと、マントを放して地面にお座りしている私を見た。あごが疲れた。

「まぁ、思ったよりは可愛いかもしれないな。私は元々、別に子供好きではないが――」

ほら、やっぱり子供好きじゃないいんじゃゃん。だったらどうして人間の子供や私たちを連れ去ってまで自分の子供にしようとするの？

サンナルシスは私のことを抱き上げ、前足を触りながら続ける。ちなみにクガルグはサンナルシスの肩に登頂成功していた。

「――小さな足や、幼い顔つきは可愛らしいものだ。ミルフィリアのこの豊かな毛皮もいい。ふさふさの毛というのは豪華だ。それに私はこの肉球も嫌いではない。自分にはないものだからな、ずっと触っていたくなる」

サンナルシスは真面目な顔で言いながら私の肉球を揉み続けている。

「なんか、くすぐったい」

私が少し笑って前足を引っ込めようとすると、

「こちらはもっとくすぐったいだろう」

サンナルシスは今度は私のお腹を掻くようにしてくすぐり始めた。

「あはは！　やめて」

私は身をよじって大笑いする。しっぽは勝手にパタパタ動いていた。

するとサンナルシスも私につられて笑みを漏らした。偉そうな笑い方じゃない、自然な笑みだ。

サンナルシスもそんなふうに素敵な表情ができるんだ。今の感じならいい父親にもなれそうだけど。

すると私と同じくサンナルシスの表情を見ていた隻眼の騎士は、そこで改めて尋ねた。

「一体、あなたの目的は何なのですか？　どうして他人の子を自分の子にしようとするのです？」

彼が子供を求める本当の目的は何なのか、私も疑問だ。

サンナルシスは偉そうでナルシストだけど、性格がすごく悪いわけじゃない。子供を連れ去っていたのも、悪事を企んでのことではないだろうと思う。

サンナルシスが子供を攫わないでいられるよう、私にできることが何かあるかな？

「サンナルシス、わけを話して」

私がじっと見つめると、サンナルシスはわずかに眉を下げた。ちょっと弱気な顔をしていて、こんな表情も初めて見た。

そしてサンナルシスが何か言いかけたところで、森の奥から一匹の獣が姿を現した。

（いや、獣というか……猫？）

草をかき分けこちらにやって来たのは、やはり猫だった。

普通の家猫より少し大きく、長毛で、ノルウェージャンフォレストキャットとかいう猫にシルエットは似ている。

だけど毛の色は変わっていて、深い紫色だ。目は中心部分が黒く、周りは明るい紫で、とても魅惑的で綺麗だった。

「ミルに負けず劣らずもふもふだな」

隻眼の騎士がそんな感想を呟く。

山猫ならともかく、こんな長毛の猫が森にいるなんて変だ。だって長い毛に草や枝が絡まっちゃうから、植物に囲まれた環境では生活しにくいはず。私も北の砦で夏に庭を駆け回っていると、毛に草やら花粉やら虫やら、色々なものがくっついてくるもん。

だけどこの猫が美しい毛皮を保てているのは、普通の猫ではないからなのだろう。

（精霊の〝気〟を感じる……）

夜の闇のような瞳でじっとこちらを見つめてくる猫を見つめ返しながら、私はごくりとつばを飲んだ。

「ルナベラ」

一方、サンナルシスは紫色の猫に対してそう声をかける。

ルナベラ――それがこの猫の名前らしい。

「サンナルシス」

猫の方もサンナルシスの名前を呼ぶ。静かで綺麗な女性の声だった。二人は知り合いのようだ。

そして猫はやはり精霊だったようで、次の瞬間には大人の女性に姿を変えていた。

背の高さは母上と同じくらいで、艶のある黒髪は膝の辺りまであるストレート、そして森の中では動きにくそうなドレスを着ていた。ドレスは色こそ落ち着いた紫で、丈は足首まであるが、黒いフリルやリボン、レースが使われたゴスロリっぽい感じのものだ。靴は編み上げの黒いブーツで、黒いレースの手袋をつけており、頭にも黒いレースでできたベールをかぶっている。

ベールは短く、目が隠れているだけだが、目が見えないと相手がどんな人物なのかいまいち読み取れない。

彼女がこちらに近づいてくると、サンナルシスはハッとして私とクガルグを自分のマントに包んで隠した。

「ルナベラ、ちょうどお前のところに行こうとしていたところだ」

サンナルシスはわくわくしているような、高揚した声で言う。

「今度こそきっと喜ぶぞ」

「私が喜ぶ？」

楽しげなサンナルシスに対して、ルナベラの声はちょっと冷たい。でもきつい印象はなく、大人しそうな雰囲気の声だ。

そしてサンナルシスは「見ろ！」と言いながらマントを取った。そこにはサンナルシスに抱っこされた私とクガルグがいたのだが、ルナベラは別に驚かなかった。サンナルシスがマントで隠す前に私たちのことを見ていたから当たり前だ。

「精霊の子……ですよね？　それに後ろの彼は、に、人間？」

ルナベラは緊張気味に言う。偉そうなサンナルシスと比べて、おどおどした感じだ。

サンナルシスは笑顔で答える。

「そうだ！　人間の方はまぁおいておいてくれ。一緒についてきてしまっただけだ。それよりこの子供たちを見ろ！　こんなに幼い精霊の子供を、私は二人も見つけたのだ。やはり人間の子供より精霊の子供の方がいいだろう。ルナベラもきっと喜ぶと思って連れてきた」

「サンナルシス、私は……」

「毛皮の色も白と黒でいい感じだ。金色でないのは惜しいが、こちらの白いミルフィリアの方は私の子にしよう。だからルナベラはこの黒いクガルグの方を跡継ぎとして育てればいい」

「サンナルシス」

ルナベラは困ったように言う。

「けれどその子たちには、本当の親がいるでしょう？　今までの人間の子供たちもそうでしたけど……。他人の子を連れてきても私たちの子供にすることはできないと、何度言ったら分かるんです。その子たちがいなくなったこと、親が気づけばすぐにここに飛んできますよ。きっとすごく怒ります……」

ルナベラはちょっと怯えて自分の両手をぎゅっと握った。

「親が来たって私が追い返す。私は精霊の中で最も強い光の精霊だぞ」

「あなたは確かに強いですけど……。最も強いというのは自称ですし」

ルナベラは後半の言葉はぼそぼそと呟いた。何となくルナベラはサンナルシスよりもまともな精霊な気がする。

しかしルナベラがおどおどしている間にも、サンナルシスは自分の話を進めていた。

「さぁ、ルナベラ！　クガルグを抱いてみろ。ミルフィリアでもいいぞ。私たちの子だ！」

「ちょっと、サンナベラ、サンナルシス……」

ルナベラはサンナルシスから私とクガルグを押し付けられて、慌てながら抱っこした。

けれど抱いた瞬間に、彼女は顔をほころばせる。

「ふわふわ……。可愛い」

目元はベールで隠れていて見えないが、口元はほほ笑んでいた。優しそうな精霊だ。

サンナルシスもそんなルナベラの姿を見て嬉しそうにしながら言う。

「これで私たちは完璧だ」

するとルナベラは笑みを消してサンナルシスの方へ顔を向けた。

「……サンナルシス、この子たちは可愛いですが、本当の親のところへ戻さないと」

「戻す必要はない。ミルフィリアもクガルグももう我々の子供なのだ」

「駄目ですよ。そんなことはできません」

二人は私とクガルグの頭上で言い合いを始める。

「ルナベラ、何も問題はない。ミルフィリアたちの親が来たら私が対処する」

「対処って、戦って追い返すつもりなんでしょう？　そんなことをすればサンナルシスはただの極悪な精霊です。あなたにそんなことさせたくないです」

「私のことは心配するな。強い私が戦いで負けることはない」

「そういう心配をしているんじゃないんですったら！」

ルナベラはついに怒って声を荒らげた。

「もう子供は連れてきては駄目だと言っているのに次から次へと連れてくるし、どうしてサンナルシスはそんなに勝手なんです！　どうしていつも私の意見を聞いてくれないんですか！」

ルナベラがこんなふうに怒りをあらわにするなんて、きっと今までなかったのだろう、サンナルシスは目を丸くしている。

溜まっていたものを爆発させて「はぁはぁ」と息を乱しているルナベラに、今度はサンナルシスがおどおどしながら言う。

「わ、私はお前のためを思って……」

サンナルシスが子供を連れ去っていたのは、ルナベラのためだったらしい。彼女が喜ぶだろうと思って行動していたようだ。

でもルナベラはそんなこと望んでいなかったみたい。

「どーいうことなの？」

私はルナベラを見上げて尋ねた。何だか込み入った事情がありそうだ。

「まぁ！　もう喋れるんですね」

ルナベラはそこでまたちょっとほほ笑んで私を見た後、ベールの奥でサンナルシスを睨みつけたように見えた。

「日が暮れる頃には、帰ってこない我が子を心配して親が迎えに来るでしょう。ですが、この子たちはすぐにでも親元に戻した方がいいと思います。親への謝罪もあなたは素直にできないでしょうから、私が一緒に行って謝ってきます。サンナルシスはここで反省していてください」

そしてそれだけ言うと、ルナベラは私とクガルグを抱っこしたまま森の奥へ歩いて行く。

「ル、ルナベラ……！」

「そこにいてください。この子たちに少し話を聞きます」

追いかけてこようとしたサンナルシスだったが、ルナベラに釘を刺されてしゅんとしてしまった。結構打たれ弱いみたい。

「せきがんのきしは一緒でいいでしょ？」

私が尋ねると、ルナベラは「隻眼の騎士？」と言った後、後ろを見て納得した。

「ああ、あの人間ですね」

隻眼の騎士は私たちを追ってこちらに歩いてきていたのだ。

「人間とはほとんど交流したことがないので少し怖いですが……。ねぇ、人間ってみんなあんなに強そうなのですか？」

ルナベラは隻眼の騎士をちらりと見て小声で尋ねてくる。私は彼女を安心させるために答えた。

「だいじょうぶ。せきがんのきしが特別強そうなだけだよ。でもルナベラは、ほんとうに人間とあまり関わったことがないの？」

「ええ、サンナルシス以外の精霊ともほとんど関わったことはありません。怖くって……。この住処の森から出たことはあまりないんです」

ルナベラは引きこもりの精霊らしい。私は周囲を見渡して言う。

「この森はルナベラのすみかだったんだね」

「そうです。広くて中心部までは人間も入ってこないし、静かなので気に入っているんです。……さぁ、ここに座りましょう」

ルナベラは腰かけるのにちょうどいい倒木に私とクガルグを置き、自分も座った。だけど私は倒木の上から落ちないように足をプルプルさせていたので、結局ルナベラが膝に乗せてくれた。

そして彼女は隻眼の騎士を見て、ちょっと怯えつつ声をかける。

「あ、あなたもどうぞ。立っているのは疲れるでしょう?」

「大丈夫です。こちらの方が落ち着くので」

隻眼の騎士は断って立ったままでいた。ルナベラは「余計なことを聞いたかしら?」と心配している。精霊にしては随分気弱というか、周りに気を遣ってしまうタイプみたい。

「いいえ、お気遣いいただきありがとうございます」

隻眼の騎士もそう言ってフォローしていた。

胸を撫で下ろすルナベラに、私は改めて尋ねた。

「ルナベラって、やみの精霊なの?」

ルナベラの雰囲気は、まさに闇という感じだった。でも、闇というと『悪』みたいなイメージもあるけど、そっちの闇じゃない。恐ろしくて不気味な雰囲気でもない。

ルナベラは、眠っている生き物や植物を優しく包み込む、夜の闇みたいな穏やかな空気をまとっているのだ。「おやすみ」と言って頭を撫でてくれる母親のような温かさを感じる。

「ええ、自己紹介が遅れましたね。私はルナベラ。闇の精霊です。あなたはミルフィリアちゃん、あなたはクガルグくんですね」

「うん。ゆきとほのおの精霊なの」

「雪と炎の……。それにしては仲がよさそうですね。正反対の性質なのに」

意外そうに言うルナベラに、私はクガルグをちらりと見ながら返した。

「うん、さいしょはクガルグと一緒にいるとあついなって思ってたんだけど、もう慣れてきたよ。それにクガルグはけっこう優しいし。夏はあついから、わたしを日かげに入れようとしてくれたりするの」

「そうなんですか」

ルナベラはほほ笑ましそうに言う。クガルグはしっぽをぱたんと動かして照れていた。

「でも、ルナベラとサンナルシスも反対のせいしつだよね？」

私はルナベラを見上げて聞いた。

「だけど二人は仲がよさそうだった。ルナベラとサンナルシスはどういう関係なの？」

「私たちの関係、ですか」

ルナベラはそこでちょっと赤面する。恋の話が始まる予感がして、私はわくわくした。

「こいびとなの？」

わくわくするあまり先走って、私の方から聞いてしまう。ルナベラはもじもじしながら答える。

「こ、恋人……。そうですね、そうかもしれません。そのような関係です。夫婦や番《つがい》というほどしっかりした関係ではないかもしれませんが、ただの知り合いというわけではない、と……少なくとも私はそう思っています」

「わぁ」

私は楽しくなってきてしっぽを振った。ルナベラは照れている。ちなみに隻眼の騎士はちょっと居心地悪そうに無言で話を聞いていて、クガルグはつまらなそうに倒木で爪とぎを始めた。

「でも、サンナルシスのどこが好きなの？　サンナルシスってナルシストだし、ごうまんだと思うんだけど」

　私が尋ねると、ルナベラは笑う。

「確かにそうですね。サンナルシスはプライドが高くて偉そうで……。でも、そういう私にはない部分を持っているから、私はサンナルシスを好きになったんだと思います。彼は私と違って自分に自信があって、自分を愛している。前向きで堂々としていて、強い。そんなところに惹かれたんです」

「ルナベラはじぶんを愛してないってこと？」

「……まぁ、あまり」

　ルナベラは肩をすくめて言う。

「自分に自信がないんです。私って気が弱くって、こんなところにずっと引きこもっている駄目な精霊ですし、それに性格も暗くてネガティブで……。本当は森の外へ出て友だちを作りたいと思うこともあるんですけど、私に友だちなんてできないだろうなと思って行動に移せなくて」

　どうやらルナベラは一人が好きで引きこもっているわけではないらしい。

「だれかにそうやって言われたの？　ルナベラはだめな精霊だって」

「いいえ、そういうわけではないんです。私って生まれつきこんな性格で。それで長年引きこもっているうちにどんどんこじらせてしまったというか……」

「あらら」

なるほど、と私は納得した。この薄暗い森は静かでいいところだけれど、一人で悩んでいる時は、いっそもっと明るくにぎやかなところに出て行った方がいいかもしれない。ここにいると一人でぐるぐる考えすぎちゃいそうだもん。

私が心の中でそんなことを考えていると、ルナベラはこう続けた。

「でも、これでもマシになった方なんです。サンナルシスに会ってからは彼の前向きな考え方にも影響を受けましたし、彼が根拠や実績もなく自信満々でいる姿を見ると、『ああ、こんなに自信過剰な人もいるのなら、私ももう少し自分に自信を持っていいんじゃないか』と思ったりするんです」

褒められているのかけなされているのか分からないサンナルシス。でもルナベラには大きな影響を与えたようだ。

「私たち、もう百年は一緒にいるでしょうか。サンナルシスは百年ほど前、たまたまここにいる私の気配を感じて寄ってくれたんです。最初は『闇の〝気〟を感じたから、私と正反対の性質を持つ闇の精霊とはどんな奴か見にきてやった』なんて言ってずかずかと住処に入り込んできたので、すごく怖かったんですけど……」

ルナベラはその時のことを思い出したかのように少し震えた。まぁ、いきなり見ず知らずのナルシストが自分の住処に侵入してきたら色んな意味で怖いよね。

「サンナルシスは普段はジーラント国にいますが、私はそこからいくつも国境を越え、海や山を越えたこの森でひっそりと暮らしています。けれどサンナルシスは毎日のようにここにやって来てくれるんです。もちろん移動術を使えば一瞬で来られるのですが、彼は華やかな場所が好きなはずなのに、そこを離れて私に会いに来てくれるというところが嬉しいんです」

そこでルナベラはポッと頬を赤らめる。甘酸っぱい恋バナに、私はへらりと笑ってしっぽを振る。恋の話、いいね。

しかしクガルグはまだ隣で爪とぎをしているので、ガリガリガリガリとうるさい中でルナベラは話を続けた。

「けれど十年ほど前から、サンナルシスは私との子が欲しいと言い出しました。サンナルシスが欲しいならと私も同意して跡継ぎを作ろうとしたのですが……」

ルナベラはそこで言葉を切り、一瞬黙ってから言う。

「何年経っても子どもができないのです」

「子どもができない？」

私が首を傾げると、ルナベラは悲しげに頷いた。

「精霊としての性質が正反対だからできないんだと思うんです。跡継ぎを作るなら、似た性質の精霊を探さないと……」

クガルグはその話題に食いついて爪とぎをやめ、こちらを見る。

「え……？　せいしつが反対の精霊どうしだと、子どもができないのか？」

「おそらくそうだろうと、私とサンナルシスは予想しています」

ルナベラは悲しげに答えてから、こう続ける。

「私はサンナルシス以外考えられませんが、サンナルシスは他の精霊を探した方がいいと思うんです。私より彼にふさわしい相手はたくさんいますから。だって私なんて本当に……気が弱くて暗くって、駄目な精霊で……」

「そんなことないよ。わたしはルナベラ好きだよ」

首を伸ばしてルナベラのあごをペロペロ舐めると、彼女はくすぐったそうに少し笑った。

「ありがとうございます、ミルフィリアちゃん」

二人の間に子供ができない問題は、私では解決方法が分からない。人間だったら病院で診てもらうところだけど、精霊はどうしたらいいんだろう……。本当に別の相手を探すしか方法はないのかな。

私が悩んでいると、ルナベラは私の背中を撫でながら言う。

「ミルフィリアちゃんたちをここに連れてきてしまったこと、どうかサンナルシスを許してあげてくださいね。偉そうだし自分勝手ですけど、優しい人なんです」

「うん」

私はルナベラにそう答えたけど、そこでこちらにこっそり近づいてくるサンナルシスに気づいた。

サンナルシスは木の陰から木の陰にこそこそ移動しつつ、私たちの近くまでやって来た。きっと私たちが何を話しているか気になったんだろう。もしくは、ルナベラと自分以外の男——隻眼の騎士が一緒にいるという状況を放っておけなくなったのかもしれない。

「サンナルシスったら……」

ルナベラも気づいて、呆れたように言う。隻眼の騎士やクガルグもサンナルシスの方にちらっと視線をやったが、サンナルシスはバレていないと思っているみたい。

せっかくサンナルシスが聞いているのならと、私はルナベラに向かってさっきの話を続けた。

「わたしはサンナルシスのことを許すけど、わたしの母上はどうかわからないよ。サンナルシスが今までつれてきた人間の子どもの親だってそう。ほんの数時間で、こわい思いをすることもなくぶじに帰ってきたって言っても、親にとってはすごくながい数時間だっただろうし、ほんとうにこわかったはず」

そこでサンナルシスの方へ顔を向け、今度は彼に向かって言う。

「サンナルシス、やっぱりひとの子どもを連れてくるのはだめだよ。だってみんな、それぞれのお父さんやお母さんにだいじに育てられてきた、他に代わりのいない子なんだよ。シャロンだってそう。最後にここへ連れてきた、金ぱつの女の子をおぼえているでしょ？　あの子のりょうしんは、なかなか子どもにめぐまれなくて、シャロンはやっとできた大切な子どもなの」

「そうだったんですか……」

呟いたのはルナベラだ。

「私たちと同じ状況の夫婦だったんですね」

「うん。シャロンのりょうしんは本当にとっても心配してたんだよ。お母さんはずっと泣いてた。だからぶじに帰したとしても、子どもをかってに連れてくるのはだめだよ。親はとっても心を痛めるから」

「サンナルシス、分かりましたか？」

ルナベラが声をかけると、サンナルシスはばつの悪そうな顔をして木の陰から出てきた。

「理解した……。そうだな、申し訳ないことをした。人間は何人も子を産む者が多いから、一人くらいいいなくなってもそれほど悲しまないだろうと思っていたのだ。だが、その考えは間違っていたのだな。一人だけでも、たくさんいても、親にとって子供は大事な存在なのだ」

プライドの高いサンナルシスも、今は素直に反省している。これでもう他人の子を連れてきたりはしないだろう。

サンナルシスが連れてきた子供にいくつかの条件があったのも、今考えると理由が分かる。金髪か黒髪の子供を狙ったのは、自分たちの子供にするために同じ髪色の子を探していたから。容姿が可愛らしい子供を狙ったのは、ナルシストなサンナルシスのこだわり。自分の子にするなら整った顔立ちの子でないとと思っていたんだろう。

そして比較的幼い子供を狙っていたのも、その方が親の記憶が薄れるのも早く、自分たちに馴《な》染《じ》みやすいと考えてのことだったんじゃないかな。

「そうかんがえると、やっぱりサンナルシス、ひどい！」

私はすぐ側まで近寄ってきていたサンナルシスの脚をぽこぽこ叩いた。サンナルシスが連れてきた子供をルナベラが受け入れていたら、本当の親と引き離されてしまう可哀想な子供と、子供と生き別れになってしまう親ができてしまうところだった。

「そうだな、酷《ひど》かった……」

しかしサンナルシスは自分の行動を反省して気落ちしているので、それ以上責めるのはやめた。

ルナベラは私の頭を撫でながら言う。

「ミルフィリアちゃんは精霊には珍しいタイプの子なんですね。人間の気持ちをよく理解しているようですし、共感して同情してる。彼……隻眼の騎士とも信頼し合っているようですし」

「まぁ、いろいろあって」

私は、母上の留守中に北の砦に迷い込み、そこから人間たちと仲良くしているという話をした。

そもそも人間だった前世の記憶があるから人間と仲良くやれているんだと思うけど、それはもちろん説明しない。

「じゃあミルフィリアちゃんには、人間の友だちがたくさんいるんですね」

「精霊のともだちもいるよ！　クガルグとクガルグのパパと、かぜの精霊とそのおばあちゃんと、だいちの精霊、木の精霊もなかよしだし、ともだちとは違うけど、みずの精霊はわたしの父上だし」

「何だかすごいですね」

羨ましいです、と言うルナベラを「こんど北の砦においでよ」と誘っておいた。

そして、ふと気になったことを尋ねるために話題を変える。

「そういえばシャロンに黒い妖精がついてたんだけど、あれ、ルナベラの妖精だよね？」

「妖精？　ええ、そうですね、私の妖精です」

ルナベラは頷いて続ける。

「そのシャロンちゃんにだけでなく、サンナルシスが連れてきた子供たちみんなに、私の妖精をつけて帰していたんです」

「どうして？」

「お詫びの気持ちからです。子供たちには怖い思いをさせていないと思いますし、私たちの容姿が珍しいのか、何故かみんなここに来ると喜んではしゃいでいましたが、親から離して申し訳ないことをしたのは確かなので」

ルナベラが話している間、サンナルシスは後ろめたそうな顔をして小さくなっている。

「だから帰す時に、こっそり妖精をつけたんです。その子供に何か危険が迫った時、妖精は力を発揮して助けるでしょう。それほど強い妖精ではないので、おそらく一度力を使えば消滅してしまうでしょうが」

「そうなんだ！」

シャロンにくっついている妖精が何か悪さをするんじゃないかと疑ったりもしたけれど、全く逆の、シャロンを守るという役割をあの妖精は与えられていたみたい。

シャロン以外の子供についている妖精も、きっと子供の影に隠れてひっそりと見守っているんだろう。だから周りの誰も妖精の存在には気づかないのかもしれないな。

でもみんな、一回きりとはいえ闇の精霊の加護を貰ったようなものだ。

「……よし、私も妖精を送っておくか」

　このままでは面目を失うと思ったのか、サンナルシスはそう言うと自分も妖精を作り出した。金色に光る小さな妖精たちは、全部で十以上いる。

　そしてその妖精たちは、サンナルシスが一度ここへ連れてきたことのある子供たちを守るため、彼らのもとへ飛んで行った。きっとシャロンのところにも行くだろう。

　光と闇、二人の精霊から加護を受けるなんてかなりすごいことだと思うけど、本人たちは気づくだろうか？

サンナルシスの作り出した金色の妖精が薄暗い森の中を飛んでいくのを見届けながら、私はルナベラに尋ねた。

「ここって少しくらいけど、ルナベラはやみの精霊だから、これくらいうすぐらい方が好きなの？」

「ええ、そうですね。本当はもっと暗くてもいいくらいです。光の届かない洞窟の奥深くに住もうかと考えたこともあるのですが、ジメジメしていたり、天井にいるコウモリの排泄《はいせつ》物が落ちてきたりするのでやめたんです」

それはやめてよかった。光の届かない場所にいたら、サンナルシスもルナベラの存在に気づけず、二人は出会えなかったかもしれないし。

暖かい場所の好きなクガルグは、ちょっと不満そうに言う。

「でも、ここじゃ日なたぼっこできないな」

「〝日陰〟ぼっこも気持ちいいですよ。やってみますか？」

「いい」

にこっと笑ってルナベラは言ったが、クガルグに即答されてちょっと悲しんでいたので、私は気を遣って「わたし、やってみる！」と言って日陰の地面に寝転がる。

「地面がすこしひんやりしてて、きもちいいよ！　日かげぼっこきもちいいよ！」

「よかったです」

ルナベラは嬉しそうに言い、猫の姿に変わって私の隣に寝転んだ。ルナベラのもふもふの毛が私のもふもふの毛に当たり、もふもふもふもふしている。

と、そこでクガルグも「ミルフィーがするなら」と言いながら私たちにくっついて日陰ぼっこを始め、サンナルシスも「仕方がないな。私も日陰で我慢してやろう」と言いながら馬の姿になり、地面に腰を下ろした。

結局、子ギツネと猫と子豹と馬の四人で日陰ぼっこし、隻眼の騎士が私たちのその姿を眺めるというよく分からない時間が過ぎていく。

するとルナベラは感慨深げに言った。

「子供の頃から誰かとこうやって遊んだことがなかったので、ミルフィリアちゃんたちと遊べて嬉しいです」

大人になってから出会ったサンナルシスとは、遊ぶという行為はしたことがなかったのだろう。だけどこれ、まどろんでいるだけで遊んでいるわけではないような……。

私はルナベラに遊びとは何かを教えるべく、立ち上がった。

「あのね、ルナベラ。ひかげぼっこをしてるだけじゃ、遊んでることにはならないんだよ。きもちいいけど、これじゃ退屈だもん」

「それはそうですね……。私、他人と遊んだことがないので分からなくて、ごめんなさい。私って本当に駄目ですね」

「ちがうちがう、だめじゃない。ルナベラはすてき。きれい。やさしい。さいこう」

すぐネガティブになってしまうルナベラを慌てて励ましつつ、私は続ける。

「遊んだことないなら、分からないのとうぜん！　だからわたしがおしえてあげる。だってわたしたち、もう友だちだから」

「まぁ！　友だち……！　ありがとうございます、ミルフィリアちゃん」

感激しているルナベラに、私は遊びというものを指南した。ルナベラは遊び初心者だから、まずは基本の追いかけっこ、それにかくれんぼを一緒にした。プロレスごっこはちょっと乱暴な遊びだし、ルナベラにはまだ早いからね。

クガルグ、サンナルシス、隻眼の騎士も入れた五人で遊び、私たちは楽しい時間を過ごした。

隻眼の騎士は私やクガルグ、ルナベラには手加減していたけど、追いかけっこの時に「人間は私には到底追いつけまい」と煽《あお》られて、馬のサンナルシスを本気で追いかけていた。隻眼の騎士があまりに速く、そして本気で走っている時の眼光が鋭すぎるから、サンナルシスはちょっとビビっていたのだった。

そして一時間ほどが経ったところで、ほどよく疲れた私は、地面に倒れ込んでごろりと仰向けになる。

「はぁ、いっぱい遊んだー！」

走ったらお腹空いてきたかも。今日はお昼ごはん貰ってないしな。

（そろそろ砦に帰りたいなー）

そう考えたところで、ハッと起き上がる。

（いや……帰りたいっていうか、私が砦にいないって母上に気づかれる前に帰らなくちゃならないんだった！）

私は慌てて言う。

「ル、ルナベラ……。わたし、もうかえるよ。サンナルシスにここに連れてこられたってわかったら、母上はサンナルシスのことすっごく怒るだろうから」

怒れる母上を想像し、私が思わずきちんとお座りして言うと、ルナベラはこう返してくる。

「私も早くミルフィリアちゃんたちを帰さなければと思っていたのに、つい遊びに夢中になってしまいました。けれど、もしお母様が全てに気づいてここにやって来たとしても、私が事情を話して謝るので大丈夫ですよ」

「私も謝罪する……」

サンナルシスもそう言った。

だけど違うのだ。私の母上は本当に私のことになると手が付けられないんだよ。私のこと、愛しすぎているから。

「ううん、あやまるすきもないと思う。もしも母上がここに来ちゃったら、わたしのそばにしらない精霊――ルナベラとサンナルシスがいるのを見たしゅんかん、怒って二人をこうげきすると思う」

シャロンに闇の妖精がついていたこともあって、今、母上たちは闇の精霊が子供を連れ去っている犯人じゃないかと思っているので、ルナベラにはすでに十分嫌疑がかかっている状態だ。だからルナベラから闇の精霊の〝気〟を感じたら、母上はルナベラを敵認定するだろう。

とすると、サンナルシスよりルナベラの方がやばいかも。

「……そ、そうなんですか。ちょっと怖くなってきました」

そう言うルナベラに、サンナルシスが「私がいるから大丈夫だ」と言っている。

でも怒っている母上をサンナルシスが冷静に落ち着かせることができるとは思えない。最終的にサンナルシスもキレて戦いに発展する未来しか見えない。

(それは駄目だ)

母上と二人を戦わせたくない。だから私は、とにかくさっさと砦に戻らなくちゃいけない。

「わたし、早くとりでに帰らなくちゃ」

そう呟くと、サンナルシスに一応確認する。

「サンナルシス、いどう術って人間がいっしょでも飛べるんだよね？」

サンナルシスは人間の子供や隻眼の騎士を連れて移動術を使ったわけだし。

「ああ、少なくとも私は問題なく飛べた」

サンナルシスの返事に、私は頷く。じゃあ私も隻眼の騎士を連れて飛べるはず。

でも北の砦に飛ぶとして、誰を目印にしよう？　いつも住処から砦に飛ぶ時は隻眼の騎士を目標にしてるけど、隻眼の騎士はここにいるし……。

精霊同士だと気配を掴みやすく、一度会っただけの相手のところにも飛べたりするんだけど、人間を目印にする時は「その人のところに行きたい！」と強く思えるような相手でないと難しいんだよね。

北の砦のみんなのことは大好きだけど、隻眼の騎士以外で特に仲良くしてるのは、支団長さんやティーナさん、キックスとレッカさんかな？

「うーん……。しだんちょうさんをもくひょうにしてみようかな」

支団長さんを目標にして移動術を使ったことは何度かあるしね。

私はそう考えると、まずはルナベラやサンナルシスに別れを告げる。

「じゃあ、もう帰るね。こんど、また遊びにくるよ」

「だが、ちゃんと移動術を使えるのか？　ここからアリドラ国までは距離があるし、お前のような子どもが飛んでいけるかは微妙だと思うが」

サンナルシスが腕を組んで言う。私はしっぽを下げて自信がないことを認めた。

「うん、一度じゃむりかもしれないけど、なんどか試してみるよ。ちがうところに飛んじゃったら……ちょっとこわいけど」

海とかに行っちゃったりしないかな……なんて心配していると本当に海に飛んじゃいそう。頭から海を追い出さなくては。でも追い出そうとすればするほど頭の中が海一色になっていくんだけど、どうしよう。

私が目をつぶって唸っていると、クガルグがこんな提案をしてきた。

「おれが父上のところに飛ぼうか？　ミルフィーがにんげんをもくひょうにして飛ぶよりも、おれが父上をもくひょうにして飛んだほうがせいこうすると思う。それで父上のところに行ったら、こんどは父上にきたの砦まで飛んでもらう。そうしたらスノウレアにバレない」

「だめだめ。わたしたち二人ならともかく、せきがんのきしもいるんだよ。三人で飛んでいったら、何があったんだ？　ってヒルグパパも思うはずだし、さらわれてたってバレたら、ヒルグパパもサンナルシスに怒るよ」

私が首を横に振ると、今度は隻眼の騎士がまた「俺のことはここに置いて行ってくれていい」と言い出した。

「それはぜったいだめ！　みんなで帰る！」

鼻息荒く宣言する。

するとルナベラが心配してこう言ってくれた。

「では、私も一緒に連れて行ってくれませんか？　私はアリドラ国へは行ったことがないですし、ミルフィリアちゃんの言う〝砦〟には飛べません。だからミルフィリアちゃんの移動術で一緒に連れて行ってもらうしかないのですが、もしミルフィリアちゃんが全く違うところへ飛んでしまったとしても、私が一緒なら、私の移動術でこの安全な森へ一旦戻ってくることはできますから」

確かにもし海なんかに飛んじゃったら、私やクガルグではパニックになって再び移動術を使うために集中することができないかもしれない。大人の精霊が一緒の方が安心だ。

「じゃあ、おねがい」

私が頼むと、ルナベラは「ええ、もちろん」と快く言ってくれた。

「では、私も一緒に行こう」

サンナルシスも胸を張って言ったが、ルナベラに即座にこう返される。

「いいえ、あなたはここに残っていてください。もしも向こうでミルフィリアちゃんのお母様と鉢合わせたら、何だかややこしいことになりそうな気がするのです」

「む……」

サンナルシスはやや不満そうだったが、ルナベラの指示に従ってここに残ることにしたようだ。

「じゃあ行こう！」

私とクガルグは隻眼の騎士に抱っこしてもらい、ルナベラの隣に立つ。

「ちょっと集中するね」

移動術を使うため、私は支団長さんの顔を思い浮かべた。相手のことをより強く想えば、移動術は成功しやすい。

（支団長さん、支団長さん、支団長さん……）

頭の中で何度も唱え、様々な支団長さんの姿を思い返す。私のことをもふもふして幸せそうな支団長さん。部下たちの手前、私に触れられずに辛そうな顔をする支団長さん。せっかく買ったドレスを私があまり着たがらなかった時の残念そうな支団長さん。私がたくさんごはんを食べていると自分も満足そうな顔をする支団長さん。

そしてよく分からないタイミングで鼻を押さえたかと思ったら、突然鼻血を出す支団長さん。

（支団長さん……！）

支団長さんは鼻が弱いのだ。こうして離れている間にも鼻血を出しているかもしれないと思うと心配になった。

「しだんちょうさーん！」

私が叫ぶと同時に吹雪が巻き起こる。その吹雪はクガルグやルナベラ、隻眼の騎士を巻き込んでいった。

（行ける気がする）

かくして支団長さんの鼻を心配する強い気持ちが、私の移動術を成功させたようだった。

気づけば私たち三人は、ルナベラと一緒に北の砦に戻ってきていた。

支団長さんも目の前にいたので、私は心配しながら声をかける。

「しだんちょうさん！　鼻だいじょうぶ？」

「鼻……？　別に大丈夫だが」

支団長さんは砦の門の近くにいて、突然現れて謎の質問をしてきた私に首を傾げた。

そして私や隻眼の騎士、クガルグを見て続ける。

「それより三人ともどこへ行っていたんだ。心配したぞ」

ふと周りを見れば、支団長さんの他にも砦の騎士たちが勢揃いしていた。キックスやティーナさん、レッカさんもいる。馬も用意されていて、これから見回りにでも行くように見えた。

「みんなでどこか行くの？」

私がのんきに聞くと、手前にいたキックスがこう言う。

「これからミルたちを捜すための捜索隊を組もうとしてたところだったんだよ」

「そーさくたい？」

何だか大事《おおごと》になっていたようだ。キックスの近くにいた門番のアニキが説明してくれた。

「コルビ村に行くと言ってなかなか戻ってこないんで、一度村まで様子を見に行ったんだ。でもどこにもミルたちがいなかったんで、これから本格的に捜索しようとしていたところだ」

「無事でよかったわ」

「副長が一緒とはいえ、もしかしてミル様も連れ攫われたんじゃないかと心配していたんです」

ホッとしているティーナさんとレッカさんに続いて、支団長さんがこう言う。

「そう、もしかして闇の精霊に連れて行かれたんじゃないかと危惧していた。……ところでさっきから気になっていたんだが、その女性は？」

みんなの注目がルナベラに集まり、ルナベラは恥ずかしそうに黒いベールを口元まで引っ張った。

私はあっけらかんと言う。

「このひと、そのうわさのやみの精霊」

「闇の精霊⁉　やはり攫われていたのか？」

支団長さんが腰の剣に手をやり、砦のみんなもルナベラを警戒する。

だから私は慌てて言った。

「ルナベラはやさしい精霊だよ。わたしを連れて行ったのもルナベラじゃなく光の精霊のサンナルシスで、でももうサンナルシスは反省してて、にんげんの子どもをさらうことはないよ」

「光の精霊のサンナルシス？」

「ええ、説明します」

私に代わって隻眼の騎士が話し出す。神殿で不思議な青年に出会ったところから全部だ。そういえばあの青年は本当に何者だったんだろう？

「――それでサンナルシスが子供をルナベラのもとへ連れて行っていた理由ですが……」

隻眼の騎士はルナベラに気を遣い、そこで口をつぐむ。するとルナベラが引き継いだ。

「私たち二人の間に子供ができなかったから、サンナルシスは私が喜ぶと思って子供を連れてきていたのです……」

ルナベラは自分たちに子供ができなかったという説明をするのは嫌ではないようだったが、大勢の人間の前で話をすることは恥ずかしいらしかった。頬は赤くなっていて、声はとても小さい。

「この国の方には本当にご迷惑をおかけしました。サンナルシスには二度とそんなことをしないように言っておきましたから、どうか彼を許してあげてほしいのです」

もじもじしながら話すルナベラの姿に、砦の騎士たちは最初ぽかんとしていた。

「彼女、本当に精霊なのか？　随分大人しそうな精霊だ」

「精霊が俺たちの視線を気にして恥ずかしがるなんて」

「ウッドバウムよりさらに控えめで、自信なさそうだ」

こそこそと呟き合う騎士たち。

「あの……」

みんなの視線に耐えかねて、ルナベラの顔は真っ赤になっていた。そして何もない空間からフリルのついた黒い日傘を取り出すと、それをさして自分の顔を隠し、黙り込んでしまう。

「もう！　みんなあんまり見ちゃだめ！　ルナベラ、はずかしがり屋さんだから」

私は隻眼の騎士に抱っこされながらバタバタと前足を動かした。私の前足を盾にして、ルナベラからみんなの視線を遮ろうとしたのだが、いかんせん足が短くて意味はない。

ティーナさんは笑って言う。

「ごめんね。とっても可愛らしい精霊様だと思って」

すると他の騎士たちも「うんうん」と頷いた。どうやらみんなは、控えめで恥ずかしがり屋なルナベラのことを好意的に見ていたみたい。

「可愛らしいだなんて――」

ルナベラは日傘の奥できゅっと唇を噛んだ。大人の精霊に向かって「可愛らしい」なんて、失礼だったかな？

「――嬉しい」

あ、嬉しかったか。よかった。

「そのドレスもとても素敵です」

「長い黒髪も艶々で綺麗ですね！」

レッカさんとティーナさんが順番に褒める。女性の服装や外見を褒め慣れていないのか、男性陣は相変わらず「うんうん」と頷いているだけだ。

けれどルナベラはさらに照れてしまって震え始めた。

「わ、私……」

そしてじっと見られることに耐えられず、人間から猫の姿へと変化してしまった。

「猫の姿でいた方が、まだ心が落ち着きます。背が低くなって、皆さんと視線が合いにくくなるので」

ルナベラは地面の上に座り、目の前に落ちている小石を見つめながら言う。上を見るとみんなと目が合ってしまうからか、小石から目を離さない。

しかしこの砦では、人間の姿でいるより猫の姿でいた方がみんなの注目を集めることになるということをルナベラは知らない。

「猫……」

ほら。美人には反応しないけどもふもふには反応する支団長さんがルナベラを凝視し出した。

「しかも長毛の……大きな猫……」

「支団長が小声でブツブツ言い出したぞ」

キックスが隣のジルドに耳打ちしている。

「な、何ですか……？」

支団長さんだけでなく、騎士たちみんながじりじりと自分の方に近寄ってきていることに気づき、ルナベラは怯え始めた。そりゃ怖いだろう。でも大丈夫だよ。みんな私と出会ってからというもの、『もふもふは愛《め》でる』という習性の生き物になってしまっただけだから。

「猫可愛い」

「ミル並みにもふもふ」

「子猫もいいけど、大きい猫も最高」

騎士たちはそれぞれ呟いた後、ルナベラを囲んで万歳する。

「猫最高！」

「もふもふ大歓迎！」

「人間の姿でも女子なら大歓迎！」

などと叫びながら。

何か新しい宗教の信者たちみたいに見える。もふもふ教の信者。

ルナベラは怯えるべきか喜ぶべきか迷っている様子で言う。

「な、何だか怖いですけど……でも、こ、こんな私のことを歓迎してくださるなんて」

自分を受け入れてくれる騎士たちに戸惑っているみたい。まぁ、ここまで手放しで受け入れられたらうろたえるよね。

「もっふもふ！　もっふもふ！」

騎士たちは私とクガルグを隻眼の騎士から奪い、胴上げする。もふもふ教信者たちによる変な歓迎の祭りが始まってしまった。さすがにルナベラのことは胴上げしなかったけど、私とクガルグは生贄《いけにえ》になった。

「たのしいから、いいけど」

私は胴上げされながら呟く。

「な、何だか明るい人間たちですね」

小石から目を離してみんなを見上げているルナベラに、私は胴上げで宙に放られるたびに言った。

「すみかの森を――出てみて――よかったね。――こわいと思ってたことでも――行動してみれば――いがいとこわくな――かったりするんだよ」

「ミルフィリアちゃん……」

ルナベラは私を目で追って上下に顔を動かしながら呟く。みんなの気が済んで謎の胴上げが終わると、私は地面に降ろしてもらった後で騎士たちに伝えた。

「ルナベラはべつにここに住むわけじゃないんだよ。わたしがちゃんと砦に帰れるよう、ついてきてくれただけで」

そしてまたルナベラを見て言う。

「でも、ルナベラがほんとうは一人はさびしいって思ってるなら、いつでもここに来てね。ルナベラはサンナルシス以外のひとと交流してこなかったみたいだけど、ゆうきを出して外に出てみたら、ルナベラのことを受け入れてくれるひとはいっぱいいるよ。にんげんでも、精霊でもね。

ルナベラはほんとうに、とってもすてきな精霊だもん」

私がそう言ってにこにこ笑うと、ルナベラも嬉しそうにほほ笑んだのだった。

「ありがとうございます」


「ミルやクガルグは無事に見つかったから、お前たちは解散だ。通常の仕事に戻れ」

猫のルナベラにはしゃぐ騎士たちに、心の中ではもっとはしゃいでいるであろう支団長さんが言う。みんなは「えー」と言いながらも、いつまでも遊んでいるわけにはいかないので各々の仕事に戻っていった。

「ルナベラ、ずっとここにいてくれてもいいんだぞー」

「猫も女性も大歓迎ー」

キックスやジルドたちはルナベラにそんなことを言いながら去って行く。巨大な蛇である私の父上が砦に現れた時は住処に帰ってほしがっていたけど、巨大ではない猫で、性格も控えめなルナベラなら砦にいてもらっても構わないと思っているみたい。

「皆さん、本当にそう思ってくださっているんでしょうか？」

「そうだよ。ここのみんな、そういうウソはつかないもん」

自分がこんなに歓迎されるはずがないと思っているらしいルナベラに私は言った。そしてこう続ける。

「ルナベラ、せっかく来たんだし、もう少しここにいたら？」

母上とルナベラが鉢合わせてしまうのは心配だが、母上はヒルグパパと一日交替でシャロンにつくことになっているはず。

そして母上は今日の朝、ヒルグパパと交代して王都に行ったから、次にまたヒルグパパと護衛を代わるのは明日の朝だ。

(ということは、今はまだ午後三時か四時くらいだろうし、結構時間あるな)

私は母上のことを気にしてそんな計算をする。母上には私から全てを説明し、サンナルシスやルナベラは悪い精霊ではないと伝えた後、落ち着いた状態で二人に会ってもらいたいのだ。

「王都に使者を送って、一連の事件の真相を教えないとな。シャロン様にくっついている闇の妖精も悪さはしないと伝えれば、警戒を解いてスノウレアも戻ってくるだろう」

支団長さんは隻眼の騎士にそんなことを言っているけど、使者を送ったとしても着くのは明日になるだろうし、やはり母上が戻ってくるまでは時間がある。

私の提案にルナベラは控えめに頷いた。

「ええ、ではご迷惑でなければ、もう少しここにいさせてもらいます。あまり遅くなるとサンナルシスが心配するでしょうから、本当に少しだけ。森の外に出るのは久しぶりで、緊張もしていますがワクワクもしているんです」

気づけば、ルナベラのふさふさのしっぽは真上にぴんと立っていた。クガルグもそうだけど、嬉しい時や楽しい時はしっぽが立つみたい。

「けど、ルナベラがじぶん以外のひとと仲よくなったら、サンナルシスはヤキモチ焼いちゃうね」

甘酸っぱい恋の話に、私はうふふと笑いながら言う。

だけどルナベラの考え方はやっぱり暗かった。

「……いいえ。そうなったらサンナルシスは、もう私のことはどうでもよくなって、他の精霊のところへ行ってしまうかもしれません」

せっかくぴんと伸びていたルナベラのしっぽが、へにゃりと下がっていく。

「でもそれでいいんです……。私は悲しいですけど、それでサンナルシスに新たな出会いがあって、彼が望んでいた跡継ぎに恵まれるなら」

「またネガちぶ（ネガティブ）になってるよ、ルナベラ」

私はルナベラに注意してから続ける。

「でも、そういえばサンナルシスの方がさいしょに子どもがほしいって言い出したんだったね」

「ええ」

ルナベラは相槌を打ってから黙り込んだ。私とクガルグも黙ってルナベラのことを見守る。

やがて彼女は鬼気迫る顔をして口を開いた。

「……私、今、重大なことに気づいてしまったかもしれません」

「じゅうだいなことって、なぁに？」

「サンナルシスが私と一緒にいてくれたのは、もしかしたら自分の跡継ぎが欲しかったからなのではないでしょうか？　歳も近く、他に親しい精霊もいない私のことを見て、跡継ぎを作るための相手としてちょうどいいと思ったからなのでは？」

「そんなことは……」

「だってサンナルシスは、ミルフィリアちゃんたちや人間の子供を連れてきてまでして、自分の子供を作ろうとしていたんですよ。彼が跡継ぎという存在に執着しているのは明白です」

ルナベラは真剣な表情で言う。

まぁサンナルシスは子供好きってわけじゃなさそうだから、ルナベラとの間に子供ができないなら、「それでも構わない」って言って諦めそうな感じもする。でも彼がそうしなかったのは、確かに何か事情があるんだろう。サンナルシスは光の精霊というものに誇りを持っているようだし、跡継ぎを作りたいと思ってもおかしくはないけど……。

「うーん、でもサンナルシスは、黒髪のにんげんの子どものこともさらってたみたいだし、やみの精霊に見える子どもでもいいような感じだった。ひかりの精霊の跡継ぎをつくることだけにこだわってたわけではないと思うけど……」

私はもごもごとそんなことを伝えた。ルナベラに「大丈夫だよ！」って言ってあげたいけど、サンナルシス本人にも話を聞かないと適当なことは言えない。

「そうですよね、確かに黒髪の子供を連れてきたことも何度かありました……」

ルナベラも一応そう返してきたけど、サンナルシスが自分と一緒にいるのは跡継ぎを作るためなんじゃないか、という疑念ははっきりとは拭えないみたい。

と、そこでクガルグがあっけらかんと言う。

「サンナルシスに聞けばいいじゃん」

「いえ、でも直接聞くのは……」

「聞かなきゃわかんないだろ」

「ええ、そうですが……」

クガルグはルナベラが何を怖がっているのかよく分かっていない様子だ。これだからお子様は。

でも、聞かなきゃ分からないのは本当にそうなんだよね。

というわけで、私もこう言う。

「わたしが聞いてきてあげるよ。母上はまだかえってこないだろうし、時間あるから。サンナルシスのところに飛べるかなぁ？」

「ミ、ミルフィリアちゃん……！」

目をつぶってサンナルシスを思い浮かべ、集中しようとするが、ルナベラがそれを阻止してくる。

「答えを聞くのは怖いので聞かなくていいです！」

「でも、このままだとずっとこわいままだよ」

「よーし。じゃあおれが行ってくる」

「クガルグくん！」

移動術を使おうとする私とクガルグに、猫のルナベラがもふっと飛びかかってきて邪魔をする。

その様子がじゃれているように見えたのか、支団長さんが「仲良しだな」と呟いた。

「しゅうちゅうできないよ」

「しなくていいです！」

そうこうしているうちに鬼ごっこに発展し、私とクガルグをルナベラが追いかけるという図になった。でも私もそうなんだけど、ルナベラは毛がもふもふだから空気抵抗がすごくて足が遅い。

「ま、待ってください！」

一生懸命追いかけてくるけど追いつけないルナベラが可哀想になったので、私はわざと捕まって鬼を代わってあげた。サンナルシスのところに行くなんてことは、この時すでに私とクガルグの頭から忘れ去られている。

「じゃあこんどはわたしがオニね。ルナベラはにげて」

「え？　オニ？　逃げる……？　いつからそんな話に……」

すでに遊びに発展していることに気づかなかったルナベラは、戸惑いながら私から逃げ始めた。

体をもふもふさせながら逃げるルナベラを、私ももふもふしながら追いかける——と見せかけて油断していたクガルグに飛びかかる。

が、クガルグには素早く逃げられてしまったのでやっぱりルナベラを追いかけた。

「何やってんだ、あいつら」

仕事に戻ろうとしていた騎士たちが、鬼ごっこをしている私たちを見て呟いている。

「子ギツネと子豹と猫がじゃれてる」

「素晴らしい光景」

「癒し以外のなにものでもない」

口々にそんなことを言いながら目を細めていた。

そして中にはこんな妄想をして作り話を始める騎士もいる。

「あの子ギツネと子豹は親に捨てられたんだ。それをあの猫が拾って育てた」

「種族が違うのにか。いい話だ」

「うん。猫が子ギツネと子豹の親代わりなんだ。今は猫のが大きいけど、そのうち子ギツネと子豹の方が大きくなっちまうんだよ。でも二人は自分の方が大きいと気づかずに、昔と同じように猫に甘えるんだ」

「そういうの好き」

「猫は大きくなった二人に体を摺《す》り寄せられると重くて困るんだけど、でも可愛い子には違いないから、ちゃんと毛づくろいとかしてお世話してあげるんだ。三人の関係はずっと変わらないんだ」

「尊い」

何の話をしているんだ。

作り話で感動して涙を流している騎士たちを無視して、私はまた鬼ごっこに集中する。他の騎士たちにも「この光景を肴《さかな》に酒を飲みたい」などと言われながらしばらく三人で遊んでいると、ふと背筋が冷たくなった。

今は夏だし、日が出ているし、実際には背中は暑いわけだけど、何か嫌な予感がしたのだ。

私が立ち止まって後ろを振り返ると、私たちを見守っていた隻眼の騎士や支団長さんの前に、雪を伴った小さなつむじ風が発生した。

だけどあれは自然現象ではない。

きっと母上がここに移動してくるのだ。

「わぁー！　やばい！　母上がかえってきちゃう！」

雪と闇と光と水と

「母上がかえってきちゃう！」

「え？」

私が叫ぶと、ルナベラも鬼ごっこをやめて顔をこわばらせた。予想よりずっと早く、母上は砦に戻ってきてしまった。つむじ風の中の雪が人の形になっていき、風が止《や》むと、そこには母上が立っていたのだ。

「は、母上……」

「ミルフィリア、いい子にしておったか？」

「は、早かったね……。シャロンのごえいはもういいの？」

私はルナベラからなるべく離れようと、じりじり動きながら言う。母上がルナベラの存在に気づきませんように。

母上は私を見てにっこり笑う。

「いや、一旦ミルフィリアの様子を見に帰ってきただけなのじゃ。やはりミルフィリアに留守番させるのは心配でな。なにせ、子供がいなくなる今回の事件には闇の精霊が関わっておる。もしも可愛いミルフィリアに闇の精霊が目をつけおったらと思うと――」

私を見てほほ笑んでいた母上は、そこで何かに気づいてハッと視線を私の斜め後ろに向けた。

ルナベラの方見ちゃったたぁ……。

母上はルナベラを見つめ、目をすがめる。

「……ただの猫ではないな。精霊の気配がする」

母上の薄い青の瞳は、そこで氷のように冷たくなる。

私は慌てて母上のところに行き、足元をうろちょろしながら言う。

「は、母上、ちょっとまって」

「しかも闇の〝気〟を感じる。そなた、闇の精霊じゃな？」

言いながら、すでに母上の周りでは雪と風が巻き起こり始めていた。

母上はルナベラのことを敵と見なしてしまっている。

「母上、わたしのはなしを……」

「闇の精霊が何故ミルフィリアの側に――」

と、母上がルナベラに詰め寄ろうとしたところで、キックスがこちらに走ってきた。そして猫のルナベラを抱きかかえると、一目散に砦の中へ逃げて行く。

「はやっ！」

キックスって訓練中はだるそうに走ってるけど、本気で走るとあんなに速いのか。

って、感心している場合じゃない。キックスは何で逃げたんだ。ルナベラを母上から遠ざけようとしてくれたのかな。

「何じゃ？」

母上も一瞬ぽかんとする。吹雪も止んだ。

だけどすぐに眉を吊《つ》り上げて、大きな白銀のキツネに姿を変える。

「あの騎士め、闇の精霊をどこへ連れて行くつもりじゃ」

すでに砦の建物の中に入って姿の見えなくなったキックスを追って、キツネ姿の母上も駆けて行く。

「ミルフィリアはそこにおるのじゃぞ！」

そう言って母上は砦の中に入っていった。

「だ、大丈夫かな？」

無言で見守っている隻眼の騎士や支団長さんと一緒に、私はキックスたちが戻ってくるのを待った。

「待て！　どこへ行きおった！」

時々、砦の廊下から母上の声が聞こえてくる。

「こっちですよ！」

なんて、鬼ごっこの鬼を呼ぶような感じで私の母上を呼ぶキックスの声も。

ルナベラを抱いたキックスと母上は、どたばたと砦の中を走り回ると、やがて外に出てきた。

キックスも、それを追って出てきた母上もはぁはぁと息を切らせている。

「一体、何なのじゃ……」

母上を疲れさせるキックスってすごいな。

キックスは私の方に寄ってきて、息も絶え絶えに言う。

「キツネの姿で走られると、さすがに速いわ……。はぁ、疲れた……。でも、あっちも疲れてる。ミル、今のうちに話を聞いてもらえ」

「あ、そういうことか」

キックスは母上を疲れさせ、私が説明する隙を作ることが目的だったみたい。

「暑い……」

母上はそう呟きながら地面に座り込んだが、夏の日差しを浴びた地面も熱かったらしく、イライラした様子で再び吹雪を巻き起こした。今回の吹雪はただ自分の周りの気温を下げるために起こしたようだけど、軽率に吹雪を発生させると死人が出ちゃうよ。私は涼しくなって嬉しいけどさ。

「母上、ここにはクガルグも、とりでのみんなもいるから」

びゅうびゅう吹き荒《すさ》ぶ風の中、私は母上に言う。後ろを振り返れば、クガルグはティーナさんに抱っこされていて、ルナベラもキックスに抱き上げられたままだった。そして二人の精霊の周りには他の砦の騎士たちも集まって、雪を遮る盾になっている。

ルナベラは自分を庇《かば》ってくれるみんなに感激しているようだった。

「み、皆さん……！」

「俺たち、雪には慣れっこなんで大丈夫ですよ」

雪まみれになりながらキラリと歯を光らせて、騎士たちは爽やかな顔をする。ルナベラにいいところを見せたいみたい。ベールで目は見えないけど、ルナベラって人形《ひとがた》の時は美人だもんね。

「仕方がない。わらわは暑いのじゃが」

母上は私のおでこをひと舐めすると、吹雪を止めた。

「ありがと、母上」

私も母上の鼻を舐め返し、改めてルナベラは悪い精霊ではないと説明しようとした。ルナベラも自分で事情を話そうとしているのか、キックスに地面へ降ろしてもらい、こちらにやって来る。

――しかし、そこへ新たな邪魔が入る。ルナベラの隣の空間が一瞬眩しく光ったのだ。

「なに？」

私は目をつぶり、光が収まったところでまぶたを開けた。

するとそこにいたのはサンナルシスと――何故か父上もいた。

「父上っ！」

しかも父上は、サンナルシスの胸ぐらを掴んで睨みつけているところだった。

えぇー⁉　……どういう状況？

「あ、おい！　ミルフィリア！　この精霊と知り合いか⁉」

サンナルシスは父上に胸ぐらを掴まれたまま、焦った様子で私を見る。

「こいつ、何なのだ⁉　この私にいきなりケンカを売ってきてわけが分からん！　『ミルフィリアはどこだ』と言っていたぞ！　お前の知り合いだろう」

光の精霊は最強だと自称していたサンナルシスだけど、今は父上の妙な迫力にちょっと怯んでいる。父上は無言で凄《すご》んでいるし、意味が分からなくて怖いのだろう。私も意味が分からない。

「もちろん知りあいだけど……どうして父上が」

「ウォートラストではないか。だが、そやつは誰じゃ？　太陽の光に似た、少々うっとうしい〝気〟を感じるが……」

　母上はキツネ姿でだらりと座ったまま言う。

　そして父上も私たちの存在に気づき、サンナルシスの胸ぐらをやっと放した。

「ミルフィリア……」

　というか、ちょっと待って。私の位置からだと父上の背中が見にくくて気づかなかったけど、父上、すごく大きな籠を背負ってる。

　しかもその籠にはたくさんの赤い果実が詰まっていた。きっと私のために集めてくれた苺だ。

　でも、あんなにいっぱい……。

　予想以上に苺を採ってきてくれた父上は、籠を背負ったまま嬉しそうに私のところへやって来る。

「……ミルフィリア、ちょうど……よかった。世界中を回って……苺を……集め終わったところだ」

「ありがとう、父上。でもなんでサンナルシスを……」

　私たちがそんな会話をしている一方で、サンナルシスは「何なんだ、あいつは」とブツブツ言いながら乱れた襟元を直していた。そしてそんなサンナルシスにルナベラが声をかける。

「サンナルシス、何があったのですか？」

「ルナベラ。いや、あの精霊がいきなり現れて、ミルフィリアの名前を出しながらわけが分からないことを言うから、とりあえず移動術でここまで飛んできたのだ」

そこまで話したところで、サンナルシスは猫のルナベラを見下ろしながら片眉を上げた。

「ルナベラ、毛皮に何かついているぞ。雪か？　雪がどうしてこんなに……。まつげも白く凍ってしまっている」

そしてそこでハッと気づいて、私の母上の方に顔を向ける。母上も見知らぬ精霊を警戒してサンナルシスを見ていた。

サンナルシスは言う。

「ミルフィリアと似た〝気〟だ。雪の精霊だな？　ルナベラに何をした」

「何かをしたのはそなたたちの方じゃろう。まさか闇の精霊と光の精霊が、子供を攫うために手を組んでいたとは。ミルフィリアにまで手を出そうとしおって」

母上は立ち上がると、人形《ひとがた》に戻ってサンナルシスたちのことを睨みつける。

しかしサンナルシスも母上を強く睨み返していた。

「ルナベラに攻撃したのか？　彼女に手を出したなら、ただでは済まさないぞ」

「ほう。お手並み拝見といこうかの」

一歩前に進み出るサンナルシスに、母上は冷たい笑みを向ける。

「サンナルシス……！」

ルナベラはサンナルシスを止めようと人の姿に戻るが、サンナルシスも母上と同じく、カッとなると人の話を聞かない精霊だった。

「雪の精霊風情が、光の私を倒せると思うな！」

「こ、こんな時に傲慢さを出さないでください……！　こちらは謝らなければいけない立場なのですから」

ルナベラは泣きそうになっているが、母上はサンナルシスの言葉を聞いて眉間に皺を寄せる。

「何じゃと！　光の精霊がどれほど強いと言うのじゃ！」

「ならば私の力を見せてやる！」

サンナルシスが片手を頭上に掲げると、そこに光が満ちた。まるで金色に光る小さな太陽が手の上にあるようで、とても直視できない。

「まぶしー！」

ぎゅっと目をつぶる私を父上が抱き上げ、いそいそとサンナルシスから離れる。クガルグを抱っこしたティーナさんや、隻眼の騎士、支団長さん、キックスやレッカさん、他の騎士たちも、サンナルシスと母上、ルナベラをその場に残して避難してくる。

「おいおい、こんなところでケンカはやめてほしいんだけど」

キックスがもっともなことを言う。

「だいじょうぶかな」

私は母上を心配して振り返ったが、母上はサンナルシスに負けじと自分の力を見せつけていた。

「そんな光が何だと言うのじゃ！　わらわの吹雪の方がよっぽど強いわ！」

ああ、また母上の周りで吹雪が巻き起こっている……。

「ふ、二人とも、やめてください！」

ルナベラは止めようとしているけど、彼女の声は小さくて、人の話を聞かないサンナルシスと母上には届いていない。

今はまだサンナルシスと母上は自分の力がどれだけすごいかを見せつけている状態で、お互いのことを攻撃してはいないけど、このまま力比べが続けば周囲に被害が出るのは確実だ。

「ち、父上……」

私は父上に助けてもらおうと、顔を見上げる。父上はのんびりした性格だからカッとなることはないし、人の話を聞かないなんてこともないから安心だ。

サンナルシスの胸ぐらを掴んでいた件は気になるけど、とりあえずそれは後回しにしよう。

「父上、母上とサンナルシスをとめて……。このままじゃ二人もケガしちゃうかもしれないし、
他のみんなにもひがいが出ちゃうよ」

私がきゅんきゅん鳴きながら訴えると、父上はこちらを見てゆっくり頷いてくれた。

「……そうだな。止めてこよう」

さすが父上！　すんなり話が通じる！　ありがとう！

父上は隣にいた隻眼の騎士に私を手渡し、母上とサンナルシスのもとにゆっくり歩いて行く。

あの、父上、もうちょっと急いでくれてもいいんだよ！　あと、その大きな籠はここに置いて

行った方が邪魔にならなくていいと思うけど！

私の心の叫びは届かなかったが、父上は吹雪の中を着実に母上に近づいて行く。

「わらわの方が強い！」

「いや、私の方が圧倒的に強い！」

吹雪は段々激しくなり、サンナルシスの放つ光もどんどん大きく眩しくなっていく。辺り一帯寒いし、明るくて眩しいし、カオスな状況だ。

「スノウレア……」

しかしこの状況の中でもマイペースな父上は、怒れる母上の肩をポンポンと叩いて声をかけている。

「スノウレア……」

「何じゃ、ウォートラスト！　邪魔じゃ！　わらわは今、忙しいのじゃ！」

「争いごとは……よくない……。ミルフィリアにも、危険が……及ぶ」

そう言って説得しようとした父上だが、母上はキッと父上を睨みつけて叫ぶ。

「何をのんきなことを言っておる！　こやつらはミルフィリアを攫おうとしておったのじゃぞ！　わらわがここに戻ってきた時、闇の精霊がミルフィリアの側におったのじゃから！」

「ミルフィリアを……攫おうと……？」

母上の言葉を聞いて、この場の空気が変わる。

静寂を保っていた水面に石が投げ込まれ、波が立ち始めたかのように、不穏な空気が父上を包む。

「ははうえー！　よけいなこと言わないでー！」

しかもルナベラが私を攫おうとしていたなんて、母上の早とちりだから！

私を実際に連れ去ったのはサンナルシスだけど、それは今は黙っておいて、まずは母上と父上を落ち着かせて――。

私がそんなことを考えていると、サンナルシスもルナベラを庇おうとして「それは勘違いだ！」と声を上げた。

「確かに私はミルフィリアを攫ったし、自分の子にしようとしたが、ルナベラはそんなことしていない！」

「うわぁぁ！　サンナルシスはちょっとだまってて！」

私は大声を出してサンナルシスの言葉を遮ろうとしたが、母上と父上にはばっちり聞こえていたみたい。

「自分の子、に……？　やはり……」

基本的に無表情な父上なのに、今は目をすがめて腹立たしげにサンナルシスを見ている。そして片手を持ち上げると、いくつもの水の塊を作り出した。しかもそれは形を変えて、水の剣《つるぎ》になる。

「けんかしないでー！」

「ミル！」

私は隻眼の騎士の腕から飛び出すと、慌てて父上たちのもとへ駆けた。

やばいやばい！　父上まで怒ったら、誰もこのケンカを止められなくなってしまう。精霊のケンカは人間の騎士たちでは手に負えないし、クガルグにも無理だし、優しく気弱なルナベラも三人を止められないだろう。

（私がやるしかない）

私は目をつぶりながら、母上とサンナルシスの力が拮抗《きっこう》している眩しい吹雪の中に突っ込む。

「父上、母上、やめてー」

「ミル！　戻ってこい！」

私の後ろから、隻眼の騎士たちもこちらに走ってきている。

だめだめ、みんなはこっちに来たら危ないんだから！　と私が引き返そうとしたところで、

「――わ、私もしっかりしなくちゃ」

ルナベラの声も聞こえたような気がした。

「まだ幼いミルフィリアちゃんや人間たちが、こんなに必死で三人を止めようとしてるのに……」

父上の水の剣がいくつも宙に浮き、サンナルシスの光が砦を呑み込み、母上の吹雪が辺りを凍らせる。

そんな混沌《こんとん》とした状況が、次の瞬間、静かに終わった。

太陽が消滅したかのように、目の前が突然暗くなったのだ。周りの景色は闇に包まれ、サンナ

ルシスの光も見えなくなる。

「皆さん、少し落ち着いてください」

どこかからルナベラの声が響いてきた。さっきまでの弱気な声ではなく、凛《りん》とした声だった。

そこで私は急に眠気に襲われ、地面に倒れ込む。暗闇の中でまぶたが勝手に閉じていった。

（眠りにつく直前の、この瞬間ってすごく心地いいんだよね……）

こんな状況だというのにそんなことを考えながら、私は気持ちよく眠ってしまったのだった。

愛の告白

「ミルフィリアちゃん、ミルフィリアちゃん」

夢の中にルナベラの声が届いた。眠っている私の耳がピクピクと動く。

「ミルフィリアちゃん、それは食べ物じゃありません。私のドレスのフリルです」

「……ん？」

目を覚ますと、私は地面に座っているルナベラの膝の上に乗せられていた。そして私はルナベラのドレスのスカートについているフリルをむさぼっていた。どうやら寝ぼけてモグモグ食べようとしていたらしい。

私はフリルを口から出して言う。

「……どうりで味のしないレタスだとおもった」

そういう夢を見たのだ。ごはんの時にレタスを山盛り出されたので、仕方なく食べたけど、全然味がしないっていう夢。

ルナベラは少し笑って言う。

「さぁ、みんなを起こしましょう。ミルフィリアちゃん、手伝ってくれますか？」

ふと周りを見回すと、辺りは明るくなっていた。闇は消え、いつも通りの夏の午後の日差しが届いている。そしてみんな――クガルグや母上、父上、サンナルシスや砦の騎士たちは、地面に転がってすやすやと眠っていた。

「これ、ルナベラの力なの？」

「そうです。私は生き物を眠らせることもできるので……」

「へぇ！　すごい」

私が褒めると、ルナベラはちょっと照れていた。

その後、私たちはみんなを起こして回った。母上やティーナさんなんかは、おでこに私の濡れた鼻をピトッとくっつけるだけで起きてくれたけど、それで起きない人は、肉球付きのぷにぷに前足で頬をぎゅっと押す。一度で駄目なら何度も押す。それでも駄目なら少し勢いをつけてポンポン叩く。

「ん？　なんだ……？」

「あれ？　寝てたのか」

それで大体みんな起きた。

隻眼の騎士も目を覚ますと、眉間に皺を寄せたしかめっ面でむくりと起き上がる。

「ひゃっ」

私は思わず後ろにぴょんと跳ぶ。そういえば隻眼の騎士って、寝起きでボーっとしている時の顔がすごく怖いんだった。

ドキドキしながら数秒待つと、やがて隻眼の騎士はいつものような優しい表情になって私を見た。

「ミルか」

「うん」

「起こしてくれたのか。辺りが暗くなったかと思えば急に眠くなってしまってな。何だったんだ……」

「ルナベラの力だよ。母上たちのけんかを止めてくれたの」

「そうか、ルナベラが」

隻眼の騎士も起きたので、私は最後に父上のところに向かった。さっきも起こそうとしたけど全然起きないのだ。

父上は人の姿のまま仰向けになっていて、胸の上で手を組み、体を真っすぐ伸ばして眠っている。背負っていたはずの大きな籠は、横に丁寧に置かれてあった。眠りに落ちる前にちゃんと外してそこに置いたんだろう。せっかく集めた中の苺が潰れたり散乱したりしないように。

意識が朦朧《もうろう》としているはずなのに、ちゃんと籠を置いて、仰向けに横たわってきちんとした姿勢になってから眠っている父上が何だか面白い。

「父上」

しかし父上はぐっすり眠っていて、おでこをペロペロ舐めてみても起きない。

「父上」

しっぽを振って、鼻の辺りをくすぐってみても起きない。くしゃみすらする気配がない。

「父上」

胸の上に乗ってみても起きない。ぴょんと一度ジャンプしてみても起きない。

「父上ー！」

大きな声で叫んでみても起きない。まるでこういう彫刻かのようにピクリともしない。

父上はよく寝る精霊だから、起こすのはなかなか難しそうだ。

「もうよい。そやつのことは放っておくのじゃ」

母上は呆れた様子で言う。仕方がないので父上は寝かせたままにしておいた。

と、そこでルナベラが前に進み出て言う。

「あの、雪の精霊スノウレア……。私の話を聞いていただけますか？」

「何じゃ、闇の精霊め」

母上はルナベラをねめつけながらも、今回は話を聞いてくれた。一度眠って冷静になったのかもしれない。

「ありがとうございます。私はルナベラと言います。私がミルフィリアちゃんと一緒にいたのは、決してこの子を連れ去るためじゃありません」

そうしてルナベラは今日あったことを母上に説明し始めた。自分たちに子供ができないので、養子にしようとして、サンナルシスが人間の子供をルナベラのもとに何度か連れてきたことも、私とクガルグを自分たちの子にしようとしていたことも。

「けれど私はそれを受け入れるつもりはありませんでした。ごめんなさい、スノウレア。サンナルシスにはもう二度とそんなことはさせませんから、どうか許してください。彼も反省しているのです。そうでしょう、サンナルシス？」

「ああ、反省している。だが雪の精霊も少々気が短すぎないか？　早とちりしてルナベラを攻撃しようとするなんて」

「サンナルシス」

サンナルシスが文句を言うと、ルナベラはベールの奥から彼を睨んだようだった。

「彼女に誤解させる原因を作ったのはあなたです。ぶつぶつ言ってないで、悪いことをしたら謝るべきです」

ルナベラにビシッと言われて、サンナルシスは「わ、分かった」と素直になった。ルナベラは時々強くなるね。

「すまなかった」

サンナルシスはそう言って母上に頭を下げる。そして私とクガルグにも改めて「お前たちも悪かったな」と謝罪する。

「わたしたちは気にしてないよ。それよりキックスが……」

私は、サンナルシスが連れて行った子供の中に、キックスの妹がいたことを説明した。妹がいなくなった時、キックスがとても心配していたことも。

するとサンナルシスは申し訳なさそうにキックスにも謝った。

「すまなかった。私はいなくなった子供の家族の気持ちまで、ちゃんと考えられていなかったのだ」

「まぁ、妹が怪我でもしてたら許さないけど、無事だったんだからいいよ。あんたたちといて楽しかったみたいだし」

キックスは少し笑ってサンナルシスの謝罪を受け入れた。よかったよかった。

だけど問題は母上だ。サンナルシスやルナベラが謝ったところで許してくれるか――。

私は恐る恐る母上を見た。

そして、見てびっくりした。母上はつり上げていた眉を垂らし、悲しげな顔をしていたからだ。

ルナベラたちを見つめて母上は呟く。

「憐れな」

憐れ？　何がだろう？　私が疑問に思っていると、母上はルナベラやサンナルシスを見て続ける。

「子ができないとは……人間ならばそういうこともあろうが、精霊同士では聞いたことがない」

どうやら二人に子供ができないことに同情したみたい。

「子は可愛いものじゃからな。ミルフィリアを連れて行ったことは腹が立つが、そなたたちは憐れでもある」

地べたですやすや眠っている父上の隣で、母上は私を抱き上げ、愛《いと》おしげに抱きしめた。

そうして母上は胸を張って言う。

「そなたたちにも子ができるよう、わらわが原因を探ってやろう」

「お前が？」

「スノウレアさんが……？」

サンナルシスとルナベラが同時に呟く。任せていいのかと不安に思っているような感じだ。

だけど気持ちは分かる。悩み相談を受けるとかそれを解決するとかいう役割は、母上には向いていないと思うのだ。

「まずはそなたたち、気力と体力は充実しておろうな？　元気でなければ子もできぬぞ」

「元気に決まっている」

「私も特に体調が悪いということはありません」

腰に手を当ててきっぱり言うサンナルシスと、控えめに答えるルナベラ。

一方、砦の騎士たちは戸惑っている。

「何か『お悩み解決』コーナーが始まったけど、俺たちここで聞いてていいの？　繊細な悩みみたいだけど」

「サンナルシスもルナベラも気にしてないみたいだし、いいんじゃないか？」

確かに二人は特に恥ずかしがる様子がない。ルナベラなんて元々恥ずかしがり屋のはずなのに、この話題の時は何故か恥ずかしがらないのだ。

だけどそれはたぶん、二人は子供ができないことに悩んではいるけど、子供ができないことを恥ずかしいことだとは思っていないからだと思う。だから誰に聞かれてもいいのだろう。

ついでに言うと、子作りの話題も精霊たちは恥ずかしい話題だとは思わないらしい。

「ううむ」

「他に何かアドバイスは？」

『元気でなければ子もできぬぞ』と言い、二人に元気だと返された後、思案しつつ何も言わなくなった母上にサンナルシスが聞いた。

母上は腕を組みながらはっきり言う。

「そなたたちが元気だと言うなら、子ができぬ原因は分からぬ。お手上げじゃ」

「お手上げになるまでが早すぎるだろう」

サンナルシスは真っ当な突っ込みを入れ、ため息をついた。

「何だ、全く頼りにならないじゃないか」

「何を。親切に相談に乗ってやったというのに」

サンナルシスと母上がまたバチバチし始める。二人とも気が強いからすぐケンカになっちゃう。

私は母上たちの間に割って入ってこう提案する。

「ねぇねぇ！　ダフィネさんとか呼んだらどうかな？　ものしりそうだし、そうだん相手としてきにんだと思う。ものしりと言えばハイデリンおばあちゃんもいいし、やさしいウッドバームもいいと思う」

「いや、まだ若いウッドバウムは頼りにならぬ。ハイデリンは確かに物知りじゃが、ここに連れてくるのは気が進まぬ。すぐに説教をしてくるからの、あまり会いたくない」

母上はちょっと子供っぽい態度で言った。唇を尖《とが》らせて何だか可愛い。

「じゃあやっぱりダフィネさんだね」

私は眠っている父上のこともちらりと見たけど、悩み相談の相手としては、父上は母上のさらに上を行く頼れなさだし、ダフィネさんを呼んだ方がいいだろう。

「おれが行って呼んでくる」

と、クガルグがそう言ってくれたので任せることにする。

待つこと一分。移動術で飛んだクガルグは、すぐにダフィネさんを連れてきてくれた。ダフィネさんは今は人の姿だ。

そして彼女は、母上とのんびり眠っている父上の姿を順番に見て、すでにちょっと疲れた顔をしたのだった。

「また何か揉め事？　私を呼ぶの恒例になってきていない？」

砦にやって来たダフィネさんは『仕方ないわね』と言いたげにため息をついた。

支団長さんや隻眼の騎士を始めとする騎士たちは〝北の砦に続々と集まってくる精霊たち〟という状況にも慣れた様子だ。

「異常で光栄な状況のはずなのに、既視感を感じるな」

「ウッドバウムの時もこんな感じの状況になりましたからね」

なんて言いながら。

ダフィネさんは改めて言う。

「で、今回は何を揉めているの？」

クガルグはダフィネさんに抱っこされていたけれど、こちらに着いた瞬間に腕の中から抜け出した。お母さんに甘えているところを見られるのは恥ずかしいんだろう。

ダフィネさんは逃げ出したクガルグの代わりに私を抱き上げると、胸毛をもふもふしながら、ふとルナベラやサンナルシスに視線を向けた。

「あら、サンナルシス？　会うのは随分久しぶりだわ。あなたがどうしてここに？」

顔の広いダフィネさんは、どうやらサンナルシスのことは知っていたみたい。でもそれほど親しいというわけでもなさそうだった。

ダフィネさんはルナベラを見て続ける。

「それに彼女は……」

「闇の精霊のルナベラだ」

サンナルシスが答え、親しげにルナベラの背に手を添えた。

ダフィネさんはその様子を見て少しびっくりした顔をした後、ルナベラを見て言う。

「あなたが闇の精霊？　私は大地の精霊のダフィネよ。私、闇の精霊に会うのは初めて。あなたたちって代々孤独を愛する精霊なんでしょう？　まさかサンナルシスと仲がいいとは思わなかったけど」

ダフィネの言葉に、ルナベラは控えめに答える。

「そうですね、母は騒がしいのが苦手で、一人でいるのが好きなようでした。母の母もそうだったと聞いています。でも、私は別に一人が好きなわけではないんです。自分に自信がなくて引きこもっているだけで……」

「そうなのね」

二人がそんな会話をしていると、母上が話題をルナベラたちの悩みに戻した。

「ダフィネ。この二人には子ができぬらしいのじゃが、原因が分かるか？」

「子供ができない？」

「そうなんです。私たち、闇と光で精霊としての相性が悪いせいでしょうか？」

ルナベラはそう尋ねたけど、ダフィネさんは少し考えた後で「いいえ」と答えた。

「子供ができないことと精霊の相性は全く関係ないと思うわ。あなたたちのように正反対の性質を持っていたとしても、子供をもうけることはできるはずよ」

性質が正反対でも問題ない、というダフィネさんの話を聞いて、クガルグがパッと表情を明るくする。何故クガルグが喜ぶのか。

サンナルシスも「そうか！　よかった」と喜んでいたが、ルナベラはまだ不安そうだった。

「だったら、何故……」

「そうね……」

ダフィネさんは私の胸毛をもふり続けながら言う。

「考えられる原因は、私には一つしか思いつかないわ。――それは『お互いの同意』よ」

「同意？」

サンナルシスとルナベラは声を合わせて呟く。

ダフィネさんは頷いて続けた。

「お互い子供が欲しいと思っていなければ、精霊が番っても跡継ぎはできないの」

ダフィネさんが答えると同時に、サンナルシスとルナベラはハッとお互いを見る。先に口を開いたのはサンナルシスだ。

「ルナベラ、お前は私との子供は欲しくなかったのか？　てっきり跡継ぎを作ることには同意してくれていると思っていた」

「いいえ、私は……。サンナルシスはどうなのですか？　実は子供なんて欲しくなかったってことは……」

「そんなことはない。私は子供が欲しかった」

「そうですか、そうですよね……。サンナルシスは跡継ぎを欲しがっていました」

ルナベラはそう呟いて下を向く。どうしたんだろう？

一方、サンナルシスは腰に手を当ててダフィネさんに詰め寄った。

「我々は『お互いの同意』はある！　原因はそんなことではないはずだ」

「まって、サンナルシス」

私はダフィネさんに抱っこされたまま、話に割って入る。

だってサンナルシスは気づいてないけど、ルナベラはうつむいたままで、明らかに何か隠しているというか、口に出せなかった想いがありそうなのだ。

私は丸い瞳でルナベラを見つめる。

「ルナベラ、ほんとうに子どもがほしいと思ってたの？　なにかサンナルシスにかくしてること、あるんじゃない？」

「……」

ルナベラは言いにくそうに口をつぐんだままだ。

と、そこでサンナルシスが表情を凍らせながら、信じたくないという様子でルナベラに言う。

「ルナベラ、本当は子供が欲しくなかったのか？　私との子供はいらなかったのに、お前は優しいから言えなかったのか……？」

サンナルシスはちょっと絶望していて、握った拳が震えている。本当は自分はルナベラに愛されていなかったのか、って思っているんだろう。普段は誇り高いだけに、こういう姿を見ると可哀想になる。

だけど私は、ルナベラはちゃんとサンナルシスのことを愛していると思う。だってルナベラの住処の森で、ルナベラは私にサンナルシスの好きなところを色々語ってくれたもん。

『彼は私と違って自分に自信があって、自分を愛している。前向きで堂々としていて、強い。そんなところに惹かれたんです』

私は、そう語った時のルナベラの穏やかな笑顔を思い返しながら言う。

「ルナベラ、ちがうよね？　ルナベラはサンナルシスのこと好きだもんね」

「ミ、ミルフィリアちゃん」

ルナベラは照れて頬を赤くしていたが、サンナルシスを愛していることは認めた。

「ええ、それは間違いありません」

「ルナベラ……」

凍りついていたサンナルシスが生気を取り戻した。嬉しそうに表情を緩めている。

ルナベラはおどおどと話し出す。

「私は、不安だったんです。自分に自信を持てなくて、こんなに素敵なサンナルシスの相手が私でいいのかって、ずっと不安に思っていました。サンナルシスはどうして私なんかと一緒にいてくれるんだろうって」

黒いレースの手袋をつけた手をもじもじさせながら、ルナベラは続ける。

「相手がサンナルシスなら、子供も欲しいとは思っていました。でも、生まれてきた子が光の性質を持っていた場合、もしも少しでも私の影響を受けて、引っ込み思案で暗かったり、弱かったりしたら……サンナルシスはがっかりするんじゃないかと思うと怖くて……。だからどこかで、子供はできない方がいいと思っていたのかもしれません」

ルナベラはそう吐露した。

ルナベラの心の奥にあった不安が、二人の間に子供ができなかった原因のようだった。

しかし自分のことを暗くて弱いと言うルナベラに、母上は怒ったように言う。

「全く。『私は弱いから』などとそなたに言われると嫌みのように聞こえるな」

「え?」

ルナベラは困惑して母上を見る。母上はルナベラを見てはっきり言った。

「そなたは今しがた、その力でわらわたちを眠らせたではないか。そなたは強い」

私もそれに同意して、しっぽを振りながら言う。

「そうだよ。わたしの母上も父上も、とりでの騎士たちもすごく強いのに、ルナベラはみんなをねむらせちゃったんだよ。サンナルシスもねてたし、父上なんて今もぐっすりだよ」

寝息すら立てずに熟睡している父上をちらりと見て言う。周りでガヤガヤ話しているのに、全く気にせず気持ちよさそうに寝てるなぁ。

「あら、そんなことがあったの？　ウォートラストが寝ている謎が解けたわ」

ダフィネさんはやっと合点がいったようだ。

そしてルナベラの話を聞いてから頭を抱えていたサンナルシスは、長いため息をついた後、顔を上げてこう言った。

「ルナベラが心配性なのは分かっていたつもりだったが、まさかそんなことまで心配していたとはな」

「呆れましたか……？」

心配そうに言うルナベラを安心させるように、サンナルシスは笑って返す。

「呆れたりしない。気づけなくて悪かったな」

「そんな……」

そこでサンナルシスは改めてルナベラに伝えた。

「ルナベラに似たところがある光の精霊が生まれてきたとしても、私ががっかりするわけないだろう。たとえお前のように引きこもりがちで後ろ向きな考えの子供だとしても、むしろ私はその子をより愛おしいと思うはずだ。精霊は片方の親の性質だけを受け継いで生まれてくるのに、お前に似ているところがあるなら嬉しいだけだからな。私の跡継ぎというより、二人の子という感覚が強く持てる」

サンナルシスはルナベラに近づくと、彼女がずっとかぶっていた黒いベールを持ち上げた。

「サンナルシス……」

ルナベラの目は猫の時の同じ、黒と紫の綺麗な色だった。肌は白く、綺麗なお人形のような顔立ちだ。

サンナルシスはルナベラと見つめ合って言う。

「私は自分の跡継ぎが欲しいのではない。ただ二人の子供が欲しかっただけだ。子供とは、愛の結晶だと聞くから」

サンナルシスの言葉を聞いて、端っこの方でティーナさんが目をキラキラさせて「素敵……」と呟いている。サンナルシスとルナベラがいい感じの雰囲気だから、見ている方も恋愛ドラマを見ているようでワクワクドキドキしてしまうのだろう。分かる〜。

サンナルシスは自分の跡継ぎが欲しかったわけではなく、ルナベラとの子供が欲しかったんだな。

『サンナルシスが私と一緒にいてくれたのは、もしかしたら自分の跡継ぎが欲しかったからなのではないでしょうか？』

ルナベラはそんな心配もしていたけれど、それはやっぱり勘違いだったみたい。

「サンナルシスも、ルナベラにあいされてるか不安だったんだね。だから愛のけっしょうである子どもを欲しいと思ったんでしょう?」

私は生温かいほほ笑みをサンナルシスに向けて言う。ルナベラが自分のことをちゃんと愛してくれているのかどうか、他のことではいつも自信満々なサンナルシスも少し不安に思ったりしたんだな。そう思うとちょっと可愛い。

サンナルシスは照れ隠しで私の頭をわしゃわしゃしながら、赤い顔をして答える。

「そうだ、悪いか! ルナベラは自分の気持ちを表に出さないし……いや、そう言えば私も自分の気持ちを言葉で伝えたことはなかったかもしれない。毎日のように会いに行っているのだから、私の気持ちは言わなくても伝わっているだろうと思ってしまっていた」

「二人ともはっきり言わずに、お互いふあんに思ってたんだね」

サンナルシスにわしゃわしゃされた頭をダフィネさんに直してもらいながら、私は続ける。

「だけど本当にサンナルシスが欲しかったのはルナベラとの子なら、にんげんの子どもをつれてきたり、わたしやクガルグを自分の子どもにしようとしたのはどうしてなの? 他人の子どもは、サンナルシスとルナベラの愛のけっしょうじゃないのに」

「それも不安だったからだ」

サンナルシスはルナベラの手を握りながら、私を見て言う。手なんか握っちゃってナチュラルにいちゃついてるな。

「このまま子供ができなければ、ルナベラはいつか私から離れて行ってしまうんじゃないかと思った。ルナベラともっと相性のいい精霊を探しにな。だから血の繋がらない子でもいいから、ルナベラと私を繋ぐものが欲しかったのだ」

「そうだったんだ」

私がふぅんと頷き、ルナベラは「サンナルシス……」と目を潤ませる。

サンナルシスは手を繋いだままルナベラと向き合うと、母上もクガルグもダフィネさんも皆の騎士たちも見ている中、愛の告白をした。

「ルナベラ。私は、お前が自分では短所だと思っているところも含めて、お前のことを愛しているのだ。それにルナベラには長所もたくさんある。慎重な考え方、控えめで心優しいところ、黒く美しい髪と瞳……」

キックスかジルドだろうか、騎士の誰かが「俺たちは何を見せられてんだ」と呟いた。でも、ティーナさんやレッカさん、それに私はドキドキしながら、温かく二人を見守る。

ルナベラは恥ずかしそうにしながらも、ベールを頭の方に上げたまま、サンナルシスを真っすぐ見つめていた。

そしてサンナルシスはこれ以上ないくらい優しい顔をする。

「お前は夜の闇のように、全てを包み込んで癒してくれる。お前の側にいると安心するのだ。

――私はルナベラを愛している」

「私もサンナルシスが好きです。愛しています」

ルナベラは即座に答えた。サンナルシスは嬉しそうにしながら続ける。

「これでルナベラが不安に思うことがなくなれば、私たちの間にも子供ができるかもしれない。だが、もし一生子供ができなくても、もうそれでいい。お前も私のことを愛してくれていると分かって、子供がいなくても憂えることは何もないと知れたからな。二人だけでも幸せだ」

「はい、私も同じ気持ちです。もう不安はありませんが、子供ができなかったとしても構いません。その時は、二人でずっと一緒にいればいいんです」

二人はそう言ったけど、ルナベラはきっとすぐに身ごもるだろう。そんな気がした。

しかしちらっと騎士たちを見ると、ティーナさんとレッカさん以外は、口に無理矢理砂糖を詰め込まれたみたいに眉間に皺を寄せていたのだった。空気が甘いよね……。

サンナルシスとルナベラはお互いへの想いを確認し合ったし、母上の怒りはすっかり収まった。それにもう、子供が連れて行かれてすぐに戻ってくる〝不思議な事件〟が起こることもない。これで一件落着だ。

「じゃあ私は帰るわね」

ダフィネさんは私を母上に渡すと、ウェーブのかかった髪をかき上げて言った。

「おれも父上のところにかえる」

クガルグもそう言って、私に別れの挨拶――私の頬にクガルグの頬を擦り付ける――をしようとしたが、私が母上に抱かれているので諦めて、ちょっと残念そうに帰って行った。

「また明日な、ミルフィー」

「じゃあね。ミルフィリアは次はどの精霊と仲良くなるのかしらね」

ダフィネさんもそんなことを言いながら手を振り、大地に溶け込むようにして姿を消す。

精霊が二人帰って行ったところで、支団長さんは改めて呟いた。

「……さて、王都に使者を出さないとな」

王都にいる王様や団長さん、シャロンの父親であるアスク殿下たちに事の次第を伝えなければならないのだ。みんなはまだ、不思議な事件の犯人がサンナルシスだったことも、シャロンにくっついている闇の妖精は何も悪さなんてしないことも知らない。悪い〝闇の精霊〟がこの事件に関わっているのではないか、と疑っているに違いないから。

（そういえば、ご領主のおじいちゃんもきっとまだ疑われてるよね）

私は優しそうなご領主のおじいちゃんの姿を思い浮かべた。シャロンを一晩連れ去った実行犯ではなくても、おじいちゃんは闇の精霊と関わっているのではないか？　あるいはおじいちゃんの臣下や使用人が実行犯だったり、犯人にシャロンの情報を流したのではないか？　なんて疑われていたのだ。

「サンナルシス！　おうとに行こう！」

思いつくと同時に私はサンナルシスに声をかけていた。ご領主のおじいちゃんに対する嫌疑をしっかり晴らさないと可哀想だと思ったのだ。

「王都？　アリドラ国のか？　何をしに」

サンナルシスはルナベラの髪や手を触ったりしていちゃつきながら言う。ちょっと自重して！

私は、サンナルシスが連れて行った子供の中に王弟の娘がいたこと、その子――シャロンをサンナルシスが連れて行ったせいで、無実のご領主のおじいちゃんが疑われたことを説明した。

「だから、ちゃんと自分でアスクでんかに説明して」

「……ううむ。まぁ私がやったことは事実だから仕方がないか」

サンナルシスはちょっと面倒臭そうにしながらも了承した。たぶん以前のサンナルシスだったら「どうして私が人間のためにそこまでしなければならない」と返していたと思うけど、今は自分の行いを反省しているようだし、何よりルナベラと想いを通じ合わせて機嫌がいいみたい。たぶん今ならある程度のお願いは何でも聞いてくれるだろう。

「ならばわらわが移動術を使おう。この中でアリドラ国の王都に飛べるのはわらわくらいじゃからな」

母上がそう申し出てくれた。私は王城や王様たちを目指しては飛べないし、サンナルシスとルナベラも王都の位置をよく分かっていないだろうから、母上に頼むしかないのだ。

と、そこで支団長さんが母上に言う。

「人間も一緒に飛べるのなら、私も連れて行ってくださいませんか？　精霊たちがいきなり飛んできたら、陛下やアスク殿下も驚かれると思うので」

支団長さんは、母上、私、サンナルシス、ルナベラ、というメンバーで王都に行くことを不安に思ったらしい。まぁ、説明役が圧倒的に不足しているもんね。

「構わぬ」

というわけで、私たち五人は隻眼の騎士たちに「すぐ戻ってくる」と言い残して王都の城に飛んだ。

王城には、さっきまで母上が側についていたシャロンやアスク殿下もいた。なので王様も呼んで一緒の部屋に来てもらい、私はサンナルシスやルナベラのことを紹介した。

「光の精霊に、闇の精霊……」

「雪の精霊の子は本当に知り合いを作るのが上手なのだな。次から次へと精霊と仲良くなって。外交官に任命したいくらいだ」

驚いた顔をしてサンナルシスたちを見つめているアスク殿下と、私を見て笑う王様が順番に言う。

一方シャロンは、それはもう最高に興奮していた。

「私が出会ったのはこの方たちよ、お父様！　改めて見てもほんとうに綺麗！　やっぱり精霊様だったのね！　闇の精霊様はベールを上げておられるし、美人な雪の精霊様も一緒に並んでおられて、私もう死んでもいい！」

「こら、シャロン。めったなこと言わないでおくれ」

はしゃぐシャロンをアスク殿下が軽く叱る。しかし『推し』たちが目の前に現れたのだからシャロンの反応は仕方がない気がする。

シャロンの興奮が冷めやらぬ中、支団長さんが不思議な事件の全貌を説明し、犯人はサンナルシスだったと伝える。サンナルシスはこれ以上子供を連れて行くことはない、ということも付け加えた。

そしてサンナルシスはルナベラの腰を抱いたまま謝った。謝る時くらいルナベラから手を放しなさい！

「大事な一人娘を連れて行って悪かったな。許せ」

サンナルシスの足元にいた私は、そこで彼のズボンをカリカリ引っ掻く。

「何だ、ミルフィリア」

「だっこ」

そしてサンナルシスに抱っこしてもらうと、こそこそと耳打ちする。

「ごりょうしゅのおじいちゃんは無実だって、ちゃんと説明して」

「分かった分かった」

頷いて、サンナルシスは続ける。

「お前たちが疑いを抱いたという領主は無実だ。全て私一人でやったことだからな。屋敷の警備が不十分だったという落ち度もないだろう。精霊の私――しかも精霊の中でも一番強い私が犯人だったのだから、誰が警備をしていても無駄だった。だからその領主を責めてはならない。誰であっても私を見つけて止めることなどできなかったのだから」

「分かりました」

アスク殿下はそう答えると、王様に向かって言う。

「伯爵には悪いことをしてしまった。そんなことをするような人物ではないと分かっていたはずなのに。すぐに謝罪の手紙を送らなくては」

「ああ、そうしよう。お前の大事な我が子が関わる事件だったのだ。伯爵も理解して許してくれるだろう」

そしてシャロンの周りをよく見れば、シャロンの影には黒い闇の妖精、日が当たって明るいところには金色の光の妖精がふよふよと飛んでいた。シャロンってば、自分が闇の精霊だけでなく、光の精霊の加護まで貰っていることに気づいているだろうか。教えてあげようかと思ったけど、知ったら興奮のあまり今晩眠れなくなっちゃいそうだから黙っておこう。

ご領主のおじいちゃんへの疑いを晴らすと、私たち五人はそのままおじいちゃんのお屋敷に飛ぶことにした。母上とサンナルシスは面倒そうにしていたけど、私はご領主のおじいちゃんに早く疑いが晴れたことを伝えたかったのだ。

ご領主のおじいちゃんは私たちが現れるとびっくりしていたけど、支団長さんがこれまでのことを説明すると私に感謝してくれた。

「雪の御子様、どうもありがとう。感謝致します」

ご領主のおじいちゃんは貴族だし、もうおじいちゃんなのに、両膝をついて、床にお座りしていた私と視線を合わせてくれた。

「私のために、わざわざ光の精霊様たちを連れて王城に行ってくださったのですね。こんな老いぼれのことまで気にかけていただいて、なんとお優しいのでしょう」

そしておじいちゃんはにっこり笑って続ける。

「実は私もこの地域を治める領主として、雪の精霊様へ貢物を献上しに、定期的にスノウレア山の麓の祭壇に訪れているのです。御子様は何がお好きですかな？　高級なお菓子でも洋服でもおもちゃでも、今度からはお望みの物をお供え致しましょう」

「ええっと、じゃあおかしを……」

私は控えめな態度で言いつつ、遠慮はしなかった。ぜひ美味しいお菓子をください。

グレードアップするであろうお供え物を楽しみにしつつ、私たちは砦に戻ったのだった。

そして砦に着くと、サンナルシスとルナベラも自分たちの住処に戻って行く。

「ではまたな、ミルフィリア。お前は変わった精霊だったが、私やルナベラのところにはいつでも遊びに来るがいい」

サンナルシスは相変わらず尊大に言い、

「せっかく砦の皆さんとも知り合いになれましたし、私もまたここに遊びに来ますね。……これももう邪魔なので取ってしまいます」

ルナベラは頭に上げていたベールを取り去り、美しく穏やかにほほ笑んだのだった。

……あれ？　そう言えば父上、まだ寝てる⁉

「父上ー！」

外で眠ったままであろう父上のもとに母上と一緒に向かうと、やはり父上は私たちが王都に行く前の体勢から動かずに寝ていた。

「あ、ミルたち戻ってきたのか。よかった」

キックスがホッとしたように言う。寝ている父上を放っておくわけにもいかず、キックスと隻眼の騎士がついていてくれたようだ。

「お前の親父、よく寝るな」

「うん、そうなの」

私は頷く。母上も「こんなところでよく熟睡できるの」と呆れている中、私は父上を起こしにかかった。「父上ー！」と声をかけながら胸元をポフポフ叩くが、やはり起きない。

これは奥の手を使うしかないかと、私は集中して想像を膨らませた。せっかく貰ったジャーキーを地面に落としてしまい、しかもそれを偶然通りかかったキックスに踏まれてしまうという想像だ。

「きゅーん……」

汚れてしまったジャーキーはもう食べられないのだと思うと、ただの妄想でも悲しくなってきた。

ちょっぴり泣きそうになりながら、父上の隣できゅんきゅん鳴く。悲痛な声で。

すると父上はゆっくりと目を開き、こちらを向いた。

「……どうした？　ミルフィリア……」

父上は、私が悲しんでいる時やピンチの時の鳴き声には敏感なのだ。

「ううん、なんでもない。父上をおこしたかっただけ」

私はけろっとして言う。父上は「そうか……」と言いながら起き上がった。

「寝ていた、か……？」

「うん、ぐっすり寝てたよ。ルナベラの力なの」

「そうか……」

父上は、自分を眠らせた犯人のことはどうでもよさそうだった。

「ところで父上、父上はどうしてサンナルシスといっしょにいたの？　むなぐら、つかんでたでしょ？」

私は疑問に思っていたことを尋ねる。

「サンナルシス……？」

「ひかりの精霊のこと！　金ぱつの男のひと」

首を傾げる父上に説明する。すると父上は「ああ……」と呟いた後、説明してくれた。

「甘い苺を探していたら……ふと近くで……ミルフィリアの気配がしてな。……けれどそこは……ミルフィリアの住処や、この砦からは随分離れた……別の国だった。……だから私は、疑問に思って……ミルフィリアの気配がする方へ……近づいて行ったのだ」

私はお座りして静かに話を聞いた。

「しかしそこには……もうミルフィリアはおらず、気配も消えていて……代わりに……あの光の精霊がいた。だから……私は相手の胸ぐらを掴んで……事情を尋ねていたのだ。ミルフィリアを……どこにやったと……」

父上は穏やかに説明するが、それ事情を尋ねていたっていうか、激しめに詰め寄っていたのでは？

でも事情は分かった。すごい偶然だけど、父上は世界を巡って甘い苺を探すうち、ルナベラの住処の森へ辿り着いたのだ。しかもその時、私もサンナルシスに連れられてそこにいた。

だけどその気配を感じ取った父上が近づいてくる前に、私はルナベラたちと砦に戻ってしまい、森に一人残ったサンナルシスと父上が出会ってしまったのだ。

それで父上は、サンナルシスが私をどうにかしたんじゃないかと思って詰め寄っていたらしい。私を連れ去ったことは確かだし、サンナルシスは父上に責められても仕方がないんだけど、偶然出くわしてしまうっていうのは災難だったと思う。わけが分からなかっただろうなぁ。

と、父上がサンナルシスの胸ぐらを掴んでいた理由が分かったところで、苺がたくさん入った大きな籠を見て母上が聞く。

「さっきから気になっていたが、それは何じゃ？　ウォートラストが持ってきたのか？」

「いちごだよ。わたしが食べたいって言ったから……。父上、たくさんつんできてくれたんだね」

私は中を覗き込むために籠のふちに前足を乗せようとしたけど、籠が大きくてふちまで届かなかった。仕方がないから籠の網目からフンフン匂いを嗅ぐ。甘い香りもして、期待ができそう。

「気に入るものが……あればいいが……。甘いものだけ取ってこようと……私も味見をしてみたのだが……いまいち、分からなくてな……」

父上はほとんど食べ物を食べたことがないし、味覚があまり発達していないのかもしれない。

「ありがとう、父上」

私はわくわくしてしっぽを振る。よだれが勝手にいっぱい出てきて口から垂れそうになったので、急いでペロペロ舐める。

父上はそんな私に柔らかい表情を向けつつ、籠をゆっくりと横に倒した。中の苺は地面にころころと転がり出てくる。

「よくこんなに……。ミル、お前、精霊に何させてんだよ」

キックスが呟く。確かにちまちまと苺を摘みに行かせるなんて、精霊の無駄使いだ。でも私が行ってきてって頼んだわけじゃないから！

私はじっと苺を見た。苺といえば春が旬というイメージだったが、野苺は夏に実がなるものが多いらしく、この季節、この辺りでも生っているのを見かけることがある。だけど父上は世界中を巡って色々な種類の苺を採ってきてくれたみたい。

半分以上はいわゆる野苺で、小さな粒が集まって丸い一粒になっているものだ。赤いものもあれば、オレンジ色のものもあった。間違えて摘んできたのか、ブルーベリーっぽいのもある。

日本のスーパーで見かけるような形の苺もあるけど、自然に生っているものを取ってきてくれたからか、小ぶりなものばかりだったり、形がいびつだったりする。

私はとりあえず目についたものを食べていく。

(これはちょっと酸っぱいかな。……これはあんまり味がしない。……これは甘味もあるけど水っぽくて、何だかぼやけた味だ)

私が求める『日本の甘い苺』は、酸味はなく、しっかり甘味があってみずみずしいものだ。

この世界では現代日本ほど苺の品種改良は進んでないだろうし、日本で売っているものと同レベルのものを見つけるのは難しいとは分かっていた。でも、もう二度と味わえないからこそ、恋しいのだ。

　私は次々に苺を口に入れていったが、残念ながら、求めていたようなみずみずしくてしっかり甘い苺はなさそうだった。

「ミルフィリア……どうだ……？」

　だけど期待を込めてそう尋ねてくる父上に、「わたしの食べたいいちごじゃなかった」なんてことは言えない。

　だから笑顔でこう言う。

「うん！　おいしいよ。ありがとう、父上！」

「そうか……それはよかった……」

　喜んで食べている感じを出そうと、私は苺を口いっぱいに頬張り、もぐもぐする。しかしその中にとびきりすっぱい苺も含まれていたようで、私は思わず目をつぶり、口をすぼめてしまった。

　何これ、梅干し並みにすっぱいんですけど！

「……っ！」

「ミルフィリア……？　甘くなかったのか……？」

　父上が悲しそうな顔をして言うので、私はぶんぶんと首を横に振った。

「ちがうよ！　いっこすっぱいのがあっただけ。他のはあまいよ」

　正直、他の苺にも、このすっぱさを打ち消してくれるほどの甘味はなかった。だけど私は口の中の苺を何とか飲み込むと、父上に気を遣って再び苺をたくさん口に詰め込む。

いつの間にかしっぽが沈黙していたので、頑張って左右に振る。しっぽは正直で困る。

「おいひーよ！」

だけどまた強烈にすっぱい苺が交じっていて、私は再びきゅっと顔と口をすぼめる。す、すっぱい……。

するとさすがに父上も気づいて、私を心配してこう言った。

「無理、しなくていい……。苺は……捨てよう……」

「そんな！　もったいないから全部がんばって食べるよ！」

「いや、いいんだ……」

お互いを気遣って私と父上で言い合っていると、隻眼の騎士がこう提案してくれた。

「では、ジャムにしてはどうですか？　ジャムにすればすっぱい苺も気にならなくなりますし、甘く美味しくなります。それに日持ちがするので、無理して数日で食べ切らなくてもよくなりますよ」

「あ、そっか！　ジャムにすればいいんだ！」

いい解決策が見つかって私は喜んだ。これで父上の苺を無駄にしなくて済む。

「ジャムができたら、父上のところにももって行くね！　だから父上もたべてみて。ジャムって、甘くておいしいんだよ」

料理長さんに作り方を教えてもらいながら、自分でジャム作りをしよう。ジャムを作るのに難しい工程はないはずだし、人形《ひとがた》になればきっと私にもできる。

「じゃむ……。そうなのか……」

「私、じつは父上にもあまいいちごを食べてほしかったの。前に父上いってたでしょ？『美味しいという感覚も分からない』って。だから父上にもおいしいってかんかくを知ってほしくて。だって、おいしいもの食べるのってしあわせだもん」

　私は小さな牙を見せて笑う。すると父上は感動したように言った。

「そうか……甘い苺を欲しがったのは……私のため……でもあったのか……」

　父上は私を抱き上げ、抱きしめた。

「ジャムができたら、母上にも、せきがんのきしにも、しだんちょうさんにもキックスにも、皆のみんなにもあげる！　わたしが好きな人みんなに！」

　すると母上が「好きな人」という言葉に反応して言う。

「好きな人か……。ルナベラとサンナルシスを見たからか、ミルフィリアもいつかわらわのもとを離れて、あの二人のように番う相手を見つけるのかと思うと、何とも言えぬ寂しさが胸に込み上げてくるな」

「母上、気が早いよ」

　私はそう言いつつ、「でも」と続けた。

「たしかに二人にはあこがれちゃう。恋っていいよねぇ」

　後半は独り言のように呟く。

　しかしその呟きはみんなにもしっかり聞こえていたようで、母上、父上、隻眼の騎士は表情を険しくした。顔が怖いよぅ。

そしてその顔を見た支団長さんとキックスにもこう言われてしまった。

「ミル、恋をするのは諦めてくれ」

「お前が誰かを好きになったら相手が死ぬことになるぞ」

ちょっとやめてよ。私、何かの厄災みたいじゃんか。

甘酸っぱい苺は食べることができた私だけど、甘酸っぱい恋を体験するのはもう少し先になりそうだった。

特別短編

特別短編　父上とジャムを

父上が採ってきてくれた大量の苺をジャムにするため、私は人の姿になって砦の食堂を訪れた。料理長さんが忙しくない今の時間帯に、ジャムの作り方を教えてもらうことになったのだ。

「じゃむを作りにきました！　よろしくおねがいします！」

教えてもらう立場である私は、かしこまりつつもやる気満々で言う。

「ああ、待ってたぞ！」

料理長さんも腕まくりして私を中に招き入れてくれた。

「おや、随分可愛らしいエプロンだ」

「これ、しだんちょうさんにもらった」

私は自分が身につけている白いフリフリエプロンを見下ろして言う。今日のジャム作りに間に合うよう、支団長さんは「急いで手に入れた」と言っていた。こんな可愛い子供用エプロン、どこで買ったんだろう。

「じゃあ、さっそく作るぞ」

「おねがいします」

料理長さんはお鍋をかまどに置くと、洗ってヘタを取っておいてくれたらしい苺をそこに入れていく。砦の騎士たちの食事を作るための大きなお鍋だけど、苺は全部は入らなくて、まだ半分ほど残っていた。

「目一杯入れても煮にくいからな。これくらいにしておこう」

「はい！」

私は見ているだけだったが、返事だけはしっかりした。

「そうしたらここに砂糖と水、レモン汁を入れる。レモンを搾れるか？」

「がんばります！」

まずは手を洗ってから、料理長さんが用意してくれた台に乗って、調理台の上のレモンを持つ。

そしてすでに半分に切られているそれを専用の道具を使って搾った。

レモンから果汁が溢れるとすっぱい香りがしてきて、私は条件反射的に唇をすぼめる。

「レモン汁も入れたら、すっぱくならない？」

「そんなにたくさんは入れないから大丈夫さ。色味をよくするため、そしてとろみを出すために必要なんだ」

心配する私に料理長さんが言う。

そして搾ったレモン汁を鍋に入れ、水と砂糖も入れると、かまどの火で苺を煮た。

「煮ている間、底が焦げ付かないように時々苺を混ぜるんだ」

料理長さんはそう言いながら、大きなしゃもじを持ってこちらを見た。私がその苺を混ぜる役をやればいいのね、と、しゃもじを受け取るために両手を伸ばす。

しかし料理長さんは「やっぱりまだ無理だな」と言いながら自分で鍋をかき回し出す。

「火は危ないから、もう少し大きくなってからだな」

「わかった」

熱いの苦手だし、かまどの側で鍋を混ぜる役は、そもそも私には厳しかったかもしれない。

というわけで、レモンを搾っただけでやることがなくなった私は、かまどから少し離れた場所で鍋を見張ることにした。

料理長さんは時々鍋の前にやって来て苺を混ぜているが、手が空いた時には騎士たちの夕食の仕込みをしている。

「なにか手伝う?」

ただ鍋を見ているだけというのが申し訳なくなってきて、私は尋ねた。だけど料理長さんには断られてしまう。

「いや、大丈夫だよ。時間は十分あるし、もう少ししたら手伝いの女性たちも来てくれるからね」

砦の食事は料理長さん一人で作っているのではなく、近くのコルビ村の女性たちも手伝ってくれているのだ。もちろんお給料は出るので、お仕事として手を貸してくれているわけだけど。

「そっか」

私は手持ち無沙汰になりつつ、ひたすら鍋を見つめる。

と、そこへ隻眼の騎士が私の様子を見にやって来た。キックスやティーナさん、レッカさんもいて、みんなは食堂のカウンターから厨房の方を覗き込んでいる。

「ミル、ジャム作りは順調か？」

「料理長に任せて、ミルはあんまり手ぇ出すなよー」

隻眼の騎士とキックスが順番に言う。心配しなくてもほとんど料理長さんが作ってるから、変な味にはならないよ。

「甘酸っぱい、いい匂いがするわ」

「うん、匂いだけで美味しそうだ」

ティーナさんとレッカさんはそう言ってくれた。確かにいい匂いがしてきている。

「じゃむは、じゅんちょうだよ。もうしばらく煮たらできるよ」

私はしっぽを振って言ったが、厨房で毛が舞ったらまずいと思い、お尻に手を回してしっぽを押さえようとする。

「ミルちゃん、可愛いエプロンしてるわね」

「うん、これはね……」

ティーナさんの言葉に返事をしようとすると、キックスが遮ってこう言った。

「みなまで言うな。誰が用意したかは分かってる」

そして四人は私に手を振って、「火には気をつけるんだぞ」と言い残して食堂から去って行く。どうやら仕事があるみたい。

するとみんながいなくなったタイミングで、そのエプロンをくれた人物が厨房の裏口からこっそり顔を覗かせた。支団長さんだ。

支団長さんはエプロン姿の私を見て、思い切り表情を緩めている。さっき、支団長さんの執務室でエプロンを着せてもらった時に見せていた顔と同じ表情だ。エプロン姿を見るの二回目なのに、見慣れたり飽きたりしないんだろうか？

「やはりあのエプロンで正解だった……」

支団長さんはそんなことを呟いてる。正解って何？

しかしその謎の呟きのせいで料理長さんも支団長さんに気づいてしまった。

「おや、支団長さん。様子を見にいらっしゃったんですか？　どうぞ中に入ってください」

すると支団長さんは慌てて顔を引き締める。そして咳払いを一つしてから、「いや、いい」と言って去って行ったのだった。

何しに来たんだ。

「さぁ、そろそろ出来上がりだ」

甘い香りが厨房に広がる中、料理長さんは鍋を火から下ろした。そして中のジャムを小皿に少し取り分けて、私に渡してくれる。

「熱いから気をつけてな。苺は完全には潰さずに、ある程度形を残してみたんだ」

「わぁ！　おいしそう！」

果実の形がちゃんと残っているのがいい。赤くてつやつやで、見ているとよだれが出てきちゃう。

でも湯気が出ていてかなり熱そうだ。私、雪の精霊だから猫舌なんだよね。だけど冷めるまで待てなかったので、私は自分の能力を使うことにした。「ふーっ！」と息を吹きかけると同時に、ちっちゃな吹雪を発生させてジャムを冷やしたのだ。

「そんなことができるようになったのか。すごいな」

「うん、まぁね」

褒められて嬉しかったけど、あえて『これくらい余裕ですよ』という態度で言う。

そして私は、あっという間に冷えた苺ジャムをスプーンに載せて口に入れた。ジャムにはほんのり酸味は残っているが、そのおかげで甘ったるくなっていない。しっかりした甘味と、爽やかな酸味、そして形が残った苺の食感が最高だ。手作りのジャムってすっごく美味しい。

「おいひー！」

「そいつはよかった。鍋のものは分けてビンに入れて、残りの苺もジャムにしてしまおう」

「うん！」


そうして大量のジャムが出来上がった。あまりに多いので、砦の騎士たちの朝食にも使ってもらう予定だ。

「さっそく父上のところにもって行こう！」

私はエプロン姿のまま、スプーンと、まだ温かいジャムのビンを抱える。大蛇の姿の父上はいっぱい食べるかもしれないので、一キロくらい入っていそうな大きめのビンを貰っていく。重い。

「りょうりちょうさん、どうもありがとう」

「どういたしまして。楽しかったよ」

料理長さんにお礼を言うと、私は厨房の外に出てから移動術を使った。住処の湖にいるはずの父上のもとに飛ぶ。

「父上ー！」

「ミルフィリア……」

巨大な蛇の姿の父上は、湖からズルズルと出てきている最中だった。濡れた大きな体が湖畔に横たわっているが、水の中にはまだ半分くらい残っていそうだ。

父上は私を見て嬉しそうに言う。

「今、ちょうど……ミルフィリアのところに……行こうかと、思っていた……ところだ」

「そうなんだ！　あのね、ジャムができたんだよ。父上にもらったいちごで作ったの！」

「……じゃむ」

「とってもおいしくできたよ！」

「そうか……」

「父上もたべて！」

私は大きなジャムのビンを地面に置くと、料理長さんに緩めに締めてもらっていた蓋を開ける。そしてスプーンで中身をすくって父上を見上げる。

「父上、口あけて」

「わかった……」

父上が巨大な口を開けると、私は背伸びして口内を覗き込み、スプーンに載ったジャムを入れる。スプーンを傾けてもなかなかジャムが落ちないので、ペッ！　と振って落とした。

だけど父上の口の大きさからすると、スプーン一杯分のジャムなんてほんの少しだ。これで味が分かるかな？

「入れたよ。あじわってみて」

私がそう言うと父上は口を閉じ、もぐもぐする。

もぐもぐ、もぐもぐ……。

「どう？　おいしい？」

「……………………美味しい」

あ、私に気を遣ってそう言ったな？　何か妙な間があったし。

やっぱりあんな少しじゃ味はよく分からないみたい。

「まって。これぜんぶ入れるから」

父上にもジャムの美味しさを感じてほしいと思った私は、大きなビンを「よいしょ」と持ち上げて言った。

「もっかい口あけて」

「わかった……」

私はビンを傾け、父上の口の中に真っ赤なジャムを流し込もうとした。最初はなかなかジャムがビンから落ちていかなかったけど、ブンブン振っていたら一気にドバッ！　と出た。

「もぐもぐして」

私は父上の口から離れて言う。父上は素直にもぐもぐし出した。

もぐもぐ、もぐもぐ……。

すると私が「おいしい？」と尋ねるよりも前に、父上は眠そうな目を少しだけ見開いた。本当に少しだけ。

でもそれは父上にしたら結構なリアクションだ。ただ、美味しくて驚いたのか、口に合わなくてびっくりしたのか、どちらかは聞いてみないと分からない。

「父上、どう？」

「美味しい……」

「ほんとう？　よかった！」

私はパチパチと手を叩いて喜んだ。父上は、今度はジャムの味が分かったようだ。

「私が今、感じているのは……おそらく甘味……。これが、甘くて美味しい、ということか……」

父上はジャムを味わいながら言う。そしてごくりと喉を鳴らすと、

「……もうなくなってしまった」

少し残念そうに言ったのだった。ジャム、気に入ったのかな？

「また持ってくるよ」

私がそう言うと、「そうか……」と答えた父上の大きな口の端がちょっとだけ上がったように見えた。またジャムを食べられるのが嬉しいみたい。父上にも美味しいっていう感覚を感じてもらえてよかった。

「ところで……」

と、そこで父上は話を変えて私をじっと見た。

「今日のミルフィリアは、随分……ひらひらしているな……」

私の白いエプロンを見て言う。今更？

でも普段の服とちょっと違うことに、服に興味のなさそうな父上が気づくとは思わなかった。

「これはエプロンだよ。りょうりする時、服がよごれないようにつけるの。しだんちょうさんに買ってもらったんだ」

「えぷろん、か……。私も何か……買ってやればいいが……物を買うには、金が必要だと聞く……。金か……。金……」

父上は目をつぶり、お金を稼ぐ方法を思案し出したので、私は慌てて止めた。

「父上！　わたし、服とかいらないからいいよ！　父上はわたしといっしょに遊んでくれるだけでいいの」

水の精霊である父上が本気でお金を稼ごうとしたら、結構な大金が稼げると思うのだ。水を必要としている人や国なんていくらでもあるもん。だけど父上が大金を手に入れたらどうなるのか恐ろしい。

（その大金で私の服やエプロンばっかり買われちゃ、困っちゃうし）

そんなに大量にいらないもん。

「そうか……」

父上はそう言いながらもまだお金を稼ぐ方法を考えているようだったので、私はビンの隅に残ったジャムをスプーンで集め、父上の口に突っ込んだのだった。

「もうかんがえるのやめて！」

特別短編　砦のお掃除

これは王族たちがこの地方へ避暑にやって来る前日の話だ。

「今日は砦の大掃除をする」

支団長さんのその一言で、客人がこの砦を訪れる前に、騎士たちみんなで掃除をすることになった。

王族たちを迎える応接室など砦の中はもちろん、夏になって雑草が伸びてしまっている庭や訓練場の一部、それにこの際だから食堂や宿舎まで綺麗にしてしまおうとしているみたい。

騎士たちは手分けして、それぞれに割り当てられた場所の掃除を開始する。

（私はどうしようかなぁ？）

何か手伝えることがあるだろうかと思っていると、隣にいた隻眼の騎士にこう言われる。

「ミルは砦の中にいるんだぞ。外は暑いからな」

どうやら隻眼の騎士は外で草むしりをするらしいけど、私のことは連れて行ってくれないみたい。確かに熱中症とかになると迷惑かけちゃうもんね。

「うん、じゃあ中にいる」

「応接室の掃除をする支団長と一緒にいるといい」

隻眼の騎士はそう言ってちらりと前を見た。そこには支団長さんがいて、そわそわしながらこっちを見ている。支団長さんは寂しんぼだから、一人で掃除するの嫌なのかもしれない。

「じゃあそうする」

私は隻眼の騎士に別れを告げて、支団長さんのもとへトテトテと走った。

「しだんちょうさんと一緒にいていい？」

「仕方がないな」

支団長さんはため息をついたが、表情は全く嫌ではなさそうだった。部下の前で氷の支団長を演じるのも大変だなと思う。

「では、応接室に行くか」

支団長さんはホウキや雑巾などの掃除道具を持つと、すたすたと廊下を歩いて行く。そして騎士たちが周りに誰もいなくなったところで私を抱っこした。

「ミルは掃除はできないから見学だな」

「えー、できるよ」

そんな話をしながら応接室に入ると、支団長さんは私をソファーの上に降ろしてさっそく掃除を始める。まずはテーブルを布巾で拭いている。

（私も人形《ひとがた》になれば掃除手伝えるかな）

そう考えながら、後ろ足を持ち上げて耳の付け根を掻いた。何か痒《かゆ》かったのだ。

だけどそのせいで私の毛が何本かソファーに落ちてしまう。ソファーは黒い革張りだから、私の白い毛はよく目立った。

（掃除しに来てるのに散らかしちゃ駄目だ）

支団長さんがこちらを見ていないうちに、私は慌てて抜け毛をしっぽで払い、床に落とす。

そして人の姿に変わると、支団長さんにこう言った。

「おそうじ、てつだうよ！　床そうじする」

「そうだな……何もしないでいるのも暇だろうし、じゃあ頼もうか。絨毯はほとんど汚れていないし、今日はホウキで掃くだけでいい」

支団長さんはそう言って私にホウキを手渡してくれた。応接室の床には全面的に絨毯が敷いてあるので、私はホウキでその上を掃いていく。

床に落とした私の抜け毛も端の方に集めようとしたが、絨毯の毛に絡まってなかなか取れない。何度もガシガシ掃くがどんどん絡まっていくだけなので、最終的に指でつまんで、ちりとりの上に載せた。

その後も床を掃いていくが、やはり絨毯の上の小さなゴミをホウキで集めるのは手間がかかる。

（掃除機があればいいのに）

ホウキが私にとって大きすぎるのもいけない。子供サイズのものじゃないから、柄が長く、扱いづらいのだ。

柄の下の方を持っているので、不注意で柄の先が壁に当たったりしてしまう。

「ミル、大丈夫か？」

ガツッと音が鳴ると、支団長さんは心配そうにこっちを見た。私のことも、壁のことも心配している様子だ。

「だいじょうぶだよ」

私は平静を装って掃除を続ける。床掃除すらできないとは思われたくない。私だって役に立つのだ。

しかしホウキで掃き続けていると、今度は調度品の大きなランプに柄の先をぶつけ、慌てて体を反転させたら、次は壁に掛けてあった絵画の額に柄をぶつけてしまった。幸いランプは倒れたり傷がついたりしなかったし、絵画も落ちたりはしなかったけど、私はホウキをぎゅっと握って動くのをやめた。下手に動くと、さらに被害を出してしまいそうだったからだ。

「ごめんなさい……」

「いや、いいんだ。だが気をつけてくれ。ランプが倒れたり、絵が落ちたりしてミルにぶつかったりしたら大変だ」

支団長さんは今度は私のことだけを心配していた。

「ごめんなさい、うまくできると思ったんだけど」

「いいんだ、ミル」

支団長さんはそう言って、私の頭を撫でてくれる。しかしそのせいで、私の髪の毛が一本ひらりと床に落ちた。たとえ一本だけでも、私の長い白銀の髪は深緑色の絨毯の上でとても目立った。

キツネ耳からも毛が抜けたのか、髪の毛より短くて細い毛も、いくつかはらはらと舞って落ちる。

どうして今日はこんなに毛が抜けるんだろう。夏になり、換毛期はもう終わったと思っていたけど、きっと私の冬毛はまだ残っていたのかもしれない。

しかしこのままでは、私は病ではなく毛をまき散らす疫病神だ。支団長さんが掃除をしても私が台無しにしてしまう。

私は泣きそうになりながらもう一度謝る。

「……ごめんなさい。わたし、やくびょうがみだから違うとこに行く！」

「ミル⁉」

私は子ギツネ姿に戻ると、走って応接室を出た。

「ミルー……！」

応接室から寂しそうな支団長さんの声が聞こえてきたけど、私はあそこにはいられない。だって王族たちがあの部屋に入るんだから、応接室は砦の中で一番綺麗にしておかなくちゃならない場所なのだ。

「あら、ミルちゃん」

廊下を走り、階段を駆け下りてしばらく進むと、一階でティーナさんとレッカさんに出くわした。二人はデッキブラシのようなものを持ち、バケツで水を流しながら、石畳の床を掃除しているようだった。ここは玄関に近いので、床が泥で汚れてしまっていたみたい。

「濡れているので気をつけてくださいね」

レッカさんはそう言って水浸しになった床を指さした。私は汚れた水を踏まないように、二人から離れたところで立ち止まり、大きな声で問いかける。

「なにか手伝うこと、あるー？」

「いいえ、手伝いだなんて。ミル様に掃除なんてさせられません」

レッカさんはとんでもないと言うように首を横に振る。

ティーナさんも苦笑して言った。

「せっかくだけど、ミルちゃんに手伝ってもらえそうなことはないわ。ごめんね」

「そっか」

残念に思いつつ二人と別れる。私でもできる掃除って何かないかなー？

わふわふと廊下を駆けて、今度は宿舎に向かった。するとそこにはキックスとジルド、コワモテ軍団のジェッツという悪友三人組がいて、宿舎の廊下の掃除をしていた。この三人が一緒にいるとろくなことをしないんだけど——私にいたずらしてきたりとか——仕方なく声をかける。

「なにか手伝うことある？」

「お、ミル！」

お喋りしながらほとんど掃除の手を動かしていなかった三人は、私がやって来たのに気づくと喜んでこちらに近づいてきた。

「掃除を手伝ってくれるのか？」

「お前はいい子だな」

「さすがミル」

三人はニコニコしながら言う。この三人に褒められても何か裏があるようにしか見えないな。

キックスは疲れたように肩を回して言う。

「今、廊下の床の雑巾がけしてたんだけどさ、結構大変なんだよ。意外と体力使うし、足もだるくなってくるしさ」

宿舎は木造の長方形の建物で、廊下を挟んで両側にずらりと部屋が並んでいる。だから確かに板張りの廊下は長いし、ここを雑巾がけするとなると大変だろう。

「じゃあわたしが手伝おうか？」

「いいのか？　優しいなぁ、ミルは！」

キックスたちは「いい子だ！　いい子だ！」と言いながら、三人で私をわしゃわしゃ撫でる。とても迷惑。

「でもミルにできるかな？」

「できるよ」

「本当か？　とりあえずこうやって雑巾を置いて……」

ジルドが私の前に雑巾をセットしてくれたので、そこに両前足を置く。そして後ろ足で床を蹴って軽く走ると、雑巾は板張りの廊下をするする滑っていく。

前足は雑巾を固定するため動かさず、後ろ足だけ動かして走るっていうのが難しいけど、私はいい感じで前に進んでいった。

「おお！　すげぇ」

「ちゃんと雑巾がけできてる！」

後ろで三人が手を叩いている。私もまさかこんなに上手くできると思わなかったから、何だか楽しい。あっという間に廊下の端まで来てしまった。

「ミル、今度はこっちに戻ってこれるか？　今拭いたところから、横にちょっと雑巾ずらしてさ」

キックスが手招きし、ジルドとジェッツが「頑張れ頑張れ！」と変な踊りを踊りながら私を応援している。

変な踊りにはイラッとしたけど、私は前足で雑巾を引っ張って横にずらし、まだ拭いていないところを雑巾がけしながら真っすぐにキックスたちのもとに戻った。

「イエーイ！　完璧じゃん、ミル！」

「すごいぞ、綺麗になった！　雑巾がけの天才だ！　お前には才能がある！」

「よーし、じゃあもう一往復行こうか。こっちがまだだから雑巾をここに置いてと……」

三人は雑巾がけをしたくないから私をおだてているのだとは分かっていたけど、褒められると気分がいいのでついつい乗せられてしまう。

才能があると言われて喜びながら、舌を出してわふわふ走る。もちろん雑巾がけをしながら。

「いいぞ、ミル！」

キックスがまた褒める。私だって役に立つのだ。

そして結局、キックスたちが「ミル、すごい！」「天才！」「雑巾がけしてても可愛い！」などと褒めそやす中、私は廊下を何度も行ったり来たりして雑巾がけをした。

そして廊下が綺麗になると、私はキックスたちにスタンディングオベーションで迎えられた。

「ミル、まさか本当に全部やってくれるとは……」

「大丈夫か？　疲れただろ」

一生懸命に掃除をする私を見て罪悪感を覚えたのか、三人は今度は私をねぎらい始めた。

「何だか暑そうだな。舌が出てるし、息も切れてる」

キックスが心配そうに言う。確かに暑いし息も切れてるけど、廊下を何往復もしてちょっと疲れただけで、大したことないよ。むしろいい運動になった。

私は舌を出し、満足げな顔で笑っていたが、やはり息が荒いのでキックスたちは心配になったようだった。

「ほら、体も熱くなってる」

「途中でやめさせればよかった。ごめんな」

「ミルの体、一応冷やした方がよくないか？」

三人はそう話すと、私を抱えて急いで走り出した。着いたところは雪を貯蔵している雪室で、その小屋の扉を開けると、キックスたちは中に入って私を雪の上にそっと降ろす。

「すずしい」

私はまた舌を出したまま笑った。雑巾がけが意外に楽しくて夢中になってしまったけど、確かに体が熱くなりすぎていたかもしれない。雪の上にごろりと寝転ぶと、体が冷えて気持ち良かった。

「このまま冷やしておけば大丈夫そうだな」

キックスは私の様子を見て、ホッとしたように言う。

ジェッツも安堵《あんど》して喋り出す。

「今は夏だし、ミルの体調には気をつけねぇと駄目だったな。ごめんな、ミル。俺たちの代わりに掃除なんかさせて。……でも、ぶっ倒れたりしなくてよかった。もしそうなってたら副長や文団長にも報告しなきゃならなかったし、となると、俺たちに待ってるのは、死……」

そこで三人はハッとして背後を振り向く。この雪室の出入り口に、いつの間にか隻眼の騎士が立っていたからだ。

「せきがんのきし！」

「ふ、副長……」

私は喜び、キックスたち三人はガタガタ震え出した。

隻眼の騎士は怖い顔をして言う。

「『俺たちの代わりに掃除なんかさせて』？」

「ヒーッ！」

キックスたちは引きつった悲鳴を上げる。

そして隻眼の騎士はキックスの肩にポンと手を置き、低い声を出した。

「詳しく話を聞こうか」

「ヒーッ！」

三人はさっきと同じリアクションを取る。顔は真っ青だ。

あの、隻眼の騎士……。雑巾がけは私も楽しかったから、キックスたちを殺さないで……。

私がきゅんきゅん鳴いて懇願したため、隻眼の騎士は厳重注意をしただけで、三人を抹殺することはしなかったのだった。ああ、よかった。

あとがき

三国です。『北の砦にて　新しい季節　～転生して、もふもふ子ギツネな雪の精霊になりました～』を読んでいただき、ありがとうございます！

三巻の発売から三年以上経ってしまいましたが、待っていてくださった読者様に感謝です。また、新規の読者様もおられるかもしれません。ありがとうございます！

この巻から出版社様も変わり、タイトルも新しくなりましたので、心機一転頑張りつつも、相変わらずなミルたちの物語をお届けできたらと思います。そうです、タイトルは新しくなりましたが、中身は特に変わっていません。安定のもふもふです。

さて、この巻では光と闇の精霊が新しく登場しました。二人とも個性的でお気に入りのキャラクターです。

ルナベラは引きこもりの精霊ですが、実はサンナルシスに出会うよりも前に、勇気を出して住処の森を出たことがあります。それで誰か精霊の友達を作ろうとして世界を巡り、たまたま出会ったのがウォートラストでした。しかしウォートラストはミルが生まれるまで何にも興味を持たず、眠ってばかりいた精霊なので、ルナベラに声をかけられても興味なさげに眠りについてしまったのでした。

なのでルナベラはがっかりして住処に帰り、それ以降、やはり自分には友達なんてできないのだと引きこもりが加速したようです。

ウォートラストに悪気はなかったのですが、最初に出会った精霊がウォートラストだったなんて、ルナベラは運が悪かったです。面倒見のいいダフィネさんとかだとよかったのですが……。

闇の精霊のことは誰も知らないかと思いきや、ウォートラストは実は会ったことがあったという、本文中に入れそこなった裏話でした。


そしてイラストのことですが、引き続き草中さんに担当していただきました！　有り難い！

表紙も夏らしく爽やかに、明るく仕上げてくださいました。そして口絵の苺を頬張るミルの可愛いこと！　そりゃ父上もこの子のために頑張って苺集めてくるよ、と思いました。ルナベラももっふもふに描いてくださり、私は非常に満たされました。ありがとうございます！


最後に、改めて皆様にお礼を。まずは読者様、ミルの物語にお付き合いくださり、ありがとうございます！　そしてイラストレーターの草中様、それに双葉社様、編集部の方々、この本の制作・出版に関わってくださった全ての方々にお礼申し上げます。

また、私の担当編集者様にも最大の感謝を！　この方がいなければ、『北の砦にて』は三巻で止まったままだったでしょう。ミルたちを再び世に出していただきありがとうございました。

それでは、またお会いできますように！

「北の砦にて」おかえりなさい
＆新章発行おめでとう
ございます！
新しい季節になっても
ミルちゃんたち変わらず元気で
うれしいですね〜(笑)
イラストも続投させていただき
感謝しかありません。
三国司先生、担当様、
そして読者の皆様
ありがとうございました!!!
2020.5月某日
草中

北《きた》の砦《とりで》にて 新《あたら》しい季節《きせつ》～転生《てんせい》して、もふもふ子《こ》ギツネな雪《ゆき》の精霊《せいれい》になりました～

2020年6月17日 第1刷発行

著 者 三国《みくに》司《つかさ》

発行者 島野浩二

発行所 株式会社双葉社
〒162-8540 東京都新宿区東五軒町3番28号
［電話］03-5261-4818（営業） 03-5261-4851（編集）
http://www.futabasha.co.jp/（双葉社の書籍・コミック・ムックが買えます）

印刷・製本所 三晃印刷株式会社

［電話］03-5261-4822（製作部）
ISBN 978-4-575-24286-7 C0093